임 오 新 무협 판타지 소설

야요기

아요기 2

임오 新무협 판타지 소설

초판 1쇄 찍은 날 § 2002년 8월 10일
초판 1쇄 펴낸 날 § 2002년 8월 20일

지은이 § 임오
펴낸이 § 서경석

편집장 § 문혜영
편집책임 § 이종민
편집 § 장상수 · 박영주 · 김희정 · 권민정
마케팅 § 정필 · 강양원 · 김규진 · 안진원

펴낸곳 § 도서출판 청어람
등록번호 § 제1081-1-89호
등록일자 § 1999. 5. 31
어람번호 § 제2-0119호

주소 § 경기도 부천시 원미구 심곡1동 350-1 남성B/D 3F (우) 420-011
전화 § 032-656-4452 팩스 § 032-656-4453
http://www.chungeoram.com
E-mail § eoram99@chollian.net

© 임오, 2002

값 7,500원

ISBN 89-5505-443-2 (SET)
ISBN 89-5505-445-9 04810

임 오 新 무 협 판 타 지 소 설
아요괴
2
강호에 부는 바람
도서출판
청어람

약선루

파파팍! 파파파파팍!!

약선루(藥仙樓).

요란한 소리로 줄줄이 이어진 폭죽들이 터지며 동시에 현판을 가리고 있던 붉은 휘장이 나풀거리며 떨어져 내렸다. 액운을 쫓는 의미의 폭죽이었다.

요란한 것은 주루의 성격과 잘 안 맞는다는 판단에 악단(樂團)이나 기예단(技藝團)을 부르지는 않았다. 그래서일까? 보통의 왁자지껄하고 떠들썩한 개업식의 모습과는 달리 상당히 차분하고 정돈된 모습이 눈에 띄었다.

한 시진이 지났지만 아직 손님은 한 명도 오지 않고 있었다. 막상 문을 열고도 이렇게 손님 하나 없이 조용하기만 하다면 조금은 불안할 만도 하건만 입구 쪽에 앉아 있는 곡치현의 얼굴에는 그런 기색을 전혀 찾아볼 수 없었다. 본래 예약된 손님만을 받기로 방침을 정한 상태. 예약된 손님이 오지 않는 한 찾아올 사람이 없는 것은 당연한 이치였다. 이미 열흘 전에 항주 및 인근 지역의 부호(富豪)와 고관대작들의 집안을 중심으로 초대장을 돌렸다. 물론 그 초대장에는 새로 개업하는 약선루에 대한 간략한 설명과 미리 예약을 해야만 한다는 사실이 친절하게 적혀 있었다.

그 결과 오늘 첫날에 네 건, 총 열 명의 손님 예약이 접수되었다. 주루의 하루 손님으로는 터무니없이 적은 숫자였지만 개의치 않았다. 일단 이곳을 찾은 손님이 있는 이상 그들의 입을 통해 약선루라는 이름은 삽시간에 퍼져 나갈 것이다. 이런 확신이 심어져 있는 까닭에 곡치현은 일 점의 동요도 없이 그저 예약된 시간에 찾아올 손님만을 기다리고 있었다. 그리고 오시(午時:오후 12시)가 넘어가자 드디어 기다리던 첫 번째 손님이 그 모습을 나타냈다.

"하하핫, 고(高) 대인, 오신다는 말씀에 기다리고 있었습니다."

"허허, 초청장이 왔다기에 봤더니 곡(曲) 공자의 이름이 적혀 있더군. 이번엔 무슨 일을 시작하나 해서 이렇게 직접 찾아와 봤네."

"신경 써주신 점 정말 감사드립니다. 아마 오신 걸 후회하진 않으실 겁니다. 일단 안으로 드시지요. 어서 고 대인을 천실로 모셔라."

고 대인은 일반의 주루와는 사뭇 다른 형태의 건물을 신기한 눈으로 바라보다가 대기하고 있던 사환의 안내에 따라 장원 안으로 발걸음을 옮겼다. 약선루의 공식적 첫 손님이 기록되는 순간이었다.

항주 외곽의 장원을 개조하여 만든 약선루의 구조는 사원(四院)과 사실(四室)로 나뉘었는데 그 이름들이 상당히 독특했다. 먼저 사실은

천자만홍(千紫萬紅)의 한 자씩을 따서 각각 천실(千室), 자실(紫室), 만실(萬室), 홍실(紅室)로 불리웠다. 약선루 주위에 흐드러지게 피어난 봄꽃들 때문에 붙여진 이름이었다. 그리고 사원의 이름은 더욱 특이하게 차의 이름을 따서 지어졌는데 이 의견은 다름 아닌 소진이 내놓은 것이었다. 이렇게 해서 붙여진 이름이 각기 용정(龍井), 기문(祁門), 매괴(枚槐), 우화(雨花)였다.

이외에도 약선루는 다른 곳에서는 찾아볼 수 없는 상당히 독특한 구조를 한 가지 더 가지고 있었는데 그것이 바로 지금 곡치현이 자리 잡고 있는 대문과 내부를 이어주는 접빈청(接賓廳)이었다. 손님을 맞이하기 편하게 할 뿐더러 혹시라도 사원과 사실이 꽉 찼을 경우 손님이 편히 쉬며 기다릴 수 있도록 곡치현이 특별히 고안해 낸 장소였다.

천실로 안내되었던 고 대인은 대략 반 시진(1시간)이 지나서야 다시 접빈청에 모습을 드러냈다. 처음 약선루에 들어설 때와는 확연히 차이가 나는 얼굴로…….

흐느적거리는 걸음걸이로 천천히 곡치현이 앉아 있는 계산대로 다가오는 고 대인의 눈동자는 마치 꿈을 꾸는 듯 몽롱하게 풀려 있었다. 그 모습을 의미심장한 미소로 지켜보던 곡치현은 그가 계산대 앞에 완전히 당도해서야 입을 열었다.

"아! 고 대인 나오셨군요. 그러고 보니 저희 약선루의 첫 번째 고객이신데 식사는 할 만하셨나요?"

"…으응? 뭐, 뭐라고?"

"후훗, 식사가 어떠셨는지 물었습니다."

"아, 식사? 허허, 허허헛. 괜찮았냐고? 허허헛."

고 대인은 조금 넋이 나간 듯한 얼굴에 하나 가득 웃음을 지어 보였다.

"……."

"마치… 마치 천계의 신선들과 상을 마주한 기분이더군. 내 오십 평생에 이런 음식들은 처음 먹어보네. 아마 황제의 식탁에도 이런 맛은 없을 것이야."

"하하핫, 과찬이십니다. 그저 저희 약선루에 대한 작은 칭찬으로 받아들이겠습니다."

"후훗, 과찬이라는 말은 과장할 것이 있을 때에나 쓰는 것이라네. 내 일찍이 이것과 비슷하게라도 견줄 만한 것조차 접해보지 못했거늘……."

"아무튼 크게 만족하셨다니 저로서도 기쁘군요. 그리고 여기 계산서입니다."

상대방의 칭찬에 만면에 미소를 띠며 곡치현은 한 손에 들고 있던 작은 종이를 살포시 앞으로 내밀었다.

"……!"

만족스런 얼굴로 조그마한 한지에 적힌 계산서를 받아 든 고 대인의 낯빛이 흠칫 굳어졌다. 음식 맛도 상상 이상이었지만 종이에 적힌 가격 역시 상상을 훨씬 뛰어넘는 것이었기 때문이다. 하지만 이내 그런 기색을 지우며 수긍한다는 의미로 고개를 끄덕였다.

"그래그래, 그런 수준의 음식에 이 정도의 가격이라면 결코 과하다고 할 수도 없겠군. 아니지, 어찌 보면 저렴하다고 해야 할지도……."

연신 고개를 끄덕이며 그는 품 안에서 묵직한 전낭(錢囊)를 꺼내어 계산대 앞에서 은자를 헤아렸다.

은자 열 냥.

고 대인이 받아 든 계산서에 적힌 금액이었다. 은자 열 냥이면 사 인 가족이 한 달 동안 배불리 놀고 먹으며 풍족히 사용하고도 남을 정도의 액수이다. 한 끼 식사로는 도저히 말이 되지 않을 만큼 어마어마하게 높은 가격이었지만 고 대인은 오히려 수긍하는 눈치였다.

"저도 가격을 문제 삼지는 않으실지 걱정하고 있었는데 이렇게 이해해 주시니 정말 감사합니다."

"아닐세. 생각해 보니 아마 내가 이런 장사를 시작했다면 이보다 더 했을지도……. 허헛, 어쨌든 잘 먹고 가네. 아마도 자주 오게 될 듯한 느낌이 드는군."

"감사합니다. 또 뵙게 되기를 기다리고 있겠습니다."

"푸하하하하핫!"

저 멀리 멀어져 가는 고 대인의 마차를 바라보며 곡치현은 그동안 참아왔던 웃음을 마음껏 터뜨렸다. 비록 예상은 하고 있었지만 첫 손님에게서의 이런 반응은 역시 기분 좋은 것이었기 때문이다.

'후후훗, 이런 식으로 하나둘 맛을 보고 소문이 퍼지기 시작하면 며칠 후엔 아마 손님이 벌 떼처럼 몰려들걸? 암, 소진의 요리는 절대 범상한 것이 아니니까. 항주뿐 아니라 절강성 전체에서 사람들이 몰리는 것도 시간문제라고!'

뒤이어 찾아오는 나머지 손님들의 반응 역시 처음 고 대인의 그것과 별반 다를 것이 없었다. 처음에는 어느 정도 호기심을 동반하고 왔다가 음식을 맛보고는 극락(極樂)의 황홀경에 빠지고, 마지막으로 생전 처음 경험해 보는 무지막지한 계산서에 잠시 경악하는 순서가 바로 그

것이었다. 하지만 이 가격에 실제로 시비를 붙이는 이는 없었다. 자신들이 먹은 요리가 충분히 이 정도의 가치가 있다고 판단했기 때문이다. 어느 정도 모험성이 있던 자신의 가격 결정이 적절했다는 생각에 곡치현은 상당히 기분이 좋았다. 게다가 곡치현의 마음을 더욱 흡족하게 만드는 것은 어느새 소문이 퍼졌는지 벌써 다음날의 예약 손님이 줄을 잇고 있다는 것이었다. 간단히 말해 약선루의 개업 첫날 평가는 '대. 성. 공.' 이었다.

처음에는 항주의 일부 부유층 사이에 입에서 입으로 퍼져 나가던 소문이 일반 서민들에게까지 전해지는 것은 그리 오랜 시간이 걸리지 않았다. 이미 며칠 전 친절하게 보내진 초대장에 의해 어느 정도 사전 정보를 가지고 있던 속칭 '한가락하는' 가문이나 집안의 사람들은 그 소문의 진상을 확인하기 위해 항주 중하로(中河路) 남단에 위치한 작은 장원으로 속속 모여들었다. 반면에 귀동냥을 통해 소문을 전해 들은 일반 서민들은 모이기만 하면 이 이야기로 시간 가는 줄을 모르고, 간혹 전해지는 새로운 소식에 귀를 쫑긋 세우는 실정이었으니…… 이것이 요 며칠 사이 절강성의 성도(省都) 항주에 불어닥친 큰 바람이었다.

"커어, 술 맛 좋다. 그나저나 이보게, 마춘(馬春). 자네, 혹시 요즘 한창 떠들썩한 그 소문에 대해 자세히 아는 바 없는가? 나는 아주 궁금해 미치겠던데……."

"응? 소문이라니?"

"거 왜 있지 않나. 무슨 신선(神仙)이 사는 장원이라는 등 오십 년의 은거 끝에 경지에 이른 기인이 세운 주루라는 등 소문이 무성한 그 약선루 말일세."

"글쎄… 금시초문인데? 내가 한 보름 동안 일이 있어서 남창(南昌) 엘 잠시 다녀왔더니 그사이 퍼진 소문인가 보군."

"어쩐지 요즘 왠지 코빼기도 보이질 않는다 했더니 그래서 그런 거 였구먼. 아무리 그래도 최근에 항주에서 가장 큰 화젯거리를 모르고 다닌데서야 어디 가서 말 붙이기도 힘들지."

"내가 없던 사이 항주에 무슨 큰일이라도 있었는가? 아까 무슨 주루가 어쩌느니 하는 것 같던데……."

"내 말해 주는 것이야 어렵지 않으나, 흠흠, 갑자기 목이 말라서 이야기가 잘 나올 것 같지가 않은데… 흠흠!"

"원참, 알겠네. 주인장! 여기 술 한 병 더 가져오슈. 이제 됐는가? 그러니 어서 말 좀 해보게나."

"후훗, 알겠네. 내 말해 주지. 한 열흘쯤 되었나? 중하로에서도 남쪽으로 한참이나 떨어진 곳에 약선루라는 주루가 하나 소리 소문도 없이 생겨났다네. 처음에 사람들은 그런 곳이 생긴지조차 몰랐지."

그 존재조차 일반에는 잘 알려지지 않았던 약선루가 사람들의 입에 오르내리게 된 이유는 바로 그곳으로 식사를 하러 간 고관대작과 부호들이 데리고 온 하인들과 타고 온 마차를 모는 마부들 때문이었다. 어째 주인들이 하나같이 약선루에만 다녀오면 정신이 반쯤 나가선 하루 종일 정신을 못 차리다가 다음날이면 다시 예약을 하러 다녀오라고 성화이니 하인이나 마부들로서는 당연히 의문이 생길 수밖에 없는 일이었다. 그리하여 이들 사이에 자연스레 돌기 시작한 약선루에 대한 여러 의문과 정보들이 어느새 항주 전체로 퍼져 나가는 데는 채 열흘이 걸리지 않았다.

드르륵.

접빈청에서 약선루의 내실로 통하는 문이 열리며 사환 복장을 한 인영이 얼른 한 걸음 앞서 들어와선 공손히 고개를 조아렸다. 입구 쪽의 계산대에 앉아 있다가 문소리에 고개를 돌린 곡치현은 금세 그를 알아볼 수 있었다. 방금 접빈청의 문을 열고 앞서 들어온 이는 약선루 내에서도 가장 유능한 사환으로 오늘 찾은 특별한 손님의 시중을 들도록 그가 직접 지시했기 때문이다. 당연히 그는 사환의 공손한 접대를 받으며 뒤이어 접빈청으로 들어설 인물을 손쉽게 유추해 낼 수 있었다. 곡치현은 자리에서 일어나 앞으로 한 걸음을 내디뎠다. 곡치현이 행동을 취한 것은 막 그 손님이 접빈청에 발을 디딘 것과 거의 동시에 일어난 일이었다. 푸른 의복과 붉은 수실이 달린 챙이 좁은 모자가 그 사람의 신분을 분명히 드러내 주고 있었다.

"지부대인, 식사는 만족스러우셨는지요."

"하하하, 곡 공자, 내 관직에 올라 각지로 부임하며 숱한 음식들을 맛보았지만 이만한 적이 없었네. 정말 대단하군. 대단해."

"그렇게 높게 평가해 주시니 저도 기쁘기 한량없습니다."

"허언(虛言)이 절대 아니라네. 옛부터 관직에 머무는 이들이 꿈꾸는 세 가지 소원이 있는데 그것이 무엇인지 아는가?"

"글쎄요, 소인이 짐작킨 힘들군요."

"허헛, 세 가지 소원이란, 관직에서 은퇴한 후 항주(杭州)에 저택을 짓고 소주(蘇州)의 미인과 함께 광주(廣州)의 음식을 먹으며 사는 것을 말하네. 항주에 저택이야 지으면 되는 것이고 소주의 미인은 이곳으로 데려오면 되는 것이라지만 광주의 음식을 이곳에서 맛볼 수는 없는 것이 내 늘 안타까웠는데 이곳 약선루엘 와보니 앞으로는 굳이 광주까지

가지 않아도 가히 천하제일이라 할 만한 음식을 맛볼 수 있겠군. 이제 나는 은퇴한 후에도 이 세 가지 소망을 모두 이룰 수 있게 되었으니 참으로 기쁘기 그지없네. 허허허헛."

"하핫, 모두 대인의 홍복(洪福)입니다."

크게 기꺼워하는 지부대인과 이야기를 나누며 입구까지 다다른 곡치현은 얼른 자그마한 계산서를 내밀었다. 그리고 잠시 후 사람 좋은 미소를 흘리던 지부대인의 얼굴에 언뜻 놀람의 빛이 스쳐 지나갔다.

"허허, 곡 공자, 내가 만약 이곳 약선루를 소개받으며 음식 값이 절대 만만치 않으리라는 이야기를 듣지 못했다면 아마 기절초풍했을 것이네. 한 끼 식사에 은자 일곱 냥이라…… 평범한 가정에서 두 달 정도 끼니 걱정 하지 않을 정도의 금액이라니……."

"저희 약선루의 가격이 조금 높은 것은 사실이나 대인께서 직접 그 맛을 보셨으니 이해해 주시리라 믿습니다."

"상인이란 이문을 남기는 것이 목적이니 내 곡 공자를 뭐라 할 수야 없지. 허허, 잘 먹고 가네. 그리고 만약 다음에 기회가 닿는다면 약선루의 주방을 책임지는 숙수(熟手)를 한번 만나보고 싶군."

"알겠습니다, 대인. 그럼 살펴가십시오."

곡치현은 끝까지 정중히 예를 갖추며 멀어져 가는 지부대인의 마차를 바라보았다.

"저 사람이 마지막 손님이었지?"

"응? 아, 언제부터 나와 있었어?"

접빈청엔 어느새 나타났는지 소진이 여유로운 자세로 앉아 있었다.

"어차피 나야 요리만 하면 뒷정리는 네가 주방 보조라며 보내준 녀석들이 다 하는걸."

　“후훗, 그렇게 필요없다고 하더니 의외로 주방에 배치한 두 명이 일을 잘해주나 보지?”

　“응. 처음엔 여태껏 계속 혼자 해온 일이라 조금 어색하기도 하고 부담스러웠는데 조금 지나니깐 오히려 편하더라고. 덕분에 힘도 거의 안 들고 말야. 그래서 하는 말인데, 혹시 지금 이렇게 손님을 제한해서 받는 게 나 때문이라면… 나는 별 상관 없어.”

　“무슨 소리야?”

　“혹시 하루에 예약을 사십 건만 받는 게 나 때문에 그런 거라면 조금 더 늘려도 상관없다고. 아니, 조금이 아니라 그 두 배가 와도 거뜬할 걸?”

　“오호, 우리 귀하신 몸께서 그런 말을 하다니 정말 의외인데? 후훗, 하지만 꼭 너 때문에 그러는 것만은 아니야. 물론 지금 약선루가 너 하나 때문에 돌아간다 해도 과언이 아니니 가장 중요한 게 너이긴 하지만 다른 이유도 있다는 말이지.”

　“귀하신 몸? 헤헤, 조금 쑥스럽네. 그런데 다른 이유라니?”

　“음… 군이 말하자면 희소성(稀少性)이랄까? 장사가 잘된다고 무작정 손님을 늘려 버리면 네가 힘들어지기도 하겠지만 다른 면에서 보면 우리 약선루를 바라보는 관점이 상당히 낮아져 버리거든. 예를 들어 지금 같은 경우엔 며칠 전부터 예약을 해야 겨우 식사를 할 수 있기 때문에 사람들은 약선루를 대단한 곳으로 생각하겠지. 하지만 만약에 손님을 큰 폭으로 늘려 버린다면 아무 때나 조금만 기다리면 원하는 식사를 할 수 있는데 누가 우리 약선루를 그렇게 대단한 곳으로 평가하겠어? 이건 애초에 내가 의도했던 초고급 주루라는 개념에도 벗어나는 일이라구.”

“아……”

그저 단순히 보았던 자신의 생각을 훨씬 뛰어넘는 곡치현의 생각에 나지막이 탄성이 터져 나왔다. 하지만 이건 생각의 깊이 차이라기보다는 아마도 곡치현이 가진 상인으로서의 수완이라고 해야 더 옳을 것이다.

“그럼 열흘에 한 번씩 쉬겠다는 말도 그대로인 거야? 네 말대로라면 내일은 쉬는 날인데…….”

“당연하지! 후훗, 내일 예약은 일절 받지도 않았는걸. 그래서 말인데, 내일은 일도 쉬는데 뭐 하고 보낼 생각이야?”

“글쎄, 오랜만에 못했던 수련이나 실컷 해볼까?”

“이그! 생각하는 것 하고는……. 이 화창한 봄날에 기껏 무공 수련이나 하겠다는 거냐?”

“그게 뭐 어때서! 조석(朝夕)으로 내공 수련은 계속하고 있지만 다른 무공들은 집을 떠나온 이후로 거의 못하고 있단 말이야.”

처음엔 좀 어이가 없었지만 듣고 보니 그럴 만도 하겠다는 생각이 들었다. 소진 역시 무당의 수련을 쌓은 한 명의 무인이었던 것이다.

“쩝, 정 그렇다면 내일 오전에는 원하는 대로 무공 수련을 하고 오후는 나에게 맡겨라. 항주에 왔으면 서호(西湖)에 배라도 한번 띄워봐야 할 것 아냐! 더욱이 이런 화창한 날씨에 말야!”

“서호? 아, 서호!”

그동안 항주에 머물면서 이곳저곳을 기웃거리며 다니기는 했지만 아직 서호에는 가볼 기회가 없었다. 하지만 그에 관한 이야기만큼은 항주에 온 지 채 두 달이 안 되는 기간 동안 귀에 못이 박히도록 들은 터였다. 쉬는 날에, 그것도 데려가 준다는데 굳이 이런 기회를 마다할 이유가 없었다.

"좋아! 가자!"

　다음날 이른 새벽.

　소진은 평상시보다도 대략 반 시진 정도 빨리 눈을 떴다. 원체 이른 시간에 일어나는 소진이었지만 오늘은 유독 더 빠른 감이 있었다. 덕분에 사위는 아직도 캄캄했다. 아마도 시간은 신시(申時:새벽 4시) 정도 되었으리라.

　사라락.

　항상 그래 왔듯이 소진은 눈을 뜨자마자 살며시 이불을 한 켠으로 밀어놓고 침상 위에 가부좌를 틀고 앉았다. 그리곤 가만히 숨을 고른 후 오행신공을 운기하기 시작했다. 사위가 적막한 가운데 금세 소진의 머리 속이 하얗게 비워지며 서서히 무념무상의 세계로 빠져들었다. 언제나와 같은 순서였지만 오늘은 무언가 각오가 달랐다.

　오행진기가 조화를 이루어 형성된 혼원일기(混元一氣)가 때론 산골짜기를 흐르는 잔잔한 계류(溪流)처럼, 때론 천지를 집어삼킬 듯 휘몰아치는 폭풍우처럼 온몸을 휘돌았다. 평상시완 다르게 오늘은 전신의 공력을 쥐어짜듯이 모두 끌어올려 조금은 위태롭게 보일 정도의 수준으로 진기를 운용하고 있었다. 엄청난 양의 진기가 전신의 경락을 휘돌고 있었지만 정작 그 중심에 서 있는 소진의 심지(心志)는 한 점 흔들림없이 굳건한 상태였다. 그렇게 몇 번의 십이주천(十二周天)이 끝나고 발끝에 세포 하나하나까지도 충만한 기운이 느껴지자 그제야 소진은 서서히 진기를 단전으로 갈무리했다.

번쩍.

감겨 있던 눈이 떠지자 순간 강렬한 신광이 소진의 눈에서 쏘아져 나왔다가 이내 다시 사그라들었다. 평소에는 보통 한 식경(30분)에서 길어야 반 시진(1시간)이면 끝내던 운공이 오늘은 무려 한 시진 동안이나 이어졌다. 그런데 운공을 마친 소진의 표정이 그리 밝아 보이지 않았다. 오히려 무슨 고민거리가 있는 듯 앉은 채로 팔짱을 끼곤 미간을 살짝 찡그리고 있는 상태였다.

짹. 짹.

아침을 알리는 새소리가 귓가를 간지럽혔다. 운공을 하느라 이미 시간이 꽤 지난 탓에 창밖의 하늘은 어느새 환하게 밝아 있었다.

"우아앗! 미치겠다. 도무지 이건 말이 안 되잖아! 어떻게 이런 게 가능하냐고~"

무언가 고민 끝에도 도저히 풀릴 기미가 보이질 않는지 소진은 침상을 박차고 일어나서 방 밖으로 뛰쳐나갔다. 그리고 순식간에 집 앞에 담장으로 둘러싸인 널찍한 마당에 이르러서야 걸음을 멈췄다.

"후웁~ 하아~ 후웁~"

푸르른 하늘을 보며 시원한 아침 공기를 폐부 깊숙이 들이마시자 그제야 조금 진정이 되는 듯 소진은 다시 마당의 중앙에 선 채로 골똘히 생각에 잠겼다.

소진이 방금 뛰쳐나온 아담한 크기의 이 집은 얼마 전부터 소진이 혼자서 생활하고 있는 곳으로 약선루의 뒤편에서 곧장 이어지도록 설계된 일종의 별원(別院)이었다. 원래 곡치현은 금룡장에서 함께 지내기를 바랐지만 소진의 완강한 고집 탓에 하는 수 없이 짓게 된 것이바로 이 집이었다. 소진이 바라던 대로 꽤나 단순한 형태로 지어진 집이었지만 마당에 깔끔하게 이어진 청석판이나 유려하게 이어진 처마의 곡선에서 알게 모르게 신경을 쓴 누군가의 흔적이 느껴지기도 했다.

한편, 이번 역시 아무리 고민해도 답이 나오지 않자 결국 소진은 고개를 절레절레 흔들며 깊은 한숨을 내쉬었다.

"후아~ 도저히 모르겠다. 어떻게 고작 삼 개월 만에 무려 십 년에 가까운 공력이 늘어날 수가 있는 거지? 그동안 아침저녁으로 신공을 수련하면서 눈에 띌 정도로 내공이 증진되는 것을 느끼기는 했지만 설마 이 정도까지일 줄은……."

누군가가 들었다면 당장에 허풍이라며 코웃음을 흘릴 말이었지만 사실 이건 소진에게 닥친 엄연한 현실의 문제였다. 집을 떠나온 이후 대략 삼 개월 동안 늘 하던 대로 아침저녁 두 차례 내공을 수련하면서 내공이 상당히 빠른 속도로 증진된다는 느낌을 받기는 했지만 이미 그 전에도 무려 일 갑자에 이르는 어마어마한 내공이 갑자기 생겨난 경력이 있었던 터라 여기에 더해지는 내공에 대해선 스스로 별다른 자각을 하지 못하고 있었다. 그러던 것이 오늘 모처럼 작심하고 수련을 해보려는 생각에 전 공력을 끌어올려 장시간 운공을 하던 중 자연스레 이 놀랄 만한 사실을 발견하게 된 것이다.

"뭐, 결과만 놓고 보면야 나쁘다고 말할 수는 없는 일이지만 이게 대체 무슨 조화로 일어난 일인지 알 수가 없으니 원……."

현재 소진의 내공 수위는 대략 칠십 년 공력 정도. 길을 떠나오기 전인 삼 개월 전에 이미 일 갑자의 내공을 얻은 상태였으니 단지 석 달 만에 무려 십 년 수위의 공력이 불어난 것이다.

소진 스스로도 그 원인을 찾지 못하고 있는 이 불가사의한 현상은 사실 이제껏 아무도 경험해 보지 못했다 할 만한 두 가지 요인이 소진에게 겹쳐 일어나면서 생겨난 것이었으니…….

그중 한 가지가 바로 천운(天運)으로 마벽(魔壁)을 넘어서면서 얻게 된 커다란 깨달음이었다. 이 깨달음은 소진에게 오행신공을 대성케 하여 그동안 쌓여만 있을 뿐 무용지물이던 기단(氣丹)을 모두 내공화 시켜 주었을 뿐 아니라 이후 소진의 수련을 몇 배나 수월하고 빠르게 만들어주었다. 이것은 바로 길을 찾기 위해 무작정 산중을 헤매는 이와 지도를 가지고 확실한 길을 따라가는 이의 차이와도 같은 것이었다.

다른 한 가지는 얼마 전까지만 해도 소진에게는 치명적 단점으로 작용하던 오행신공의 특이한 성질이었으니… 그것은 바로 오행진기가 가진 엄청난 인력(引力)이었다. 오행신공의 필수적 부산물인 기단이라는 형태로 보여지던 이 어마어마한 인력은 혼원일기를 이룬 지금에도 미약하게나마 남아 있었는데 이것이 이번에는 오히려 소진에게 커다란 복으로 작용하고 있었다.

강호인들에게는 이미 익히 알려진 사실이지만 내공을 수련한다는 것은 마치 깨진 독에 물을 담는 것과 같은 일이었다. 무슨 말인가 하면 아무리 열심히 수련을 한다 해도 그 수련한 만큼이 모두 자신에게 돌아오는 것이 아니라는 것이다. 보통 십을 수련한다면 본신의 진기로 화하는 것은 채 사 할을 넘지 못했다. 하지만 소진이 익힌 오행신공은 비록 미약하다지만 여전히 남아 있는 인력이 이렇게 흩어지려는 내공에 의외로 커다란 효과를 보이고 있었다. 아직 본인은 자각하지 못하고 있지만 이런 작용으로 인해 소진이 운공을 할 경우 실제 본신진기로 화하는 내공의 비율은 현재 무려 팔 할에 이르고 있었다.

그렇지 않아도 소위 신공이라고 불리우는 여타의 무공들보다 더욱 우월한 공능(功能)을 보이는 오행신공에 소진의 깨달음과 오행진기가 가지는 독특한 성질이 합쳐져서 나타난 결과라는 것은 가히 고금에 그 유래를 찾아볼 수 없을 만큼 엄청난 것이었다. 하지만 정작 본인은 자신이 이런 어마어마한 천운의 주인공이라는 사실을 아는지 모르는지…….

"쩝, 모르는 일을 고민한다고 저절로 답이 나오는 것도 아니고, 그냥 좋게 생각하자. 뭐, 내공이 빨리 늘어난다는 게 사실 불평할 일은 아니잖아? 나중에 사부님을 만나면 물어봐야지. 헛! 맞다! 그러고 보니 아직 사부님께 연락조차 드리지 못했네. 후훗, 오행신공을 대성했다는 사실을 아시면 어떤 표정을 지으실지. 항주에서 일하고 있다는 것도 알려 드리고, 그리고… 할아버지가 돌아가셨다는 것도…….."

돌아가신 할아버지가 생각나자 얼굴에 잠시 그리움이라는 감정을 드러내던 소진은 말꼬리를 흐리다가 이내 무슨 일이 있었냐는 듯 팔을 좌우로 휘휘 내저으며 다시 밝은 표정으로 돌아왔다.

"할아버지는 그렇게 편안하게 웃는 얼굴로 돌아가셨으니 분명 극락에 가셨을 거야. 자! 이제 오랜만에 한번 본격적으로 움직여 볼까?"

소진은 방 안으로 뛰어들어 가 얼마 전에 곡치현이 구해준 청강검 한 자루를 들고 나왔다. 항주에 온 이후로는 거의 하지 못했던 검술 수련을 하려는 모양이다.

이 집의 마당에 가지런히, 그것도 꽤나 넓게 청석판을 깔아둔 것은 사실 곡치현의 작은 배려였다. 항주로 오는 도중 노숙을 하면서도 자기 전과 일어나서 잠시라도 언제나 운기행공을 하는 소진의 모습에 그가 무공을 수련할 만한 장소를 미리 만들어준 것이었다.

"차합!"

사삭! 슈슈슉!

조금 전까지만 해도 마치 버드나무 가지가 바람에 흔들리듯 한없이 부드럽기만 하던 검세(劍勢)가 순식간에 표홀(飄忽)하면서도 날카로운 기세로 바뀌었다. 동시에 유운신법을 운용하는지 소진의 신형이 동에 번쩍, 서에 번쩍 하며 찬란한 검광을 사방에 뿌려댔다. 범인(凡人)은 도저히 눈으로 쫓을 수 없을 만한 속도로 움직이던 소진이 갑자기 신형을 멈췄다. 신형이 멈춤에 따라 당연히 검의 움직임도 잦아들었다.

"하아, 하아."

오랜만에 격렬히 움직인 탓인지 숨이 가빠왔지만 이내 서서히 가라앉았다. 마당 한가운데 우뚝 서서 두 눈을 감고 가만히 숨을 고른다. 다시 슬며시 눈을 뜨자 잘 벼려진 뾰족한 검봉(劍峰)이 눈에 들어왔다. 평범한 청강검이었지만 날이 잘 세워진 탓에 가슴 한구석을 서늘하게 하는 예기가 뻗어 나오고 있었다.

'검아일체(劍我一體)라…….'

일부러 검을 의식하려는 것은 아니었지만 시선은 계속 검끝에 머물러 있었다. 그렇게 미동조차 없이 가만히 서 있기를 일각여. 분명 눈앞에 보이는 것은 길쭉하고 끝이 뾰족한 것이 검의 형상을 하고 있지만 검이라는 생각이 들지 않게 되었을 때쯤 칼을 쥔 소진의 손에 서서히 힘이 들어갔다. 의식을 하자 저절로 진기가 반응하여 검을 쥔 손으로 모였다. 그리고 그 진기는 마치 소진의 몸을 흐르듯 자연스레 손에 든 검으로 흘러들었다. 마치 검의 길이만큼 손이 길어진 듯한 느낌이었다. 어느 정도까지 진기를 주입해도 아무런 무리가 없자 소진은 한순간 급격히 진기를 양을 늘렸다.

우우웅.

한꺼번에 엄청난 양의 진기가 마치 해일처럼 밀려들자 검이 순간적
으로 낮게 진동하며 묵직한 검명(劍鳴)을 토해냈다. 검기가 마치 서릿
발처럼 치솟았지만 소진은 전혀 개의치 않고 계속 진기를 밀어넣었다.
그리고 일순간 점점 커져 가던 검의 흐느낌이 갑자기 끊기며 동시에
거의 일 장에 이르도록 서리서리 뻗쳐 나가던 검기도 사라져 버렸다.
마치 진기의 운용을 멈춘 것 같은 모습이었지만 오히려 소진의 표정은
더욱 힘들어 보였다. 이마에도 어느덧 땀방울이 송골송골 맺혀 있었
다.

'이익! 조금 더! 조금만 더!'

소진은 속으로 악을 쓰며 온 힘을 끌어올렸다. 온몸의 힘을 쥐어짜
내고 있었지만 무슨 이유에선지 시선만은 계속 검끝을 향하고 있었다.
그렇게 전력을 다하던 중 갑자기 소진의 눈이 커다랗게 치켜떠졌다.
무얼 본 것일까? 아니, 무엇을 느낀 것일까?

그것은 마치 환상 같았다. 소진과 죽어라 눈싸움을 해대던 검의 형
태가 순간 이지러져 보였다. 그리고 마치 봄날의 아지랑이처럼 피어올
라 생겨나는 청색의 엷은 막. 잡티 한 점 없이 순수한 빛의 청색이었
다. 겨우 한 치도 안 되는 길이로 검날을 감싸고 있는 이 청색의 막을
바라보는 소진의 눈빛이 몽롱하게 풀어졌다. 감격의 순간이자 환희의
순간이다. 하지만 얼마 못 가 그 청색의 막은 나타날 때 만큼이나 갑작
스레 사라져 버렸다. 무리하게 진기를 운용한 탓인지 조금 창백해진
소진의 얼굴로 아쉬운 기색이 서린다.

"아직은 고작 해야 일각도 유지하기 힘든 것인가?"

검강(劍罡).

조금 전 소진이 보여준 경지는 비록 잠깐이었지만 분명 검강이었다. 가히 그 앞에서 베이지 않는 것이 없고 검의 날카로움에 더 이상 의지하지 않게 된다는 경지. 검객을 절정과 일류의 경지로 구분 짓는 척도로 사용되는 것이기도 했다. 물경 삼 갑자에 이르는 내공, 그에 걸맞는 검에 대한 이해와 깨달음이 수반되어야 비로소 구현되는 천의무봉(天衣無縫)의 경지가 바로 검강이었다. 그런데 뭔가 이상했다. 분명 소진의 내공은 이제 갓 일 갑자를 넘어섰을 뿐인데 비록 잠시라지만 어떻게 검강을 운용할 수가 있는 것일까!

그에 대한 해답은 의외로 간단했다. 앞서 말했듯이 삼 갑자라는 내공의 기준은 깨달음을 얻지 못했을 경우에 도달할 수 있는 내공의 최대치이다. 이 수치가 검강을 운용할 수 있는 기준으로 굳어진 이유는 대대로 검강을 사용하는 절정의 검객들은 모두가 마벽에 이르렀거나, 혹은 그것을 넘어선 이들이었기 때문이다. 그러나 실제로 이런 경지에 들어선 검객들이 검강을 사용할 수 있게 되는 진짜 이유는 그들에게 무(武)와 검(劍)에 대한 깊은 이해와 깨달음이 있었기 때문이지 결코 그들의 내공이 삼 갑자라는 수치적 기준에 도달했기 때문이 아니었다.

대표적인 예로 이제껏 강호사(江湖史)에 이름을 떨친 마인(魔人)들 중 비록 검을 쓸지라도 채음보양으로 내공을 모은 음마(淫魔)들은 대부분이 삼 갑자에 달하는 내공을 가지고 있었지만 이런 부류의 무인이 검강의 경지에 이른 경우는 단 한 번도 없었다. 즉, 강호상의 통념과는 달리 검강이라는 경지의 기반을 마련해 주는 것은 높은 내공이 결코 아니라는 것이다.

소진은 아직 내공은 그런 경지에 이르지 못했지만 천운으로 마벽을 이미 넘어서며 무에 대한 큰 깨달음을 얻은 상태. 게다가 진류 도장이라는 빼어난 사부의 가르침 아래에서 십 년간 초지일관(初志一貫) 검을 수련해 왔기 때문에 검에 대한 깊은 이해를 가지고 있었다. 여기에 충분하진 않지만 결코 작다고는 말할 수 없는 내공이 뒷받침되어 검강이라는 경지의 문턱을 넘어서게 된 것이다.

"후우, 하지만 이제 점점 나아지겠지. 그럼 오늘은 이만 하도록 할까?"

조금 아쉬운 듯한 기분이 서려 있는 한숨을 내쉰다. 어느새 시간이 이리도 흘렀는지 태양은 이미 머리 위에 와 있었다. 소진의 말대로 이제 점점 나아질 것이 분명하다. 수련과 비례하는 실력의 향상을 바랄 수 있는 것은 일정한 수준까지이다. 그 이상의 수준으로 넘어가기 위해선 일종의 도약점이 필요하다. 그리고 방금 전 소진은 그 도약점을 넘어 검강을 구현하는 데 성공했다. 즉, 이제 수련을 통해 검강을 보다 능숙하게 시전하게 될 것이라는 말이다.

"소(蘇) 공자님!"

소진이 검을 갈무리하고 다시 방 안으로 들어가려는데 문밖에서 그를 부르는 소리가 들려왔다.

"누구지?"

천천히 걸어가며 문밖의 사람이 들을 수 있을 정도의 크기로 말했다. 분명 자신을 부르는 것이 전혀 생소한 목소리는 아니었다.

"소 공자님! 금룡장의 전칠(全七)입니다. 곡 도련님의 명으로 모시러 왔습니다."

전칠이라면 금룡장에서 일하는 마부 중 한 명이었다. 곡치현과 금룡장에서 머물면서 몇 번 그가 모는 마차를 탄 기억이 있기에 소진은 얼른 문을 열어주었다. 반백의 머리에 염소수염을 기른 전칠의 모습이 보였다. 그는 금룡장의 마부 중에서도 가장 나이가 많은 축에 들었다.

"이런, 벌써 온 건가요?"

"허헛, 오랜만에 뵙습니다, 소 공자님. 그런데 제가 올 걸 이미 알고 계셨던 모양이군요?"

"예, 어제 약속을 했었거든요. 여기서 잠시만 기다려 주겠어요? 준비를 하고 나올 테니……."

"그러지요. 천천히 준비하고 나오십시오, 소 공자."

소진은 몸을 돌려 종종걸음으로 집 안으로 들어갔다. 문 앞에 서서 소진의 뒷모습을 바라보던 전칠의 눈가에 언뜻 이채가 서렸다. 정확히 말하면 그의 한 손에 들린 검에 시선이 모아졌다.

'그러고 보니 소 공자도 범상한 사람은 아닌 것 같은데? 세간에 떠들썩한 약선루의 막후(幕後)에 있는 약선(藥仙)이 검을 수련하고 있다라…… 후훗, 강호의 호사가(好事家)들이 들으면 좋아할 만한 이야기겠군.'

소주에 퍼지고 있는 약선루에 대한 소문은 점점 그 실체를 드러내고 있었다. 약선루가 금룡장의 소장주인 곡치현이 한두 달 전 돌연 소주 외곽의 폐장원을 사들여 만든 것이라는 것과 음식의 가격이 엄청나게 비싸다는 점, 그리고 그 엄청난 가격에도 불구하고 한번 약선루를 거쳐 간 이들은 모두가 한결같이 그 음식을 천하의 일미(一味)로 꼽는다는 점. 하지만 아직도 그 실체를 드러내지 않은 채 소문만이 무성한 존재가 있었으니…….

사람들은 그를 약선이라고 불렀다. 약선루의 그 불가사의한 맛을 만들어내는 주인공, 즉 소진을 이르는 말이었다.

굳이 이런 결과를 의도한 것은 아니었지만 점차 약선루의 명성이 퍼지면서 소진에 대해 물어오고 만나보려는 이들이 기하급수적으로 늘어나자 곡치현이 소진에 대해 일체 함구령을 내림으로써 이 약선이라는 이름을 단지 소문만이 무성한 비밀스러운 존재로 만들어 버린 것이었다.

방으로 들어간 소진은 얼마 지나지 않아 깔끔한 회백색 경장에 갈색 적삼을 걸치고 나왔다. 모두 소주에 온 이후 새로 맞춘 의복이었는데 그다지 나다닐 기회가 없던 탓에 소진의 방 옷장에서 썩고 있던 것을 모처럼의 기회에 꺼내어 입고 나온 것이다. 원체 수려한 용모는 아니었지만 조금 큰 키에 무당에서의 수련으로 잘 다져진 몸 탓에 이렇게 입혀놓고 보자 제법 그럴듯해 보였다.

"허허허, 소 공자, 그렇게 입으니 인물이 훤합니다 그려."

씨익.

소진의 입가로 한줄기 미소가 걸렸다. 옷을 입으면서 스스로 왠지 어색한 느낌에 주저주저했는데 괜찮아 보인다는 말을 들으니 그런 기분이 싸악 가시는 것 같았다. 더구나 나이도 지긋한 전철에게 그런 이야기를 들으니 왠지 더욱 믿음이 갔다.

"후훗, 그렇게 말해 주시니 고맙군요. 그럼 이만 가볼까요?"

소진이 자리에 오르자 마차는 서서히 움직이기 시작했다. 마차 안쪽 자리에 편안히 등을 기대고 창가로 움직이는 풍경들을 바라본 지 대략 한 식경이 조금 넘었을까? 마차는 어느새 금룡장의 정문 앞에 도달해 있었다.

　거처를 옮기기 전에 약 한 달 정도를 이곳 금룡장에서 생활했었다. 그사이 어느 정도 지리를 익혀놓은 소진은 누구의 안내 없이 바로 발걸음을 옮겼다. 크고 작은 전각들을 지나쳐서 그가 도착한 곳은 화사하게 피어난 봄꽃들이 한창인 아름다운 정원이었다. 정원 안쪽으로 들어서자 황색 금의(錦衣)를 맵시있게 차려입은 여인이 시야에 들어왔다. 나이는 대략 이십 대 중반 정도 되었을까? 여인은 뭐가 그리도 좋은지 생글생글 웃는 얼굴로 한가로이 거닐며 정원의 꽃들을 감상하고 있었다.

　"으흠!"

　소진은 일부러 나지막이 인기척을 보였다. 그러자 여인이 소진 쪽으로 시선을 돌린다.

　"어맛! 소 공자! 언제 오셨나요?"

　"방금 도착했습니다, 곡 부인. 인기척도 못 알아채고 그렇게 싱글벙글한 걸 보니 뭔가 기쁜 일이라도 있으신가 보군요."

　"후훗, 예, 있고말고요. 다 소 공자님 덕분이에요. 정말 고마워요."

　"예? 저 때문이라고요?"

　너무 의외의 말에 소진이 순간 반 걸음 정도 뒤로 물러서며 깜짝 놀란 표정으로 되물었다.

　"푸훗, 호호호홋."

　여인은 소진의 이런 반응이 재밌었는지 손으로 입가를 살짝 가리고 소리 내어 웃었다. 조금 무안해서였을까? 소진의 얼굴이 발갛게 달아올랐다. 아직도 자신의 감정을 숨기는 데는 별로 익숙하지 못한 소진이다.

"후후훗, 죄송해요, 소 공자님. 대답도 없이 제가 웃기만 했네요. 표정이 너무 재밌어서……."

"아, 아닙니다."

너무도 솔직한 사과의 말에 오히려 더 무안해진 듯 고개를 푹 숙이며 기어 들어가는 목소리로 대답한 소진이 힐끔 여인의 얼굴을 바라보았다.

절색(絶色)이라고는 말할 수 없지만 얼굴의 굵은 선과 천성적으로 그러한 듯 얼굴에 자연스레 배어 있는 미소가 사람들에게 호감을 주는 인상의 여인이었다.

단 몇 마디 말과 웃음으로 소진의 얼굴을 화끈거리게 만든 이 여인은 바로 곡치현의 부인, 즉 항주 금룡장의 차기 안주인이었다.

"오늘 남편과 서호에 가기로 하셨다죠?"

"예, 옛, 곡 부인. 그, 그 친구가……."

"말씀 안 하셔도 알고 있어요. 남편이 얘기하더군요. 오늘 소 공자님과 서호에 뱃놀이를 가려 하는데 저도 함께 가자고."

"그, 그랬군요."

어릴 적을 제외한다면 여인과 이야기를 나눈 기억은 아마도 손에 꼽을 정도이다. 무당이라고 여인의 출입이 없는 것은 아니었지만 소진이 생활하던 청죽원(靑竹院)이나 의선원(醫仙院)은 이들과는 전혀 상관이 없는 곳이었다. 어느 누가 기껏 무당을 방문해서 고작 평제자용 식당이나 약 냄새만 풀풀 풍기는 의선원을 들르겠는가. 그런 탓일까? 소진은 하산한 이후로도 여인과 이야기 나누기를 영 어색해했다. 곡 부인의 경우엔 하나뿐인 친우의 부인이기 때문에 일부러 용기를 내어 말을

거는 경우도 종종 있었지만 대부분이 지금처럼 용두사미(龍頭蛇尾) 격
으로 되려 쩔쩔매기가 일쑤였다.

"이번이 처음이에요."

"예?"

"이번이 처음이라고요. 그 사람이 저에게 금룡장의 일이 아닌 이유
로 어떤 장소에 함께 가기를 청한 것이."

"그런……."

"정말이랍니다."

"……."

"예전의 그 사람에게 여유가 없었다고나 할까요? 절 아껴주는 것
같긴 했지만 그이는 너무 철저하게 상인이고자 했어요. 이익이 되지
않는 일, 자신의 행복이나 즐거움을 위한 일들은 최대한 자제했죠.
제가 부단히도 애를 써봤지만 바뀌지 않더군요. 후훗, 그런데 우습
죠? 소 공자를 만나고는 불과 두세 달 만에 저렇게 사람이 바뀌
니……."

소진은 나지막이 웃어 보이는 곡 부인의 얼굴 한 켠에서 조금이지
만 또 다른 감정을 느낄 수 있었다. 어떤 이유에서의 씁쓸함이랄까?
하지만 그로서는 쉽사리 이해가 되지 않는 말들이었다. 아마도 과거
의 곡치현을 직접 겪어보지 못한 탓이리라. 하지만 대강 이야기를 모
아보면 과거에 그의 친우는 곡치현이라는 개인의 삶을 살기보다는 금
룡장의 소장주나 금룡상단의 차기 단주로서의 삶을 살아왔던 것 같
다.

"솔직히 처음엔 질투가 나기도 하더군요. 호호훗, 부인이 남편의 친
구에게 질투라면 조금 우습지만 어쨌든 처음엔 그랬어요."

이 말에 소진은 다시 한 번 크게 당황했다. 질투라니!

"저, 저기… 그게……."

"그런 것도 아주 잠시였으니 괜히 당황해하실 건 없어요. 지금은 오히려 고맙게 생각하고 있으니까요. 다시 한 번 말하지만 진심으로 감사하게 생각해요. 덕분에 이렇게 그이와 서호로 뱃놀이도 가게 되었잖아요? 호호홋."

"둘이서 무슨 얘기를 그렇게들 재밌게 하고 있지?"

정원 반대 편에서 들려오는 목소리에 곡 부인의 웃음소리가 그쳤다. 하지만 입가에 띤 미소는 여전했다. 소진은 이미 조금 전에 누군가 다가오는 인기척을 느꼈지만 일부러 잠자코 있던 중이었다.

"당신이 하도 안 와서 소 공자와 잠시 당신 흉을 보고 있었죠."

"뭐라구? 소진아, 그게 사실이냐?"

"응? 으음… 그게……."

"오호! 반응을 보니 정말인 것 같은데? 허허, 그게 대체 말이나 되는 소리야? 도대체 나처럼 완.벽.한. 사람한테 흠잡을 데가 어디 있다고……."

"……."

장내가 순간 조용해지고 따스한 봄날 같지 않은 차가운 바람이 정원을 한차례 휘돌고 지나갔다. 분명 소진은 그렇게 느꼈다. 왜냐하면 그의 양팔에는 오싹 소름이 돋아 있었으니까.

"곡 부인, 저 녀석 혹시 예전에도 저랬나요?"

"아, 아니요. 저런 모습은… 어쩌면 아까 고맙다고 했던 말은 취소해야 할지도 모르겠네요, 소 공자."

"……."

“이것 봐! 대체 서로 무슨 얘기들을 하는 거야! 나도 알아듣게 말을 좀 해보라고!”

“…….”

소진의 봄 나들이

서호(西湖).

단순히 항주 서쪽에 있다 하여 서호라 이름 붙여진 이 호수의 명성은 결코 그 이름처럼 단순하지가 않았다. 웅장한 남아(男兒)의 기상으로 유명한 동정호가 있다면 천하 십대절경의 하나로 꼽히는 서호의 풍광은 마치 여인의 규방처럼 아늑한 분위기를 풍겼다. 총둘레가 30리가 조금 넘는 서호는 호수치고 그렇게 큰 편은 아니었지만 절색의 구릉과 계절을 장식하는 나무들이 아침과 저녁, 비 오는 날과 개인 날, 그리고 춘하추동(春夏秋冬) 각각 나름대로의 다른 아름다움을 지니고 있어서 항시 시인묵객(詩人墨客)들과 연인들의 발걸음이 끊이지를 않았다. 특히나 봄에는 이 세상의 천국이라고 불릴 정도로 호수 주위를 온통 꽃들이 감싸 안는 광경은 절경 중의 절경이었다.

"어마맛! 너무너무 예뻐요!"

따각따각.

잘 정리된 대로를 따라 천천히 달리는 마차 밖으로 푸른빛이 일렁이는 서호와 호숫가에 가득 피어난 형형색색의 이름 모를 봄꽃들이 보였다. 금룡장을 출발하기 전부터 한껏 기대에 부풀어 있던 곡 부인은 호숫가의 선착장에 거의 다다르자 창으로 바짝 얼굴을 들이대며 마치 어린아이처럼 좋아했다. 소진 역시 곡 부인처럼 호들갑만 떨지 않았을 뿐이지 연신 고개를 돌리며 창밖을 내다보기에 바빴다. 곡치현은 그런 두 사람의 모습을 지켜보며 슬며시 웃음을 지어 보였다.

'후훗, 이렇게 보니 의외로 두 사람이 비슷한 점이 많은걸? 왜 예전에는 아내의 저런 점들을 모르고 지냈을까……'

그 상태로 일각 정도를 더 달리자 마차는 서호 변의 선착장에 다다랐다. 곡치현이 미리 준비해 놓은 듯 선착장에는 금룡장의 표식이 그려진 배가 이들을 기다리고 있었다. 기다리던 사공이 얼른 뛰어와 이들을 배로 안내했다.

"이야~ 이 배는 지난번에 탔던 것과는 조금 다른걸? 크기도 훨씬 작고……."

"우리 인원을 생각해 보라고, 그렇게 커다란 배가 필요한가. 그리고 아마 서호에 그런 배를 띄운다면 물에 뜨기는커녕 곧장 옆으로 넘어가 버릴걸?"

서호는 대체적으로 수심이 별로 깊지 않았다. 깊은 곳이라고 해봐야 일 장을 넘는 곳이 드물 정도였다. 때문에 도저히 큰 배는 띄울 수가 없었고, 이곳 배들의 대부분은 바닥을 평평하게 만들어서 최대한 배의 넓이를 늘리는 모습을 취하게 되었다. 그래서 서호의 배들은 한결같이

높이가 낮으면서도 무게에 비해 넓어 많은 인원을 태울 수 있다는 점
이 특징이었다.

"그런 관찰은 나중에 하고 일단은 어서 타자. 너, 계속 이렇게 있다
간 자칫하면 우리 집사람에게 미움받겠다."

"응?"

곡치현의 이상한 말에 고개를 돌려 배 위를 바라보자 어느새 올랐는
지 곡 부인이 뱃머리에 서서는 소진과 곡치현을 뚫어져라 쳐다보고 있
었다.

"분위기상 어서 배에 오르는 게 좋겠지?"

"으, 응."

앞서거니 뒷서거니 두 사람이 마저 배에 오르자 사공은 천천히 노로
선착장의 가장자리를 밀어 배를 움직이기 시작했다. 수심이 얕은 호수
탓인지, 아니면 배의 구조 때문인지 몰라도 배는 거의 흔들림없이, 마
치 얼음판을 미끄러져 나아가듯 움직였다.

곡치현과 곡 부인, 소진, 배를 모는 사공, 이렇게 네 명을 태운 배는
막상 올라와서 보니 생각보다 훨씬 더 공간이 넓었다. 아마 비좁게 탄
다면 스무 명 정도까지도 탈 수 있을 것 같았다.

배가 얼마를 나아갔을까? 출발할 때와는 달리 배 위는 예상외로 조
용했다. 곡 부인은 곡치현의 어깨에 머리를 기대고 눈앞으로 흘러가는
절경들을 행복 어린 시선으로 바라보고 있었고, 소진은 소진 나름대로
한 켠에 앉아 끊임없이 이어지는 절경들에 푸욱 빠져 있었다.

삐이걱, 삐이걱.

사공이 노를 젓는 소리만이 간간이 뱃전을 울릴 뿐이었다.

배는 호숫가에서 대략 10여 장 정도의 거리를 유지하며 유유히 움직

였다. 날씨가 워낙 화창해서인지 이들을 태운 배 이외에도 다른 많은 배들이 호반을 오가며 뱃놀이를 즐기고 있었다. 가끔 소진 일행의 배와 반대 편에서 마주 오거나 진로가 겹치는 배들도 있었으나 그들은 마치 약속이라도 한 듯 알아서 길을 내주었다.

금룡장! 이 세 글자가 절강성, 그중에서도 이곳 항주에서 미치는 영향력이라는 것은 실로 어마어마한 것. 다른 배의 사공들은 아마 모두 이 배의 앞뒤에 금빛으로 선명히 새겨진 금룡장의 표식을 본 것이리라.

간간이 절경들 중 특별한 설화가 얽힌 곳을 지날 때면 곡치현의 상세한 설명이 이어졌다. 곡 부인이야 원래 항주 태생이니 거의가 아는 이야기들이었지만 남편과 외유를 즐기는 것만으로도 마냥 즐거운 듯 싱글벙글 이야기는 듣는 둥 마는 둥이었고 소진은 반대로 치현이 입을 열 때마다 귀를 쫑긋 세웠다. 기괴한 형상의 바위나 석탑 등에 얽힌 설화를 듣는 것은 의외로 상당히 재미있는 것이었다.

"저쪽으로 제방이 하나 보이지? 저게 바로 송대(宋代)의 소동파(蘇東坡)가 만들었다는 소제춘효(蘇堤春曉)야. 물론 소동파가 누군지는 알고 있겠지? 참, 그리고 소동파 얘기가 나와서 하는 말인데, 그는 특히나 이곳 서호의 풍광을 너무너무 좋아해서 배를 띄우고 시를 즐겨 읊었을 뿐 아니라 서호를 월나라의 미인 서시(西施)에 비유해서 서자호(西子湖)라고 불렀다더군."

세간사에 워낙 문외한인 소진이었지만 당송팔대가(唐宋八大家) 중 한 명인 소동파와 양귀비와 함께 중국 최고 미인으로 꼽히는 서시에 대해서는 들어본 기억이 있었다.

"오호~ 서시라……."

"소장주님."

그때 이제껏 배를 몰며 단 한 마디도 하지 않던 사공이 문득 곡치현을 찾았다.

"응? 무슨 일이지?"

"저쪽의 배가 아무래도 저희 쪽으로 오고 있는 것 같습니다."

사공이 가리키는 곳을 바라보니 과연 배 한 척이 천천히 이쪽을 향해 다가오고 있었다. 이 배의 앞뒷면에 새겨진 금룡장의 문양은 멀리서도 확연히 눈에 들어오는 것이었다. 금룡장의 문양을 확인하고도 이쪽으로 다가온다는 것은 전혀 일면식도 없는 이들은 아닐 것이라는 이야기였다.

"소장주님, 어떻게 할까요?"

"분명 배의 문양을 확인했을 것인데 다가온다는 것은……. 일단 잠시 배를 멈추게. 무언가 용건이 있는 자들이겠지."

대략 10여 장 떨어진 거리에 있던 배는 점점 이쪽으로 다가왔다. 소진은 심후한 내공 탓에 금세 저쪽 배에 탄 인물들을 확인할 수 있었지만 일단 잠자코 있었고, 금룡상단의 전주들에게 기본적인 내공 심법과 호신술 정도만을 배운 곡치현은 배가 4장 정도의 거리에 이르러서야 상대방의 얼굴을 확인할 수 있었다.

"응? 저건 아무래도 영령(瑛玲)인 것 같은데?"

"뭐라구요? 저쪽 배에 영령이 있다고요?"

가만히 있던 곡 부인이 반색을 하며 물었다. 남편이 말하는 영령이라면 분명 자신과 절친한 사이인 항주 성주(城主)의 금지옥엽(金枝玉葉) 주영령(朱瑛玲)을 말하는 것이리라. 곡치현과의 즐거운 한때를 방해한 이들을 곱지 않은 시선으로 바라보던 곡 부인은 주영령이 타고 있다는 말에 금세 웃는 낯으로 돌아와 이제 지척에 다다른 상대편의 배를 주

시했다. 소진 역시 두 사람과 마찬가지로 점점 다가오는 배에 시선을
두고 있었다.

뱃머리에는 청색 금의를 예쁘게 차려입은 아가씨가 이쪽을 쳐다보
고 있었다. 갸름한 계란형 얼굴에 이목구비가 선명한 것이 상당한 미
인이었는데, 볼살이 조금 올라 있어서 왠지 귀엽다는 느낌이 강하게 들
었다. 그녀는 뭘 확인하려는지 뱃머리에 올라서서는 눈을 가늘게 뜨고
소진 일행이 타고 있는 배를 뚫어져라 쳐다보고 있었다. 아마도 그녀
가 곡치현 부부가 말한 주영령이라는 소저일 것이다.

배가 조금 더 가까워지자 이제 곡 부인의 눈에도 뱃머리에 서 있는
여인의 모습이 눈에 들어왔다. 곡 부인은 반가운 마음에 소리 내어 웃
으며 손을 흔들어주었다.

"호호홋! 영령아~"

"어맛! 언니! 웬일이에요? 이런 델 다 나오고. 그런데 옆에는… 세상
에! 곡 오빠? 정말 곡 오빠 맞아요? 이봐요, 배를 붙여요. 어서!"

그녀는 두 사람의 모습을 모두 확인하고는 깜짝 놀라서 사공을 채근
했다.

터턱!

작은 마찰음과 함께 두 배의 측면이 완전히 붙었다. 사공들은 능숙
한 솜씨로 양쪽의 배를 고정시켰다. 영령은 뭐가 그리 급한지 일련의
작업이 채 끝나기도 전에 폴짝 뛰어 이쪽으로 넘어온다.

"호호호, 언니, 이게 대체 어떻게 된 일이죠? 나는 금룡장에서 누가
이렇게 뱃놀이를 즐길까 하는 생각에 가까이 와봤더니, 설마 두 사람이
함께 있는 모습을 보게 될 줄이야!"

"주 매(朱妹), 좀 듣기 그런걸? 우리 부부는 함께 뱃놀이도 나오면 안

되는 거였니?"

"그런 건 아니지만… 이제껏 전례가 없었잖아요, 전례가! 오빠가 좀 목석같이 굴었어야지, 지금까지……."

"으흠흠!! 영령아, 그건 그렇고 뒤에 계신 저분들은 그냥 세워둘 작정이니?"

분위기가 점점 안 좋게 돌아가는 듯하자 곡치현은 재빨리 영령의 말을 끊으며 화제를 다른 곳으로 돌렸다.

"피이, 찔리는 데가 있으니깐 괜히 그런다."

영령은 입을 삐죽 내밀며 투덜거렸지만 곡치현이 한번 흘겨보자 어쩔 수 없다는 듯 입을 열었다.

"알았어용! 흐흥! 나중에 두고 보라지. 화(華) 언니~ 그쪽에 두 분과 함께 이쪽으로 좀 건너오시겠어요?"

소진은 어차피 모두 모르는 사람들이었기 때문에 곡치현과 영령이 이야기를 나누는 동안 이 느닷없는 불청객들의 면면을 살피고 있었다.

상대편의 배에 타고 있던 사람들은 사공을 제외하고 2남 2녀로 총 4명이었다. 이십 대 중반으로 보이는 청년들 중 한 명은 허리에 칼을 차고 눈빛이 비범한 것이 무림인으로 보였고, 다른 한 명은 새하얀 백의에 섭선을 들고 있었는데 그 모습이 꽤나 그럴 듯해 보였다. 이 둘은 무슨 비밀 얘기라도 하는지 저쪽 배 끝에 등을 보이고 서서는 가끔 힐끔거리는 눈초리로 이쪽을 쳐다본다. 왠지 떳떳하지 못한 듯한 모습에 소진은 이들이 별로 마음에 들지 않았지만 어차피 알지도 못하는 사람들이라 별 관심을 두진 않았다.

여인들은 모두 이십 대 초반에서 중반 정도로 보였는데 한 명은 바로 이 말 많은 주영령이라는 아가씨였고, 다른 한 명은 뱃전에 서서 영령과 곡치현의 대화를 지켜보고 있는 여인이었다. 처음 이 여인을 보았을 때 소진은 솔직히 적잖이 놀랐다. 그래도 미인이 많다는 항주에서 한 달여를 보내며 꽤 여러 미인들을 보았지만 이 정도로 아름다운 여인은 아직 만나본 일이 없었기 때문이다.

촉촉히 젖은 커다란 눈망울에 유려하게 이어진 선이 아름다운 콧날, 박속 같은 피부와 잘 대비되는 선연한 작은 입술은 마치 앵두를 박아 놓은 듯했다. 그리고 그 사이로 살짝 드러나는 하얀 치아는 주순호치(朱脣皓齒:붉은 입술과 하얀 치아라는 뜻으로 중국 미인의 기준 중 하나)의 표본이랄까?

주영령 역시 미인형의 얼굴이었지만 이 여인과 비교해 보면 역시 여러모로 손색이 있었다. 문득 소진은 소동파가 이곳 서호에 비유했다던 서시가 살아온다면 바로 이런 모습이 아닐까 하는 생각을 해보았다.

주영령이 부르는 소리에 여태껏 계속 모르는 척하고 있던 두 남자는 서로 잠시 눈치를 살폈다.

─이(李) 형, 어쩔 수 없을 듯하오. 그가 이 형을 못 알아볼 수도 있으니……

상대방의 전음을 전해 들은 남자는 쓴웃음을 지어 보였다.

'그가 나를 못 알아볼 리가 없지. 사구정(査苟靜)아, 사구정아, 너의 영민함은 그 명성을 쫓지 못하는 듯싶구나. 내 오늘 너를 따라 이곳에 오지 말았어야 했건만.'

그는 가볍게 한숨을 내쉬며 손에 들고 있던 섭선을 펼쳐서 얼굴을 반쯤 가렸다. 그리곤 그 상태로 몸을 돌려 그도 익히 잘 알고 있는 '금룡장'의 배로 건너갔다. 전음을 건넸던 사구정 역시 그를 따랐다.

잠시 사구정과 다른 이야기를 나누는 사이 금룡장의 배가 주 소저의 눈에 띈 것이 화근이었다. 그가 이 사실을 알아차렸을 때는 이미 자신들의 배가 주 소저의 지시대로 저쪽의 배에 접근하고 있는 상태였다.

선두로 넘어오는 여인의 모습에 비록 내색은 안 했지만 소진처럼 곡치현 역시 상당히 놀랐다. 그로서도 처음 보는 놀라운 미색이었기 때문이다. 그리고 뒤이어 섭선으로 얼굴을 반쯤 가린 남자와 건장한 체격의 청년이 마저 넘어오자 곡치현의 얼굴에 잠시 이채가 서렸다. 섭선으로 얼굴을 가렸다는 것은 무언가 켕기는 것이 있다는 말이었다. 그는 섭선 밖으로 드러난 얼굴만으로 그가 알고 있는 누군가인지를 생각해 보았지만 쉽지 않은 일이었다.

"소개할게요. 이분은 제 외가 쪽으로 먼 친척뻘 되는 언니인데 이번에 항주에 들렀다가 잠시 저희 집에 머물고 있어요. 호홋, 너무너무 예쁘죠? 무림에서는 사봉(四鳳)이라고 하면 모르는 사람이 없다던데⋯ 혹시 알고 있나요?"

"음?"

사봉이라는 말에 곡치현이 깜짝 놀라서 말을 꺼낸 주영령을 바라보았다. 하지만 주영령은 그저 의미심장한 미소를 지어 보일 뿐이었다. 그러자 당사자가 직접 말을 이었다.

"부족하지만 사봉이라는 과분한 칭호를 받고 있는 화연(華蓮)이라고 합니다. 저희가 좋은 시간을 방해한 건 아닌지 모르겠군요."

"하하핫, 아닙니다. 이제 보니 그 유명한 사봉 중의 관음수(觀音手) 화 소저였군요. 실제로 보니 오히려 강호상의 풍문이 부족한 느낌이 드는군요. 대단한 미색입니다.”

“과찬이십니다.”

곡치현이 화연의 미색을 칭찬하는 말에 옆에 서 있던 곡 부인의 안색이 조금 새침하게 변했다. 그리고 그녀의 모습을 봤기 때문인지 주영령은 서둘러 다음 사람을 소개하려 했다. 하지만 그녀는 이어서 자신이 소개하려던 사람이 조금 이상한 모습으로 서 있는 것을 발견했다.

“그리고 저쪽에… 응? 이 공자, 왜 얼굴을 가리고 있지요?”

“하핫, 주 소저, 내 소개는 내가 직접 하리다. 아마 곡 소협께서도 이 모는 잘 알고 계실 것이니…….”

촤악! 탁!

요란한 소리와 함께 얼굴을 가리고 있던 섭선이 접혔다. 모두의 시선이 그에게로 향했다.

“흐음!”

섭선 뒤로 드러난 얼굴을 잠시 유심히 지켜보던 곡치현이 흠칫한 표정을 지어 보였다. 천하에 이름이 널리 알려진 사봉의 관음수 화연보다도 더욱 의외의 인물이었기 때문이다.

한편 곡치현의 반응을 지켜보는 이들의 반응 역시 제각각이었다. 곡치현을 놀라게 한 이 남자의 뒤편에 서 있던 사구정은 입가에 살짝 쓴 웃음을 지어 보였고, 그들의 일행이었던 화연과 주영령은 영문을 모르겠다는 듯 어리둥절한 표정이었다. 모든 사태를 묵묵히 지켜보던 소진은 은연중 위치를 곡치현의 뒤편으로 옮긴 상태였다. 혹시라도 상대편의 검을 든 자가 곡치현을 노릴 경우 곡치현의 실력으로는 방비하기가 힘들 것이라는 판단에서였다.

“곡 오빠, 왜 그렇게 놀라는 거죠? 혹시 이 공자와 아는 사이였나요?”

궁금증을 참지 못하는 주영령이 재빨리 질문을 던졌다. 영령의 옆에 서 있던 곡 부인 역시 조금 불안한 눈빛으로 남편을 바라보고 있었다.

하지만 언제 놀랬냐는 듯 곡치현의 안색은 어느새 다시 정상으로 돌아와 있었다. 오히려 입가에는 옅은 미소마저 서려 있었다.

"허허허, 오랜만에 뵙는군요. 이 공자께서 못 올 곳엘 온 것도 아닌데 제가 공연히 놀라 추태를 부린 듯싶습니다."

"저 역시 이런 곳에서 소장주님을 다시 뵙게 될 줄은 미처 예상치 못했습니다. 삼 년 만인가요? 용케 제 얼굴을 기억하시는군요."

"천하제일로 불리는 천화상단(天華商團)의 부단주님을 잊을 리가요. 삼 년 전 북경에서 끝까지 저희를 배웅해 주시던 모습이 아직도 선하군요."

'내가 어떻게 당신을 잊을 수가 있겠소. 나에게 최초의 패배를 안겨준 인물인데……'

삼 년 전, 당시에도 금룡장의 명성은 대단한 것이었다.

강남제일장(江南第一莊)!

천화상단과 함께 대륙 삼대상단으로 불리울 정도의 사업 수완과 재력. 그 기세는 욱일승천(旭日昇天)으로 벌써 십여 년째 대륙 제일상단의 명성을 이어오던 천화상단에게는 큰 위협이었다. 그리고 그 선봉에는 언제부터인가 소면상귀(笑面商鬼), 혹은 황금수(黃金手)라는 독특한 별호로 불리우는 금룡장의 후계자 곡치현이 위치하고 있었다.

'후훗, 나름대로 철저히 준비했다고 여겼었건만… 그의 암수(暗手)

를 벗어나지 못하다니.'

당시 곡치현은 북경으로의 진출을 노리고 있었다. 언제까지 강남제 일이라는 명성을 이어가고 싶지는 않았다. 그는 강남 제일보다는 천하 제일의 칭호를 얻고 싶었다. 그래서 선택한 것이 바로 천화상단의 주 무대인 북경에서의 정면 승부였다. 당시 약관을 조금 벗어난 나이에 금룡상단의 부단주 직책을 맡으며 손대는 사업마다 모두 성공을 거두 어 자신감에 넘쳐 있던 곡치현은 주위의 만류를 무릅쓰고 북경으로의 진출을 모색했다. 그리고 당시 천화상단이 독점하던 북경의 곡물 시장 에 뛰어든다.

금룡장은 강남의 질 좋은 쌀을 대량으로 확보하고 있는 상태였기에 충분히 경쟁력이 있으리라 예상했건만 결과는 참패였다. 일단 가장 큰 고객인 관부에서는 금룡장을 거들떠보지조차 않았다. 천화상단보다 싼 가격에 질 좋은 양품의 쌀을 내놓았지만 이미 천화상단에서 손을 쓴 탓이었다. 천화상단은 관부와도 깊은 줄이 닿아 있는 듯 보였다. 시 전의 대소 상인들 역시 마찬가지였다. 미리 협조를 약속받은 자들도 많았지만 막상 뚜껑을 열고 보니 천화상단의 압력이 너무 거세어 도저 히 금룡장의 손을 들어줄 수 없다는 입장이 대부분이었다. 거기에 금 룡장에 관련된 각종 유언비어와 악성 소문들이 갑자기 북경에 퍼져 나 갔다.

한 달을 버텼지만 도저히 가망이 없어 보였다. 천화상단의 암수는 정말 완벽할 정도였다. 이를 갈며 북경에서 철수하던 곡치현의 앞에 나타난 이가 바로 지금 눈앞에 서 있는 천화상단의 부단주 이문추(李文 湫)였다. 비가 부슬부슬 내리는 날에 그들이 지나가던 남문대로에 서 있는 그를 본 순간 곡치현은 모든 일을 꾸민 이가 바로 그라는 것을 직감적으로 알 수가 있었다. 그리고 떠나가는 그들을 끝까지 지켜보던 그의 얼굴은 아직도 기억 저편에 생생히 남아 있었다.

곡치현의 말에 모두의 시선이 다시 천화상단의 부단주 이문추에게 향했다.

"천화상단?"

"암전귀상(暗箭鬼商) 이문추?"

상계(商界)에서 이문추라는 이름은 곡치현 못지 않게 유명한 존재였다. 곡치현이 그 뛰어난 사업적 수완으로 명성을 떨친다면 이문추는 그의 별호에서 말해 주듯 각종 암수와 귀계(鬼計)로 이름이 높았다.

'암전귀상' 이라는 말에 이문추의 고개가 획 돌아갔다. 순간적으로 보여진 그의 매서운 눈빛에 주영령은 오금이 저려왔다.

"미리 정체를 밝히지 못해서 죄송하오, 두 분 소저. 사(査) 소협과의 친분 때문에 온 것이라 굳이 밝힐 필요를 느끼지 못했을 뿐이오."

이문추가 말을 마치자 그의 뒤에 서 있던 사구정이 앞으로 한 걸음 나오며 가볍게 포권했다.

"청성의 사구정(査苟靜)이라 합니다."

"음? 청성이라면… 혹시 청운검(靑雲劍) 사 소협?"

"예, 제 별호가 청운검이 맞습니다."

"허허, 오늘 이 곡 모의 눈이 호강하는구려. 사봉에 이어서 이번에는 사룡(四龍)이라……."

천하가 십여 년간 안정되면서 강호에도 뛰어난 후학들이 많이 등장하게 되었다. 그중에서도 특히 빼어난 이들이 몇몇 있었으니… 사봉사룡(四鳳四龍)이란 당대에 뛰어난 후기지수(後起之秀)들에게 이름 짓기 좋아하는 강호의 호사가들이 붙여준 별칭이었다. 하지만 이들은 그다지 몰려다니는 것을 즐겨하지 않았기 때문에 한자리에서 여럿을 만나는 것은 극히 드문 일이었다.

한편 곡치현의 반응에 사구정은 만족스러운 미소를 지어 보였다. 마치 자신을 알아볼 줄 알았다는 듯한 반응이었다. 그 모습에 뒤에서 잠자코 지켜보던 소진의 눈가가 살짝 찌푸려졌다.

'쯧쯧, 사룡이 뭐 하는 녀석들인지는 몰라도 저 녀석을 보아하니 별로 상태가 좋은 놈들 같진 않군. 이름은 또 구정(苟靜)이 뭐야, 구정물도 아니고…….'

하지만 그는 알고 있을까? 사룡 중엔 그의 사문인 무당의 인물도 한 명 들어가 있다는 사실을…….

왠지 분위기가 어색하게 흘러가자 곡 부인과 잠시 이야기를 나누며 사태를 지켜보던 주영령이 입을 열었다. 어차피 같은 배를 타긴 했지만 그것은 사구정의 간곡한 부탁에 못 이겨서였을 뿐 사실 그녀는 뱃놀이 내내 그가 화연에게 던지는 눈빛이 영 마음에 들지 않았다.

"사 소협, 아무래도 우리는 일행을 나누는 편이 좋겠어요. 저희가 이쪽 배를 타고 갈 테니 두 분은 원래 타고 온 배를 타고 가도록 하세요."

"하, 하지만."

"영령아!"

다급히 나섰던 사구정이 잠시 이쪽의 화연을 보다가 다시 옆에 서 있는 이문추를 바라보곤 작은 한숨을 내쉬며 고개를 숙였다. 곡치현 역시 갑작스런 말에 주영령을 쳐다보았지만 그 옆에서 걱정스럽게 자신을 바라보는 아내의 모습에 다른 말은 꺼낼 수가 없었다.

한편, 이 자리를 벗어날 기회로 생각했을까? 이문추는 청산유수처럼 말을 이었다.

"공연히 제가 끼어들어 여러분들의 흥취를 방해만 했군요. 불청객은 빨리 사라지는 게 도리겠지요? 곡 소협, 오늘은 이만 물러가고 기회가 된다면 다시 뵙도록 하지요."

"다음번에는 아마 지난번처럼 그렇게는 되지 않을 겁니다. 다시 뵐 날이 기다려지는군요."

"후훗, 저 역시 그날을 기다리겠습니다."

말을 마친 이문추는 잠시 곡치현과 눈싸움을 하다가 사구정과 함께 원래 그들이 타고 왔던 배로 건너갔다. 임시로 연결해 놨던 밧줄이 풀리고 사공이 한두 차례 힘차게 노를 젓자 두 배는 서서히 멀어져 갔다.

곡 부인은 다시 배가 평온해지자 내심 안심하는 눈치였고, 곡치현은 조금 아쉬워하는 눈길로 멀어져 가는 배를 바라보고 있었다.

"그런데 저 두 사람과 어쩌다 한 배를 타게 된 거지?"

"다 사 소협 때문이에요. 우연히 우리 화 언니를 보고 난 후부터 계속 따라다니는 통에……. 그래도 사룡 중 한 명이면 믿을 만하다는 생각에 그냥 같이 타게 됐죠 뭐. 그런데 설마 옆에 있던 사람이 바로 그 이문추일 줄은 꿈에도 몰랐지 뭐예요."

주영령의 말에 곡치현은 잠시 생각에 잠겼다.

'요즘 천화상단의 움직임이 거의 보이지 않는데 대체 무슨 일을 꾸미고 있는 거지? 이렇게 오랫동안 아무 일도 벌이지 않을 리가 없는

데……. 오늘 그가 사 소협과 함께 모습을 드러낸 것은 무슨 특별한 의미가 있는 것일까?

이렇게 곡치현이 딴생각에 빠져 있자 비록 어쩔 수 없는 상황이었다고는 하지만 곡 부인의 입장에서는 심통이 날 수밖에 없었다. 어떻게 수습을 해보려 했지만 더 이상 뱃놀이를 즐기기는 불가능할 듯했다. 이문추와 사구정의 등장으로 곡치현은 그쪽으로 더 신경을 쓰는 듯 보였고, 배 안에는 갑자기 일행이 두 사람이나 더 생겨 버렸다. 조금 전까지의 달콤한 분위기는 더 기대할 수 없게 된 것이다.

'치잇! 이게 뭐야! 도대체 얼마 만에 그이와의 외유(外遊)인데… 영령이가 이쪽으로 오지만 않았어도 이런 일은 없었을 것을!'

괜스레 배 한 켠에 화연과 나란히 앉아 있는 주영령만 미워 보일 뿐이었다.

한편 선미 쪽에 조용히 앉아 있던 소진은 곡 부인의 이런 심경을 대강 눈치 채고 있던 중이었다. 표정에서도 간간이 드러나고 있었지만 그보다는 이미 금룡장을 나서기 전에 곡 부인과 나눈 대화에서 그녀가 얼마나 이 뱃놀이에 대해 기대하고 있는지를 잘 알고 있었기 때문이다.

"저…….."

모두 나름대로 생각을 하느라 배 위가 조용하기도 했거니와 주영령 일행을 만난 이후로 한마디도 하지 않던 소진이 입을 열자 네 쌍의 눈이 전부 그에게로 향했다.

"보아하니 더 이상 뱃놀이를 즐기기는 힘들 듯싶군요. 그래서 하는 말인데 시간도 적당한 것 같고 차라리 저희 집에 가서 저녁 식사라도 하는 게 어떨까 하는데……."

소진의 제의에 가장 먼저 반색을 표시한 사람은 다름 아닌 곡치현이었다.

"우훗! 가자! 그렇지 않아도 요즘 일하느라 네게 얻어먹은 적이 거의 없어서 내심 벼르고 있었는데… 게다가 오늘은 마침 이 사람도 있으니 말이야."

침울해 보이던 곡 부인의 얼굴에 순간 화색이 돌았다.

"영령아, 너도 같이 가자. 후훗, 오늘 운수대통한 줄 알아라. 화 소저도 같이 가실 거죠?"

"홍홍! 고작 저녁 식사 한 끼 가지고 무슨 운수대통까지? 명색이 대(大)금룡장의 소장주라는 사람이 겨우 그런 걸로 생색이나 내려 하는 거예용?"

"후후훗, 생색이라……. 그건 가보면 알게 되겠지."

배를 다시 선착장으로 돌린 곡치현 일행과 영령은 각기 마차를 나눠 타고 약선루로 향했다. 주영령과 화연은 자신들이 타고 온 마차를 타고 금룡장 마차의 뒤를 따르고 있었다.

"화 언니, 화 언니. 아까 곡 오빠의 그 표정 봤어요? 마치 한턱낸다는 듯한 그 표정. 저녁 한 끼가 뭐 그리 대수라고……. 홍! 홍! 정말 단(端) 언니는 뭐가 좋다고 그런 목석에게 시집갔는지 몰라."

그녀가 말하는 단 언니란 바로 곡 부인을 지칭하는 말이었다. 호들갑스러운 주영령과는 반대로 차분한 성격의 화연은 영령의 이야기를 끝까지 들어주고는 입을 열었다.

"그런데 조금 이상하구나."

"뭐가요, 언니?"

"아까 저녁을 대접한다고 한 사람은 분명 그 옆에 있던 분이었는데 어째서 곡 공자가 그런 말을 한 것이지? 아! 그러고 보니 우리는 그 일행 분의 이름도 아직 모르고 있구나.”

“앗! 그랬었구나! 이잇, 자기가 사는 것도 아니면서 괜히 생색만 부렸단 말야? 흥흥! 두고 보라지. 어딘지 몰라도 도착하기만 하면 꼼짝 못하게 해줄 테니…….”

한참을 달리던 마차가 멈추자 영령은 마차 문을 벌컥 열고는 쏜살같아 뛰어나왔다. 곡치현을 찾아 두리번거리던 그녀의 눈에 먼저 들어온 것은 작지 않은 규모의 장원과 그 대문 위에 걸린 커다란 현판이었다.

“여기는 또 어디… 응? 약선루?”

‘약선루라면 요사이 한창 유명한… 가만! 분명 약선루를 운영하는 곳이 금룡장이라고 들은 것 같은데… 그럼 곡 오빠가 대접하는 거였나? 대체 어떻게 된 거지?

“영령아, 거기서 멍하니 서서 뭐 하는 거니? 어서 들어가자.”

“으응, 단 언니. 알았어.”

어느새 마차에서 내렸는지 곡치현이 굳게 잠겨 있던 약선루의 문을 열었고, 곡 부인과 소진이 그 뒤를 따랐다. 잠시 멍하게 서 있던 영령도 관음수 화연과 함께 안으로 들어갔다.

곡치현이 일행을 안내한 곳은 약선루의 사원 중 매괴원(枚槐院)이었다. 고급스러운 느낌의 실내를 찬찬히 둘러보던 영령이 곡치현에게 물었다.

“오늘은 쉬는 날인 것 같던데 약선루는 요리사들이 항상 대기 중인가 보죠?”

“음? 하하핫! 어떻게 생각하면 그렇다고도 할 수 있겠군.”

주영령의 물음에 곡치현은 웃음을 터뜨렸다. 소진의 집이 약선루이다 보니 꼭 틀린 말은 아니었기 때문이다.

"이잇! 왜 웃는 거예용!"

"조금만 기다려 봐, 이유를 알 수 있을 테니."

"곡 공자님."

이번에는 줄곧 조용하던 화연이 입을 열었다.

"화 소저, 부르셨나요?"

"아까 함께 오신 친구 분이 안 보이시는 것 같은데……."

"함께 온 친구라면… 소진 말인가요?"

"아, 그분이 소 공자셨군요. 여태껏 이름을 모르고 있었네요. 아무튼 그분은 함께 식사하는 게 아니었나요? 들어오는 길에는 분명히 계셨던 것 같았는데……."

"후후훗, 그 친구도 아마 조금만 기다리면 나타날 겁니다."

"……."

계속 기다려 보면 알리라는 애매모호한 대답만 하는 곡치현을 보며 영령은 다시 발끈했지만 별다른 행동은 취하지 않은 채 단지 뾰로통한 표정만을 지어 보였고, 화연은 그저 조금 의아해하는 모습이었다. 단지 내막을 알고 있는 곡 부인만이 남편의 장단에 맞춰 짐짓 모르는 척하며 웃음을 참고 있었다.

대략 한 식경 정도가 지났을까? 아직 밖에서는 작은 인기척조차도 들리지 않고 있었다. 역시 가장 참을성이 모자란 주영령이 먼저 투정을 부렸다.

"히잉, 곡 오빠! 오늘 안에 밥 먹게는 해주는 거예요? 나 이제 배고픈데……."

“이제 거의 올 때가 된 것 같은데…….”

“대체 누가…… 설마 소 공자?”

호랑이도 제 말 하면 온다던가? 개중 가장 무공이 뛰어난 화연이 밖에서 들려오는 인기척을 알아채곤 입을 열었다. 화연의 어투가 조금 이상했지만 아무도 그런 것에 신경을 기울이지는 않았다. 화연의 말이 떨어지기가 무섭게 문을 두드리는 소리가 들려왔기 때문이다.

탁! 탁! 탁!

“치현아, 어서 문 좀 열어줘!”

“후훗, 이제야 왔군. 응? 그런데 왜 직접 열지 않고…….”

어쨌든 밖에서 들리는 소진의 말을 듣고 몸을 일으키던 곡치현은 순간 오늘은 음식을 나르는 사환이 한 명도 없다는 사실을 깨달았다.

“이런…….”

급히 나서서 문을 열자 역시나 문밖에는 마치 기예단에서 나온 듯 엄청난 수의 접시들을 아슬아슬하게 들고 서 있는 소진의 모습이 눈에 들어왔다.

“흡! 푸풋!”

“호호홋!”

“…….”

그 모습에 영령과 곡 부인은 순간 웃음을 터뜨렸다. 하지만 화연은 별다른 감흥을 받지 못한 듯 변화없는 표정으로 소진을 찬찬히 살펴보고 있었다.

‘문 앞까지 다가와서야 내가 인기척을 느꼈다는 것은 분명 소 공자가 나를 능가하는 무공을 익히고 있다는 말인데…….’

사봉이라는 별호는 거저 얻어진 것이 아니었다. 후기지수들 중에서도 손꼽히는 실력을 갖추고 있어야 하는 것이다. 그런 사봉 중의 하나인 관음수 화연의 이목에도 걸리지 않고 바로 문 앞까지 접근할 수 있다는 것은 대단한 것이었다.

'하지만 전혀 고수라는 느낌은 들지 않아. 무공을 익힌 흔적조차……. 이게 대체 어찌 된 일이지? 무공도 익히지 않은 이가 나의 이목을 완벽히 속이고 이렇게까지 접근할 수 있을 리가 없는데……. 설마 내가 잠시 방심하고 있었던 건가?'

도저히 소진에게서 자신이 예상하던 모습을 찾아내지 못한 화연은 잠시 고민하다가 결국은 자신이 방심했다는 쪽으로 결론을 내렸다. 자신의 실력에 대한 자신감도 이런 결론에 일조를 했다.

'그래, 조금 마음을 놓고 있었던 것 같아. 저렇게 음식 접시나 나르는 사람이 내 이목을 피할 정도의 실력을 갖고 있을 리가 없지.'

화연이 이런 생각을 하게 된 것도 무리는 아니었다. 본인 스스로도 자각하지 못하고 있는 사실이지만 마벽을 넘어선 이후 수련을 하면 할수록 소진의 기도(氣道)는 마치 무공을 익히지 않은 범부(凡夫)의 그것처럼 평범하게 변해갔다. 처음 곡치현 일행을 만났을 때만 해도 노반 정도의 실력자는 소진의 경지를 대략 알아볼 수 있었지만 지금은 그나마도 불가능할 정도로 소진의 기도는 평이한 수준의 것으로 바뀌어 있었던 것이다.

"언니!"

"으, 응?"

"무슨 생각을 그렇게 해요."

주영령이 부르는 소리에 퍼뜩 정신을 차리고 보니 탁자 위에는 어느새 화려한 음식들이 보기 좋게 놓여져 있었다.

"자, 오래 기다리셨습니다. 나름대로 신경을 써서 만든 요리이니 그리 나쁘지는 않을 겁니다."

"누가 만든 음식인데 어련하겠어? 후훗, 다들 어서 먹자구. 그리고… 흐흠!"

곡치현은 잠시 머뭇거리는 듯하다가 헛기침을 한 번 하고는 우선 부인의 접시를 들어다가 이것저것 맛있는 음식들을 골라 담아주었다. 전에 없던 남편의 행동에 부인 단씨의 얼굴이 환하게 펴지는 것은 당연지사였다. 곡 부인의 시선이 문득 소진에게로 향했다. 살짝 고개를 숙여 보이며 그녀가 보내는 눈빛은 '소 공자, 고마워요' 라고 말하려는 것 같았다.

아마도 서호에서 어수선해진 분위기를 수습하기 위해 일부러 이런 자리를 마련한 소진에 대한 감사의 표시이리라. 소진은 조금 쑥스러운 듯 머리를 긁적거렸다. 반면 이런 모습을 조금 불만스럽게 지켜보는 이도 있었으니… 영령은 마지 못한 심정으로 가장 가까운 곳에 놓인 서호초어(西湖醋魚)를 조금 떼어 입으로 가져갔다. 서호초어는 항주 및 절강성 일대의 대표적 생선 요리 중 한 가지였다.

'치잇! 약선루로 데려오길래 그래도 기대를 했더니 저 소진이라는 사람이 만든 음식을 대접하다니……. 흐흥! 이런 음식이야 우리 집에 가도 얼마든지 먹을 수 있……!'

"……."

영령의 젓가락이 다시 바로 앞에 놓인 서호초어로 향했다. 이번에는 조금 전처럼 살점만 조금 집은 것이 아니라 한입에 딱 적당할 정도의 양이 집혀 올라왔다. 다시 한 번 정확히 맛을 본 영령의 얼굴에는 깜짝 놀란 빛이 역력히 드러났다.

‘이, 이게 뭐지? 서, 설마 다른 것들도?’

갑자기 영령의 손이 조금 빨라졌다. 주위의 다른 음식들까지 조금씩 덜어다가 일일이 맛을 본다.

‘흐읍, 무슨 홍초양육(紅椒釀肉)이 이렇게나… 삼사교어(三絲橋魚)도 그렇고… 이건 정말이지!’

고추의 속을 비우고 그곳에 고기와 새우, 버섯을 이용한 소를 집어넣어 튀겨낸 홍초양육이나 대구와 닭고기가 잘 어우러진 삼사교어의 맛은 주영령이 이제껏 맛보지 못한 엄청난 맛을 자랑했다. 권세가의 집안에서 태어난 탓에 귀한 음식을 많이 먹으며 자란 그녀로서도 이런 맛은 정말 처음이었다. 절로 감탄사가 터져 나왔다.

“…맛있어.”

“그렇지? 정말 맛있지? 후훗, 영령이도 소진이의 음식 맛에 반했나 보구나. 하긴, 저 녀석 음식을 먹고서도 태연하면 사람이 아니지.”

조금 얼빠진 듯한 영령의 말에 곡치현이 바로 맞장구를 쳤다. 영령은 그 말에 퍼뜩 정신이 들었다.

“그, 그게 아니에요! 이건… 도대체가 말이 안 되게 맛있잖아요! 이걸 정말 저 소 공자님이 만든 거란 말이에요?”

한편 음식을 맛본 화연 역시 그 맛에 크게 탄복한 상태라 영령의 말에 유심히 주의를 기울이고 있었다.

“당연하지. 저 녀석이 아니면 대체 누가 이런 음식을 만들 수가 있겠어.”

“소 공자가 아니면 안 된다? 마치 항간에 소문만 무성한 약선루의 약선이라도 되는 듯 얘기하는군요?”

“오호, 영령이도 대단한걸? 그걸 단번에 맞추다니.”

"······."

영령은 갑자기 말문이 막혔다.

약선(藥仙).

소진을 가르키는 말이었다. 하지만 곡치현이 약선루 내에서조차 그에 대해서는 일체의 함구령을 내린 탓에 이름이나 나이, 어느 것 하나 제대로 알려진 것은 없었다. 그저 약선루의 환상 요리들을 만들어내는 누군가를 지칭하기 위해 사람들이 임의로 만들어낸 별칭인 약선. 약선루의 명성이 높아갈수록 이 약선의 존재에 대한 소문 역시 무성해져서 세간에는 반인반선(半人半仙)의 경지에 오른 인물이라는 둥 일인단맥(一人單脈)으로 이어지는 요리 비전의 전승자라는 둥 온갖 추측들이 난무하고 있었다. 상황이 이렇게 되자 최근 곡치현은 소진을 더욱 신비스러운 존재로 만들기 위한 노력까지 하고 있었다. 소진의 존재가, 그리고 약선이라는 이름이 약선루를 더욱 유명하게 만들어주고 있었기 때문이다.

'그런 약선이라는 존재가 바로 이 눈앞에 있는 평범하게 생긴 남자라고? 소문처럼 신비스럽거나 고독한 구도자(求道者)와 같은 모습은 눈을 씻고 찾아봐도 없고 나이는 고작해야 약관을 조금 넘긴 것 같은 저 사람이?'

"주, 주 소저였나요?"

"네?"

영령이 자신의 얼굴을 뚫어져라 쳐다보자 조금 민망했는지 소진이 먼저 말을 건넸다.

"제게 무슨 하실 말씀이라도 있나요? 저 때문에 상당히 놀라신 것 같은데……."

"당신이……."

"……."

"당신이 정말 그 약선인가요?"

"약선이라는 사람이 약선루의 주방을 책임지는 사람을 말하는 것이라면 제가 맞는 것 같군요."

왜인지는 모르겠지만 소진의 말은 영령에게 상당한 믿음을 심어주었다. 그가 정말 약선이라면 곡치현이 이곳 약선루엘 온 것도, 음식 맛이 이렇게 환상적인 것도 모두 설명이 가능했다. 영령은 일단 소진이 소문상의 그 약선이라는 사실을 인정하고 나자 혼란스럽던 머리 속도 한결 차분해지는 것 같았다.

"후훗, 이상하게도 곡 오빠의 말보다 소 공자의 한마디가 더 믿음이 가네요. 제가 상상하던 것과는 너무 딴판이라 잠시 무례를 범했군요. 사과드려요."

"아니, 그, 그럴 것까진……."

이렇게 잠시간의 소란도 일단락되고, 매괴원에서의 저녁 식사는 조용한 가운데 몇 마디의 담소들이 오가며 화기애애하게 끝을 맺었다. 특이할 만한 사실은 다섯 명이 먹기에 상당히 많은 음식이 나왔음에도 불구하고 거의 모든 음식이 깨끗이 비워졌다는 사실이다.

거기에는 영령과의 대화가 끝난 후 갑자기 생각난 듯 '오늘 요리는 여자 분들이 많아서 일부러 피부 미용에 도움이 될 만한 재료들을 주로 사용했습니다. 효과는 제 이름을 걸고 보장하지요' 라는 소진의 말 한마디가 결정적 역할을 했다. 이 말에 주영령과 곡 부인은 물론이고

항상 차분하고 조용한 모습을 보여주던 화연조차도 은근히 자신의 접
시에 담아내는 음식의 양을 늘렸다는 후문이 전해진다. 그리고 이렇게
소진의 첫 봄 나들이는 막을 내렸다.

당첨! 강남 연행!

사부님께.

사부님, 그동안 잘 지내셨는지요? 좀 더 일찍 연락을 드렸어야 했는데 어쩌다 보니 이렇게 늦어졌네요. 산을 내려와 여러 가지 일들이 많았습니다. 집에 도착하니 의외로 할아버지의 건강이 많이 안 좋으신 상태였어요. 할 수 있는 방법은 다 동원해 보았지만…(중략)… 그렇게 할아버지를 묻어 드리고 저는 집을 떠나서 지금은 항주에 와 있습니다. 다행히 이곳에서 친구를 사귀었는데…(중략)… 지금 일하는 곳은 약선루라는 곳입니다. 항주 외곽의 큰 주루인데 아마 자리를 옮길 것 같지는 않으니 혹시 절 찾으시려면 이곳으로 오시면 될 거예요. 사부님이랑 사형들 모두 그립기만 합니다. 당장이라도 달려가고 싶지만 이곳의 일이 제가 없으면 안 되는 것이라 이렇게 서신으로 연락을 드립니다.

건강하세요, 사부님.

　추신: 이건 놀래켜 드리려고 마지막에 적습니다. 사실 얼마 전에 천운으로 오행신공을 대성할 수 있었습니다. 그래서 당연히 지금은 내공도 마음대로 사용할 수 있고요. 이것 때문에 사부님께 여쭤보고 싶은 게 많지만 나중에 직접 얼굴을 뵙고 말씀드리겠습니다.

소진 배상(拜上).

　와락!

　편지지를 잡고 있던 두 손이 그대로 불끈 쥐어졌다. 친우의 죽음은 이미 자신이 직접 확인한 바이다. 궁금했던 것은 그의 하나뿐인 제자의 행방이었다.

　어느 날 불길한 예감에 걸음을 재촉하여 도착한 친우의 집에는 오로지 싸늘한 기운만이 감돌고 있었다. 집 주위뿐 아니라 인근 산자락을 모두 뒤진 결과 산 중턱에서 그 친우의 무덤을 발견해 낼 수 있었다. 하지만 하산을 허락했던 그의 제자는 그림자도 찾아볼 수가 없었다.

　그런 제자에게 온 삼 개월 만의 서신은 진류 도장을 흥분시키기에 충분한 것이었다. 특히나 그 편지의 마지막에 쓰여진 내용은……

　휘익!

　순간 진류 도장의 신형이 방 안에서 사라졌다. 무당의 장로원인 세심원 내의 소요각은 무슨 일이 있었냐는 듯 다시 적막에 빠져들었다. 문 내에서는 보통 경공의 사용을 금지하였지만 진류 도장은 지금 그런 것들을 따질 상황이 아니었다. 한시라도 빨리 자신의 눈으로 확인하고 싶었다. 소요각에서 사라졌던 진류 도장의 모습이 다시 나타난 곳은 장문인의 처소인 자소궁. 그리고 대략 한 식경 후 해검지를 지키던 제자들은 눈 깜짝할 사이에 산문을 지나쳐 내려가는 진류 도장의 뒷모습을 볼 수 있었다. 대경실색한 제자들이 이 인영의 정체를 확인하기 위해 급히 몸을 날리려 했지만 이내 다시 제 위치로 되돌아왔다. 그들의 귀로 아스라이 멀어지는 진류 도장의 전음성이 들려왔기 때문이다. 진류 도장의 신형은 순식간에 시야에서 사라져 버렸고, 무당으로 이어지는 산로(山路)는 다시금 평온을 되찾았다.

세월유수라 했던가. 연녹빛의 풋풋한 속살을 내보이던 무당의 수목들이 짙푸른 녹음의 계절을 지나 산을 온통 불태울 듯 붉게 변해간다. 그리곤 매섭게 몰아치는 동장군(冬將軍)의 기세를 잠시 피해 있기를 두 차례. 어느덧 무당은 다시 예전의 푸른빛을 되찾아가고 있었다.

"무선(無宣) 사형, 이번엔 정말 제가 갈 거예요!"

"무슨 소리야! 작년에 분명 제비뽑기에서 내가 아쉽게 이등을 했으니 이번엔 당연히 내 차례지!"

"에이~ 사형, 그건 지난번이고 이번에는 당연히 새로 해야지요. 이번에는 무슨 일이 있어도 내가……."

"자소궁에 다 왔다. 조용히들 해라."

앞서 가던 무청(無靑) 도장의 싸늘한 한마디에 일행은 순간 조용해졌다.

—무청 사형의 기분이 오늘 별로 안 좋은가 보다. 잠시 자중토록 하자.

—알았어요, 무선 사형. 그래도 정말 이번에는 제가 가는 게 좋은 것 같은데…….

—아, 글쎄 이번에는 네가 한 번만 양보를 하라니까 그러네.

사형제들에게는 나름대로 극진한 무청이었지만 항상 그런 것만은 아니었다. 지금처럼 왠지 분위기가 안 좋을 때는 다른 사형제들도 은근히 그의 눈치를 살폈다.

'칫! 올해의 연행(延行)도 내가 가면 안 되는 건가?'

무청의 이마가 살짝 찌푸려졌다.

무당에서는 연행이라 하여 일 년에 한 번씩 강남(江南)과 강북(江北)에 제자들을 한 명씩 보내는 것이 관례였다. 이들은 대략 두 달 정도의 기간 동안 천하에 퍼져 있는 무당 제자들 및 무당과 관련되어 있는 개인이나 문파를 찾아 그 연계(連繫)를 공고히 하고 돌아왔다.

사실 말이 거창해서 연계를 공고히 한다는 것이지 하는 일이라곤 가는 곳마다 한 끼 식사를 대접받고 몇 마디 인사말과 간단한 대화를 나누는 것이 다였다. 쓸데없는 짓 같기도 하지만 실상 이런 만남은 속가(俗家)의 제자들이나 무당과 줄이 닿아 있는 문파에 '무당은 아직 너희를 잊지 않고 있다'라는 인상을 강하게 심어주었기 때문에 벌써 수십 년째 계속되고 있었다. 그리 힘들어 보이는 일은 아니지만 따지고 보면 무당의 대표로서 나선다 할 수도 있는 것이기 때문에 이 일을 수행하는 것은 보통 다음 대(代)에 무당을 책임질 일대 제자들이 맡았다. 그렇다고 '이 일은 상당히 의미있고 개인적으로도 무당을 대표해서 세상에 나서는 기회이기 때문에 가려 하는 제자들이 많겠군'이라고 생각했다면 그것은 큰 오산이다. 그 의의가 어찌 됐든 두 달이라는 짧지 않은 기간 동안 이들이 하는 일이라는 것은 매일 비슷한 부류의 사람들을 만나 똑같은 내용의 인사말을 주고받고, 다시 장소를 옮겨 비슷한 사람들을 만나고, 인사를 나누고… 이런 따분하기 이를 데 없는 일과의 반복이었다. 실제 연행을 수행한 경험이 있는 과거의 선배 문인들

은 이것을 '내 평생의 도사 생활 중 가장 길게 느껴졌던 두 달'이라고
표현할 정도였다. 그래서 보통 연행을 수행할 제자를 선발할 때가 되
면 끝까지 서로 미루고 미루다가 결국은 제비뽑기나 내기를 해서 진
사람이나 사형제들 중 가장 막내가 울며 겨자 먹기로 가게 되는 경우
가 대부분이었다.

그러던 것이 몇 년 전, 정확히 말하자면 이 년 전 진류 도장이 항주
엘 다녀오면서부터 정반대의 현상이 나타나기 시작했다. 강북으로의
연행은 여전히 기피의 대상이었지만 강남으로의 연행은 서로 가려는
지원자들이 줄을 이었다. 이유는 단 한 가지, 항주가 강남에 있었기 때
문이다. 그리고 그 항주에는 천하극미(天下極味), 혹은 경국지미(傾國之
味)라는 표현이 붙을 정도로 천하에 이름을 떨치고 있는 약선루가 있었
다.

이 년 전, 약선루의 명성이 아직은 이곳 무당에까지 전해지지 않았
던 때, 약 보름간의 외유를 다녀온 진류 도장은 무 자 항렬의 제자들이
모여 있는 자리에 나타나 넌지시 한마디를 건넸다. 항주에 가보니 약
선루라는 곳이 있더라고. 그리고 그곳의 주방을 소진이라는 이름의 숙
수가 맡고 있더라고……. 이 사실이 알려진 첫 해, 즉 재작년, 십여 명
이 몰린 열띤 경합 끝에 강남 연행(江南延行)의 영예를 차지한 사람은
바로 무 자 항렬의 첫째 무우(無禑)였다. 그리고 작년엔 약선루의 명성
이 천하로 퍼지고, 거기에 이미 다녀온 무우 도장의 경험담이 더해지면
서 경쟁은 더욱 치열해졌다. 게다가 그 냉막한 성격과 한겨울 얼음장
같은 분위기 탓에 연행의 후보로는 고려조차 되지 않고 있던 무청 도
장이 느닷없이 경쟁에 뛰어들면서 작년의 연행자 선출에선 최고의 이

변이 만들어졌다.

올해 역시 만만찮은 경쟁을 거쳐 마지막까지 남은 후보자는 두 명, 무선(無宣)과 무유(無惟)였다. 이제 이 두 사람이 각각 강남과 강북으로의 연행을 가게 될 것이다. 운이 없는 쪽이 받는 타격이 너무 크기 때문일까? 두 사람은 이들을 장문인에게 연행자로서 추천하기 위해 자소궁에 도착할 때까지도 계속 서로에게 애원해 가며 상대방이 양보해 주기만을 바라고 있었다. 그들의 옆에는 관례대로 작년에 강남과 강북의 연행을 다녀왔던 무청(無靑)과 무전(無田)이 함께하고 있었다. 이들이 장문인에게 자신의 뒤를 이어 연행의 역할을 수행할 사람을 추천하게 되는 것이다. 물론 장문인이 이들의 추천을 거부할 수도 있지만 아직까지 그런 경우는 단 한 번도 일어나지 않았다.

"무선 사형, 벌써 자소궁까지 다 왔어요. 제발 한 번만 양보하세요. 사제 사랑, 나라 사랑이라고……."

"무유야, 너야말로 내 사정 좀 봐주라. 응? 이 사형이 오죽하면 이러겠냐."

이들 중 가장 막내인 무전 도장이 이들의 계속되는 실랑이를 보다 못해 나설 정도였다.

"자소궁 앞에서 언제까지 이러고 있을 수는 없으니 두 분 사형께서는 어서 결정을 내리세요. 무청 사형도 두 분의 결정을 기다리고 계시잖아요."

"무전아, 그게 아니라 무유가 한 발짝만 양보하면 끝날 것을……."

"그만!"

그리 크지 않은 목소리였지만 냉막한 어감에 나머지 세 사람은 모두 움찔했다. 계속되는 소요에 드디어 무청이 나선 것이다.

“무선, 무유, 이리로 와라.”

사형의 심기가 불편한 것을 알고 있어서일까? 두 사람은 잽싸게 무청 도장의 앞에 나란히 섰다. 무청이 두 사람을 한번 날카로운 눈빛으로 쏘아봤다.

“한심한 것들 같으니…… . 서로 마주 보고 눈을 감아라.”

무청 사형의 의도는 잘 모르겠지만 왠지 그대로 하지 않으면 큰일날 것 같은 분위기였다. 이런 때의 무청 사형은 정말 무서웠다.

스윽.

두 사람은 찍소리도 못하고 일 장 정도 떨어져서 서로를 마주 보고 눈을 감았다.

“둘 다 오른손을 정면으로 내밀어라.”

불현듯 어떤 불길한 예감이 두 사람의 뇌리를 스치고 지나갔다. 하지만 사형의 말을 거역할 용기는 아무에게도 없었던 듯 오른손이 충실히 정면으로 뻗어졌다.

그리고 그들의 불길한 예감을 어김없이 적중하는 무청의 냉막한 한마디.

“가위.”

“무, 무청 사형!”

“사, 사형!”

두 사람이 여전히 눈을 감은 채 다급한 목소리로 자신을 찾았지만 무청은 신경도 쓰지 않는 눈치.

“바위.”

“…….”

소용없다는 것을 안 것일까? 이렇게 된 이상 결판을 보는 수밖에 없었다.

"보."

무청의 마지막 한마디가 떨어지고 각자의 결정이 내려지자 두 사람의 눈이 동시에 떠졌다.

"헉!"

"아잣!"

희비가 너무도 분명히 엇갈렸다. 승자는 무선이었다.

"무유 사제, 미안해."

미안하다는 말 한마디만을 남기고 무선은 곧장 무청을 따라 자소궁으로 향했다. 잠시 망연자실해 있던 무유 역시 곧 힘없이 고개를 떨구고 무전과 함께 그 뒤를 따랐다.

자소궁의 대청에 들어서자 정면으로 장문인 진허 도장의 모습이 보인다. 그 앞으로는 이미 선객(先客)이 한 명 앉아 있었다. 뒷모습뿐이었지만 복장으로 봐서는 청 자(靑字) 항렬의 제자 같았다. 무청과 무선은 장문인께 예를 취하고 자리에 앉았다. 뒤이어 들어온 무전과 무유 역시 자리를 잡자 진허 도장이 입을 열었다.

"모두 모였구나. 청진(靑進)은 내가 따로 불렀으니 이상히 여기지들 말거라."

"청진이 사숙조님들을 뵙습니다."

장문인의 앞이었기 때문에 청진은 무청들에게 가벼이 목례만을 취해 보였다.

"그래, 연행 때문에 왔다고?"

"예, 그렇습니다, 장문진인."

"내가 이 자리에 청진을 부른 것 역시 그 때문이다. 그전에 일단 너희들의 이야기를 들어보자꾸나."

무청은 연행과 관련하여 청진을 따로 불렀다는 말에 조금 의아했지만 감히 묻진 못했다.

"부족하지만 작년 연행을 다녀온 제가 추천하는 인물은 무선 사제입니다."

"역시 작년 연행을 다녀온 저는 무유 사형을 추천합니다."

무청과 무전이 차례로 자신의 옆에 앉은 사형제들을 올해의 연행자로 추천했다. 이제 아마도 장문인은 '그렇구나. 무당의 이름에 누가 되지 않도록 잘 다녀오도록 해라' 라는 말로 이들의 연행을 결정하리라. 하지만 모두의 이런 예상을 무너뜨리는 진허 도장의 한마디.

"그렇군. 그런데 올해에는 나도 한 사람을 추천하려 하는데……."

"예? 장문진인, 대체 누구를……?"

냉정하기로 유명한 무청조차도 깜짝 놀랄 만한 말이었다. 아직까지 장문인이 연행자의 선발에 직접 개입한 적은 단 한 번도 없었기 때문이다.

"나는 청진을 보냈으면 하는 생각이다."

"청진을 말입니까? 하지만 청진은 아직……."

"그래, 네 생각하는 바는 나 역시 잘 알고 있다. 아직 연륜이 많이 부족하지. 하지만 청진은 당대 후기지수들의 수좌(首座)를 차지하는 사룡 중 하나이기도 하다. 무당의 앞날을 책임질 재목감이라는 점에서 보면 명분은 충분하지."

장문인의 설명에 무청이 잠시 침묵을 지켰다. 듣고 있던 청진 역시 전혀 예상치 못했던 일인지라 안절부절못하는 눈치였다.

"하면… 어디로 보내실 생각이십니까?"

“사, 사형!”

“무청 사형!”

무선과 무유는 나서지 않고 가만히 듣고만 있던 무청이 갑자기 장문인의 생각에 동조하는 분위기로 흐르자 적잖이 당황했다.

“조용히 해라! 장문진인이 왜 저런 생각을 하게 되셨는지 곰곰이 생각들을 좀 해보거라.”

무선과 무유, 무전과 청진, 그리고 장문인까지. 대청 안에 있던 모두의 시선이 무청에게로 꽂혔다. 하지만 무청의 별호가 무엇이던가! 바로 냉면철검(冷面鐵劍)이었다. 냉면(冷面)이라는 말은 괜히 붙은 게 아니었다. 목소리에선 일말의 떨림조차도 느껴지지 않았다.

“청진은 사룡의 하나라고는 하지만 경험이 너무 부족하다. 현재 강호에서 활동 중인 나머지 셋과 비교하면 확연히 차이가 날 정도지. 그런 그가 이번에 만약 연행을 가게 된다면 자연히 많은 사람들을 만나며 안목을 키우면서 상대적으로 안전하게 강호행을 할 수 있다. 또한 강호에서 청진의 입지 또한 올라갈 것이니 이것이야말로 일석이조라 할 만한 것이 아니더냐!”

무청은 냉철한 판단으로 장문인의 의도를 깨닫고 사제들을 꾸짖었다.

“허허허, 무청의 말이 옳다. 너희가 가는 것도 물론 무당을 빛내는 좋은 일이다만 이번에 이왕이면 청진을 보냈으면 하는 게 내 생각이다. 마침 이번 연행의 출발일이 청진이 수련을 마치는 시간과 공교롭게도 딱 맞아떨어지더구나.”

“장문진인, 그렇다면 어느 쪽으로 보내실 작정이십니까?”

무청이 장문인에게 다시 물었다. 조금 전의 질문에 대한 답변을 들지 못했기 때문이다. 이 물음에 무선과 무유의 안색이 일순 판이하게 달라졌다. 아까 전에는 둘 다 경황이 없는 상황이라 이 질문의 정확한 의도를 파악하지 못했지만 이제는 확연히 머리에 들어왔다.

장문인이 보내려는 사람은 청진 하나였다. 그렇다면 무선과 무유 둘 중 한 명만이 연행을 갈 수 있다는 소리. 도살장에 끌려가는 기분이던 무유는 혹시나 하는 기대감에 화색이 도는 반면에 무선은 행여나 하는 불안감에 안색이 살짝 굳어졌다. 바라는 것은 정반대였지만 두 사람이 결과적으로 바라는 것은 같았다. 두 사람 모두 장문인이 청진을 강북으로 보내길 빌고 또 빌었다. 그렇게만 된다면 무유는 절망의 나락에서 빠져나올 수 있고 무선은 바라던 대로 강남 연행을 떠날 수 있게 되리라.

"내가 보기엔… 강북보다는 수로가 발달하여 교통이 편리한 강남 쪽이 나을 듯싶구나."

순간 무선과 무유의 표정이 처참히 일그러졌다.

'안 돼! 어떻게 얻어낸 강남 연행의 기회인데… 사형제들 사이에 인상 구겨가면서까지 겨우겨우 잡은 것을! 후흐흐흑, 장문인도 무심하시지. 우허헝, 태상노군이여!'

'크아아악! 왜 하필이면 강남이야! 남선북마(南船北馬)라 했건만. 장문인께서는 강남에 수로가 있으면 강북에는 마편(馬便)이 있는 것을 왜 모른단 말인가! 크흐흐흑, 강북으로 보내면 나도 살고 무선 사형도 살고 둘 다 사는 것을……'

"그럼 장문진인의 뜻대로 강남으로는 청진을, 강북으로는 무전 사제의 추천대로 무유 사제를 보내도록 하겠습니다."

"무선아, 네게는 미안하구나. 내년의 연행에는 내 반드시 너를 보내도록 하마.”

“예, 장문진인.”

“그럼 나머지는 이만 나가보도록 하고 무청은 내 할 이야기가 있으니 잠시 남거라.”

장문인의 지시에 모두들 몸을 일으켰다. 무선과 무유는 몹시도 허탈한 표정이었고, 청진은 몸둘 바를 몰라하는 눈치였다. 이들이 모두 대청을 벗어나자 장문인의 시선에 무청에게 머물렀다.

“무청아.”

왠지 방금 전보다 훨씬 부드럽게 느껴지는 말투였다.

“예, 장문진인.”

“둘만 있을 때는… 그냥 사부라고 불러도 되지 않겠느냐?”

“…….”

“허허, 알겠다. 내 너를 한두 해 겪어보는 것도 아니거늘 괜한 말을 꺼냈나 보구나.”

“아닙니다.”

어투는 여전했지만 무청 본인은 느끼고 있었다. 말끝이 은근히 흔들리고 있는 것을.

사부라! 그 말을 마지막으로 내뱉어본 지가 언제인지 이제는 기억도 나지 않을 정도였다. 벌써 진허 도장이 무당 장문인에 오른 지도 이십 년이 다 되어간다. 가끔 둘만 있을 때면 사부와 제자 사이로 되돌아갈 만도 하건만 무청은 유달리 이런 일에는 지독할 정도로 원칙만을 지켰다. 아마도 진허 도장이 장문인에 오르면서 무청을 집법원주에 앉힌 이유도 무청의 이런 모습을 잘 알기 때문이었을 것이다.

무청은 진허 도장의 단 하나뿐인 직전제자였다. 당연히 진허 도장

역시 사부라는 말을 들어본 지가 아득히 먼 옛날 일이었다. 얼음장 같
은 말투이긴 해도 사부라 불리던 그때가 참 좋았다는 생각이 들었다.
아침마다 무청이 그를 찾아와 문안을 여쭈고, 간혹 무청의 수련 도중
잘못된 부분이 있으면 그가 고쳐 주고… 이제는 다시 그런 생활로 돌
아가고 싶었다.

"하지만 이제 다시 네게 사부라는 말을 들으며 아침마다 찾아오던
네 문안 인사를 받으며 그렇게 살고 싶구나."

무청은 오늘따라 이상하게 옛일을 꺼내는 장문인의 모습이 왠지 평
소와 많이 다르다는 것을 느꼈다.

"장문진인, 설마!"

"허허헛, 너라면 바로 알아차릴 줄 알았다. 하나뿐인 제자가 역시 하
나뿐인 사부의 의중을 파악하지 못한다고 해서야 도저히 체면이 서지
않는 일이지. 허허허, 그렇고말고."

"이제 무우 사형에게 물려주실 생각이십니까?"

"그래, 이 정도면 이놈의 장문인 자리도 할 만큼은 했다는 생각이 드
는구나. 진무각과 구류각의 녀석들보다도, 세심원의 늙다리들보다도
왠지 네게 먼저 이 얘길 하고 싶었다."

너무 오랫동안 지고 있던 장문인이라는 짐을 덜게 되었다는 기분 때
문일까? 진허 도장은 평소에는 거의 쓰지 않는 표현들까지도 마음껏
사용하고 있었다.

"자, 장문인."

무청의 목소리가 이제는 확연히 흔들리는 것이 느껴졌다.

"아직도 장문인이냐? 비록 무우에게 이 자리를 물려주는 것은 세 달
뒤로 생각하고 있다만 네게만은 미리 사부 대접을 받고 싶구나. 이 늙

은 사부의 작은 원(願)도 들어주지 못하겠느냐?"

사부! 그 역시 너무나도 불러보고 싶은 말이었다. 더욱이 진허 도장의 마지막 한마디는 잔잔한 수면에 던져진 돌멩이처럼 그의 마음을 뒤흔들어놓고 있었다. 막내 사제와 처음 만나던 날, 무진이 진류 도장의 손을 잡고 자소궁으로 들어오는 모습에 그의 시선이 무의식적으로 향한 곳은 다름 아닌 진허 도장이었다. 벌써 이십 년 가까이 절반은 잊고 살아온 말, 막상 내뱉으려 하니 입 안에서만 맴돌 뿐 생각보다 쉽지가 않았다.

"사… 사, 사부… 님."

더듬거리며 뱉어내는 무청의 한마디는 지난 이십 년 동안 잔잔하던 진허 도장의 가슴을 크게 흔들어놓기에 충분한 것이었다.

"크하하핫, 고맙다, 무청아. 내가 이제야 네게 그런 이름으로 다시 불리울 수 있게 되었구나. 크하하하핫."

진허 도장답지 않은 웃음소리가 대청 안을 쩌렁쩌렁하게 울렸다. 밖을 지키는 제자들이 이상하게 여길 수도 있겠지만 진허 도장은 이제 그런 것에는 더 이상 신경 쓰지 않았다. 그도 이제는 무당의 수좌(首座)라는 자리를 벗어버리고 자유롭게 살아가고 싶었다.

그리고 다음날, 진허 도장은 대연무장에서 전 제자들이 모인 가운데 이 사실을 공표했다. 무우는 전날 미리 무청에게 소식을 들은 상태라 그다지 크게 놀라지 않고 장문인 직을 수락할 수 있었다. 무우의 장문인 취임은 세 달 뒤로 결정되었다. 그리고 무당에서 사용 가능한 모든 연락 수단을 통해 이 사실은 곧 전 강호로 퍼져 나갔다.

'진정하자, 진정. 너무 웃는 모습을 보이는 것도 동기들에게 좋지 않

은 인상을 줄 거야. 최대한 담담하게 그냥 잠시 나갔다 온다는 느낌으로…….'

"우흐으으읏! 그래도 도저히 진정이 안 된다."

너무나도 설레이는 날이다. 아직 출발하려면 한 시진이나 남았지만 이미 청진은 모든 준비가 끝난 상태였다. 이제 한 시진 후면 자신은 청 자 항렬 동기들의 축하를 받으며 산문을 나서게 될 것이다. 그리고 연행이 시작된 이래로 최연소 수행자가 되어 강호를 활보하게 되리라. 청진이 한창 자신이 강호를 질타하는 망상에 젖어 있을 때 밖에서 누군가 그의 이름을 부르는 소리가 들려왔다.

'에잇, 좋다 말았네. 대체 누구야!'

벌컥 문을 열고 밖을 내다보니 문 앞에는 그와 같은 청 자 항렬의 동기인 청문(靑文)이 서 있었다.

"아, 다행이다. 마침 방에 있었네."

"청문이었구나. 무슨 일이야?"

"청진아, 지금 어서 진무관 소연무장으로 가봐. 무우 사숙조께서 너를 찾으셔."

순간 깜짝 놀란 청진이 벌떡 몸을 일으켰다.

"뭐? 무우 사숙조께서?"

"응, 소연무장에서 기다릴 테니 너를 빨리 찾아오라고……."

휘잉!

미처 말을 끝맺기도 전에 청문의 눈앞에서 청진의 모습은 사라졌다.

'후하하핫! 무우 사숙조께서 나를 격려하러 부르시는 건가? 그래, 그런 이유가 아니라면 지금 나를 찾으실 이유가 없지. 차기 장문인으로 추대되어 준비할 것도 많으실 분이 이렇게 나를 생각해 주시다니!

흐흣!

청진은 무우 사숙조가 자신을 부른 것이 역대 최연소 연행자인 자신을 격려하고 조언을 해주기 위한 것이라 확신하고 있었다. 이렇게 그를 생각해 주는 사숙조님을 오래 기다리게 할 수 없는 일이라는 생각에 그는 지금 세간의 말로 '개 발에 땀나도록' 달리고 달리는 중이었다.

'헥! 헥! 다, 다 왔다.'

삽시간에 진무관에 다다른 청진은 잠시 벽에 기대어 숨을 고른 후 조금 상기된 표정으로 소연무장으로 향했다. 소연무장으로 바로 통하는 작은 사립문을 열고 안으로 들어서자 아니나 다를까, 연무장 한쪽의 나무 그늘엔 세 달 후면 무당의 새 장문인 자리를 맡게 될 무우 사숙조가 그를 기다리고 있었다. 청진은 잽싸게 무우 도장의 앞으로 뛰어갔다.

"청진이 무우 사숙조님을 뵙습니다."

"그래, 생각보다 일찍 왔구나. 듣자 하니 네가 이번에 강남 연행을 가게 되었다고?"

"예, 사숙조님. 장문인의 추천으로 과분한 직분을 맡게 되었습니다."

"하긴, 과분하긴 과분하지. 굳이 이렇게까지 너의 강호행을 추진할 필요는 없었을 것 같은데 말야. 뭐, 장문인께서 어련히 알아서 결정한 문제였겠지만……."

조금의 여과도 없는 무우 사숙조의 말에 청진은 크게 당황했다. 시작부터 대화의 양상은 그의 예상을 너무 빗나가고 있었다.

'이, 이게 아닌데! 이런 게 아닐 텐데…….'

"아무튼 내 너를 부른 것은 한 가지 전할 말이 있어서이다. 다름이 아니라 오늘 연행을 출발하면 가장 먼저 항주로 가거라."

청진으로서는 다시금 희망을 가질 수도 있는 말이었다. 먼저 찾아가야 할 곳을 알려준다는 것은 연행에 대한 조언을 해주려는 것으로 생각할 수도 있기 때문이다. 하지만 뒤이어지는 말은 그 작은 희망마저도 산산이 무너뜨렸다.

"항주에 가서 약선루를 찾아라. 너도 이름 정도는 들어봤겠지? 유명한 곳이니 금방 찾을 수 있을 게다. 그곳엘 가서 무당에서 왔음을 밝히고 소진이라는 이름을 가진 주방장을 만나 이 편지를 전해주거라."

"편지… 입니까?"

결국 자신을 부른 이유가 기대하던 바와는 전혀 거리가 먼, 고작 편지 심부름이라는 사실에 청진은 맥이 빠졌다.

"그래, 내가 보냈다고 말하고 반드시 소진 본인에게 전해주어라. 알겠느냐?"

"…예, 무우 사숙조. 꼭 본인에게 전해주겠습니다."

편지를 건넨 무우는 축 늘어진 청진의 어깨를 가볍게 두드려 주며 수고하라는 말만을 건네곤 미련없이 자리를 떠났다. 최근 그는 장문인 취임에 관계된 준비를 하느라 눈코 뜰 새 없이 바빴기 때문이다.

좀 전까지만 해도 나는 듯이 달려왔던 청진은 터벅터벅 다시 왔던 길을 향해 발걸음을 옮겼다.

'우허엉, 허무하다. 사숙조께서 부른 이유가 고작 이런 편지 심부름 때문이었다니. 그래도 명색이 사룡 중 한 명이건만 격려의 말 한마디 정도는 해주실 줄 알았는데……. 아냐, 무우 사숙조가 그러실 분이 절대 아냐. 암! 분명 장문인 취임식 준비 때문에 여러 가지로 일이 많아

정신이 없으셔서 그랬을 거야.'

애써 나름대로 위안거리들을 생각하며 걸음을 옮기던 청진이 숙소에 거의 다다랐을 때쯤, 누군가 상당히 다급한 목소리로 그의 이름을 불렀다.

"청진 사형!"

잠시 걸음을 멈추고 고개를 돌리자 이번에는 바로 그의 손 아래인 청하(青河) 사제가 자신을 향해 급히 뛰어오는 것이 보였다.

"으응? 아, 청하 사제, 그렇게 뛰어다니는 걸 보니 뭐 급한 일이라도 생겼나 보지?"

"급한 건 내가 아니라 사형이라구요!"

막 가까이에 다다른 청하가 청진의 말을 듣고 목소리를 높였다.

"응? 나라구?"

"예, 사형이요. 지금 집법원주 무청 사숙조께서 사형을 급히 찾으세요. 벌써 찾으신 지가 꽤 지났으니 어서 가보세요!"

'우혁! 집법원의 무청 사숙조께서?

무당 제자들에게 문 내에서 가장 무서운 사람을 한 사람만 꼽아보라 한다면 백이면 백 모두 이 사람을 꼽았다. 바로 집법원주 무청 도장! 비단 집법원주라는 그의 직책뿐 아니라 얼음장 같은 표정과 냉막한 말투, 그리고 절대 대들 수가 없을 만큼 고절한 무공, 이 모든 것이 합쳐져 만들어진 결과였다.

"무, 무청 사숙조께서 왜 나, 나를?"

"글쎄요. 그건 저도 잘… 아무튼 청진 사형, 빨리 안 가면 무슨 일이 생길지…….."

휘잉!

역시 미처 말을 끝맺기도 전에 청하의 눈앞에서 청진의 모습은 사라졌다.

'으허엇, 불길하군. 대체 무청 사숙조께서 왜 날……. 호, 혹시 지난번에 사형제들과 몰래 술을 구해서 먹은 걸 아셨나? 아냐, 그건 아닐 거야. 같이 먹었던 녀석들이 미치지 않은 이상 그걸 말했을 리가 없어. 그, 그럼 대체 뭐지?

집법원을 향해 부리나케 달려가면서 청진은 최근에 자신이 저질렀던 잘못들을 하나하나 되새겨 보았다. 원인을 알아야 변명거리라도 생각할 수 있는 것. 하지만 청진은 집법원에 도착할 때까지도 그 원인을 도저히 알아낼 수가 없었다.

'에이잇! 모르겠다. 설마 오늘 연행을 출발하는 제자한테 큰 벌이야 주시겠어? 가만, 연행이라… 혹시 의외로 연행 때문에 나를 부르셨을지도……. 그때 나의 연행이 결정되던 날 자소궁에 무청 사숙조도 계셨고 다른 분들보다 나에게 유리한 입장에서 말씀을 해주셨으니 어쩌면 그럴 수도 있겠는걸?

곰곰이 생각해 보니 의외로 무청 사숙조야말로 자신에게 연행에 대한 조언을 해주기 위해 부른 것일 확률이 매우 컸다. 연행자를 뽑기 위해 자소궁에 모였을 때 자신을 추천했던 장문인의 의견에 가장 먼저 수긍했던 사람이 바로 무청 사숙조였기 때문이다. 이렇게 생각을 하자 쿵쾅거리던 가슴이 조금 진정되는 것 같았다. 일말의 희망을 갖게 되자 청진은 집법원의 문을 두드렸다.

"사부님, 청진이 왔습니다."

"들어와라."

집법원엘 직접 와본 것은 이번이 처음이었다. 의외로 소문이나 상상했던 것처럼 으스스하거나 질식할 것만 같은 분위기는 아니었다.

　방 안에는 무청 사숙조만이 홀로 서탁에 앉아 무언가를 읽고 있었
다. 방문이 닫히는 소리에 그의 고개가 들려지고 시선이 청진에게로
향했다. 청진은 그 냉막한 얼굴에 잠시 움찔했지만 크게 당황할 정도
는 아니었다.

　"청진이 무청 사숙조님을 뵙습니다."

　"기다리고 있었다. 출발이 오늘인가?"

　무청은 번거롭게 말을 빙빙 돌리거나 주절주절거리는 것은 딱 질색
이었기 때문에 바로 본론으로 들어갔다.

　"예, 사숙조."

　"처음 무당을 나서면 어디부터 들를 생각이냐?"

　청진의 얼굴에 화색이 돌았다. 대화의 방향이 왠지 자신이 기대하던
쪽으로 흘러가는 듯했기 때문이다.

　"먼저 항주부터 가보려 합니다."

　무우 사숙조에게 받은 편지를 전하기 위해 어쩔 수 없이 먼저 가야
하는 것이었지만 그런 것까지 일일이 말할 수는 없는 것이었다.

　"항주? 의외로구나. 나로선 잘된 일이기는 하다만."

　무청 사숙조의 반응에 왠지 다시 불길한 느낌이 들었다. 그사이 무
청이 서탁에 올려진 책들 사이에서 무언가를 꺼내 들었다.

　"네가 먼저 항주엘 가기로 결정했다니 이야기하기가 훨씬 수월하구
나. 항주에 도착하면 무엇보다 먼저 약선루라는 곳엘 들러 소진이라는
사람을 찾아라. 무당에서 왔음을 밝히면 아마 쉽게 만날 수 있을 것이
다. 그리고 그에게 이 편지를 전해주어라."

　'크허억! 이, 이번에도……. 대체 그 소진이라는 자식이 누구길래

다들 나는 안중에도 없고 하나같이 그 자식한테 보내는 편지 심부름이나 시키다니!'

속으로는 오만가지 인상을 다 쓰고 있었지만 그걸 내색할 수는 없는일. 끓어오르는 속과 달리 겉으로는 공손히 무청이 내미는 편지를 받아 들고 있었다.

하지만 무당의 떠오르는 샛별이 받은 자존심의 상처는 컸다. 도저히 이대로는 넘어갈 수가 없었다. 일단 편지는 전한다 하더라고 대체 어떤 놈인지 정체라도 알고 싶었다.

"저… 사숙조님, 실은……."

청진은 조금 전 무우 사숙조를 만나 비슷한 내용의 대화를 나누고 역시 약선루의 소진이라는 사람에게 전해야 할 편지를 받았다는 이야기를 무청에게 털어놨다.

"그래? 하긴, 이런 기회에 사형이 소진을 부르지 않을 리가 없지. 어차피 어련히 알아서 할 것을 괜한 신경을 쓴 건가?"

"무청 사숙조님, 그런데 대체 그 소진이라는 분이 어떤 사람인지 제가 감히 여쭤도 되겠습니까?"

청진으로서는 어마어마한 용기를 내서 한 질문이었다. 하지만 대답은 의외로 쉽게 들을 수 있었다.

"뭐, 네가 알아도 상관은 없겠지. 잘 듣고 며칠 후 만날 때 알아서 잘 처신하도록 해라. 그는 나의 막내 사제이고 무당을 떠나기 이전의 도명(道名)은 무진(無眞)이었다."

청진은 등에 여행에 필요한 짐들이 담긴 행낭을 메고 산길을 내려가고 있다. 그 옆에서 걷고 있는 무유 도장 역시 그와 비슷한 차림새였다. 자소궁에 들러 장문인에게 출발을 고하고 동문 사형제들에게 환송을 받으며 해검지를 지난 지가 이제 고작 한 식경 정도가 지난 상태였다.

"예? 저와 함께 가신다고요?"

"허허, 그래. 뭘 그리 놀라고 그러느냐. 마침 나도 대홍산(大洪山)엘 먼저 가봐야 할 듯싶구나."

대홍산이라면 자신이 우선 가야 하는 무창과 무당의 정확히 중간에 위치하고 있는 산이었다. 어쩔 수 없이 이틀에서 사흘 동안은 무유 사숙조와 동행해야 할 상황이다.

"예, 무유 사숙조."

일단 대답을 하긴 했지만 속으론 엄청 떨떠름한 상태.

'우흐흑! 나는 왜 이리도 재수가 없단 말인가. 기껏 마음대로 강호를 활보해 보나 했더니 시작부터 사숙조님과 동행이라니! 사숙조님과 같이 다니는 동안은 온갖 수발을 다 내가 해야 할 텐데…….'

그토록 기대하던 연행이 출발부터 삐그덕거리는 기분이었다.

"대답이 어째 나와 함께 가는 것이 불편한 것 같구나. 혹시라도 그렇다면 네가 먼저 앞서 가도록 하거라. 나는 혼자 쉬엄쉬엄 가도 괜찮으니… 으흠!"

왠지 시원찮은 대답에 무유 도장은 청진이 편한 대로 하라는 식으로 말을 꺼냈지만 그 말투는 전혀 편한 것이 아니었다. 특히나 마지막에 곁들인 의도적인 헛기침이나 찌푸려진 얼굴은 혹시라도 청진이 앞서 가는 것을 선택할 경우, 그의 암울한 미래를 암시하는 것 같았다. 청진으로서는 선택의 여지가 없는 상황이었다.

"아, 아닙니다, 사숙조님. 불편하다니요. 제가 어찌 사문의 존장을
모시는 것을 귀찮게 여기겠습니까? 대홍산까지 제가 성심껏 사숙조님
을 수발해서 가도록 하겠습니다."

이제야 무유 도장에 얼굴에 끼었던 먹구름이 걷히는 것 같았다.

"나도 사실 혼자 가는 것이 적적하던 차였는데 네가 그렇게 생각한
다니 다행이로구나. 앞으로는 괜히 어려워하지 말고 편하게 대하거라.
그나저나 이제 나이가 먹어서 그런가, 왜 이리 어깨가 결리누……."

느닷없이 웬 어깨 결림? 청진은 의아한 마음에 무유 사숙조를 바라
보았다. 갑자기 어깨가 결리다며 손으로 자신의 어깨를 두드리는 무유
사숙조. 그 어깨에는 손가락 두 개 정도 굵기의 끈이 걸려 있었다. 자
신의 어깨에도 메어져 있는 그것. 그것은 허리춤에 걸려 있는 행낭과
연결된 것이었다. 이제야 청진은 사숙조의 의도를 알아챌 수가 있었
다.

'역시 고단수로군. 늙은 생강이 맵다는 말은 괜한 것이 아니었어.
하지만 직접 말씀하시는 것도 아닌데 그냥 못 알아들은 척할까? 아니
야. 여기서 모른 척했다가는 나중에 무슨 변을 당할지 몰라.

'청진아, 청진아, 오래 살려면 알아서 기어야 하는 법이란다.'

"사숙조님, 그 행낭은 제게 맡기시지요. 제가 함께 메고 가겠습니
다."

"응? 아, 아니다. 네 짐만 해도 무거울 텐데……."

무유 도장은 짐짓 손을 내저으며 거절하는 듯했지만 실상 그의 행낭
은 이미 자연스럽게 청진에게 넘어온 상태였다. 본인의 도움이 없었다
면 누가 이토록 쉽게 등에 메인 물건을 가져올 수 있겠는가. 일단 행낭
이 청진에게 넘어가고 나자 무유 도장의 행동은 더욱 능청스러워졌다.

"허… 네게 정 그런 마음이 있다면 그렇게 하도록 하거라. 무턱대고 존장에 대한 예우를 못하게 하는 것 역시 상대방에게는 큰 고역이겠지. 허허허. 자, 그럼 갈 길이 머니 어서 길을 서두르자꾸나. 네가 앞장을 서거라."

"…예, 사숙조."

등에는 두 개의 행낭을 짊어지고 무유 도장의 앞으로 나서는 청진의 발걸음이 왠지 모르게 무거워만 보였다.

'암울하구나, 암울해. 시작부터 이럴진대 앞으로 이틀은 어떨지… 정말 암울하구나. 태상노군이여! 제발 제 앞길에 빛이 되어주소서!'

이렇게 속으로 태상노군을 부르짖으며 청진은 연행의 첫걸음을 내딛고 있었다.

소진, 휴가를 얻다

  정자 밖으로는 산의 풍광이 마치 한 폭의 산수화처럼 사방으로 펼쳐
져 있다. 온통 보이는 것이라고는 기암절봉(奇巖絶峰)과 준봉(峻峰)들.
얼마나 높은 것인지 멀리 봉우리에는 하얀 구름이 걸려 있을 정도였고,
주위의 깎아지른 듯한 산세는 일견하기에도 험준하기 이를 데 없어 보
였다. 하지만 오히려 그런 험한 산세가 정자의 풍광을 더욱 살려주고
있었다. 정자 가운데에는 청색의 도복을 입은 백발이 성성한 노인이
홀로 바닥에 앉아 찻잔에 차를 따르고 있다.

  쪼르륵.

  연녹빛의 찻물이 찻잔에 고이며 은은한 다향(茶香)이 번졌다. 잠시
그 향기를 음미하던 노인은 찻잔을 들고 정자의 가장자리로 섰다. 아
마도 주위의 경치를 보며 차를 한 잔 마시려는 듯……

  가슴까지 늘어뜨린 백염(白髯)에 성성한 백발(白髮), 백미(白眉), 당

당한 풍채 덕에 청색의 도복이 잘 어울리는 노인이었다. 선선히 불어오는 바람에 백발이 조금씩 흩날린다. 정자의 가장자리에 서서 산세를 둘러보며 차 맛을 음미하는 노인의 모습은 마치 금방 신선도에서 걸어나온 노신선 같았다.

"이제야 오는군."

차를 마시던 노도장이 문득 아래쪽으로 시선을 던지며 말했다. 그런데 이게 무엇인가! 정자의 아래쪽으로 펼쳐진 풍경이라는 것은 말 그대로 까마득한 절벽. 누군가 이 모습을 보고 혹시나 하는 마음에 사방을 모두 둘러보았다면 아마 그 자리에서 다리에 힘이 풀려 주저앉고 말았으리라. 이 정자는 마치 검을 거꾸로 박아놓은 듯한 형상의 높다란 봉우리의 좁은 정상에 만들어져 있었던 것이다. 올라오는 길이라는 것은 전혀 찾아볼 수도 없는 그런 곳에, 어떻게 이런 곳에 이렇게 멋들어진 정자가 만들어져 있는가에 대한 것은 말 그대로 불가사의한 일이었다.

노도장이 다시 차를 한 모금 마시자 까마득한 절벽 아래로 조그마한 점이 하나 나타났다. 그리고 그 점은 시간이 갈수록 윤곽을 확인할 수 있을 정도로 점점 커졌다. 사람이었다. 누군가 이 절벽을 오르고 있었다. 그것도 놀랍도록 빠른 속도로…….

휘익!

순식간에 정상에 다다른 인영이 정자 안으로 뛰어들었다. 정자의 지형을 모르는 상황이었다면 아마 땅에서 사람이 솟아오른 것으로 알았으리라. 발자국 소리도 없이 정자 안에 내려선 인영은 애초 이곳에 있던 노도장을 확인하곤 깊숙이 고개를 숙였다.

"사백님을 뵙습니다."

“후룩.”

이제 마지막 남은 한 모금의 차를 모두 입 안에 털어 넣은 노도장이 그 인영을 향해 몸을 돌렸다. 자신을 향해 고개를 숙이고 있는 인영 역시 그와 같은 청색의 도복을 입고 있었다.

“준비는 잘 되어가느냐?”

“예, 자금도 넉넉하고 상품(上品)의 무기도 그들의 도움으로 넉넉히 확보할 수 있었습니다. 한 달 후면 모든 준비가 끝날 것 같습니다.”

“준비를 마치는 대로 계획을 실행한다. 차질없이 준비하도록 하거라.”

“예, 사백. 그리고 방금 전서구로 들어온 소식인데 약 세 달 후 무당 장문인이 바뀐다고 합니다.”

“진허(眞虛)가 물러난다고? 음… 오히려 우리에겐 잘된 일인지도 모르겠군. 알았다. 더 전할 말 없으면 이만 내려가 보거라.”

“예, 사숙.”

음습하고 어두운 지하의 밀실이나 골방에서나 어울릴 듯한 이야기들이 현기가 느껴지는 산중의 운치있는 정자에서 오가고 있었다. 더욱이 대화를 나누는 이들 역시 결코 범상치 않은 위치의 사람들이었으니…….

약선루.

이제 이 이름은 천하에 모르는 이가 드물었다. 시전의 꼬맹이들부터 황실의 고관대작들까지 ‘최고의 요리’ 하면 바로 이곳 약선루를 떠올릴 정도였다. 이미 일 년 전에 천하극미, 혹은 경국지미라는 명성을 얻으며 천하제일의 위치에 올라선 약선루는 그 이후로도 수많은 찬사를 받으며 미락(味樂)을 아는 이라면 평생에 반드시 찾아봐야 할 곳으로 손꼽히고 있었다. 단지 약선루의 음식을 맛보기 위해 멀리 사천이나 감숙성에서 이곳 항주를 찾는 이들도 종종 눈에 띌 정도였다.

"소 공자님, 루주(樓主)께서 오셨습니다."

"알았어. 잠시만 기다리라고 그래."

치치치칫! 촤촤악!

소진은 요리를 재빨리 마무리하고는 그릇에 담았다. 그릇마다 뚜껑을 닫는 것도 잊지 않았다. 음식이 빨리 식지 않게 하기 위해 그릇은 모두 사기로 되어 있었다. 그리곤 그걸 다시 커다란 광주리에 담고 역시 광주리의 뚜껑을 꼭꼭 닫았다. 준비가 끝나자 소진이 직접 광주리를 들고 주방 밖으로 가지고 나갔다. 그곳에는 목이 빠져라 그를 기다리고 있는 이가 있었다.

"매번 고맙다. 집사람도 매일 신세 져서 미안하다고, 그리고 너무너무 고맙다고 전해달라더라."

"고맙긴 뭘. 별것도 아닌데……. 그나저나 음식이 식기 전에 어서 가봐. 전칠에게는 마차 좀 조심조심 몰라 그러고."

"그래, 먼저 가볼게."

애타게 그를 기다리던 이는 다름 아닌 곡치현. 소진에게서 광주리를 넘겨받은 곡치현은 부리나케 밖으로 뛰어나갔다. 그곳에는 이미 그를 기다리는 마차가 대기 중이었다. 마부석에는 반백의 머리를 한 전칠이 앉아 있었다.

"전칠, 어서 출발해!"

"예, 소장주님."

히럇! 두두두!

곡치현이 마차에 몸을 싣자마자 마차는 희뿌연 흙먼지를 일으키며 순식간에 시야에서 사라졌다. 마치 항간의 젊은 층 사이에 유행한다는 폭주 마차를 보는 기분이었다. 하지만 약선루의 정문에 서 있는 점원들은 요 몇 달간 매일같이 하루에 세 번씩 반복되는 일이었기 때문에 그저 오늘도 그러려니 하는 눈빛으로 지켜볼 따름이었다.

과연 곡치현이 매일같이, 그것도 하루에 세 번씩 저렇게 커다란 광주리를 들고 달리고, 전칠이 저토록 빠르게 마차를 모는 이유는 무엇일까! 사건의 전말은 일곱 달 전으로 거슬러 올라간다.

일곱 달 전.

이미 해는 뉘엿뉘엿 서산을 넘어가고 있는 시각, 약선루 뒤편으로 이어진 소진의 집 안. 곡치현과 소진이 조촐한 술상을 마주하고 앉아 하루의 회포를 풀고 있었다.

"크으! 소진아, 오늘도 수고 많았다. 네 덕에 도무지 예약이 끊이질 않아. 열흘 후의 예약을 위해 매일 아침마다 문 앞에 길게 줄을 서 있는 사람들을 보면 이제 가끔은 짜증이 날 정도라니까."

약선루의 영업 정책은 고급화였다.

'하루 단 사십 건의 예약만을 받는다. 예약은 열흘 후까지만 받는다' 라는 두 가지 원칙은 약선루가 문을 연 이래 계속 지켜지고 있는 철칙이었다. 그리고 이미 이 년째 약선루의 예약은 언제나 만원이었다. 미리 예약이 가능한 열흘 후의 것까지 모두……

"참나! 그게 뼛속까지 장사꾼이라는 네 입에서 나올 소리냐? 맨날 나보고 손님은 왕이라며?"

"후훗, 그랬나? 그래도 잠깐잠깐 그런 생각이 드는 걸 보면 나도 아직은 멀었나 보다."

이런저런 이야기들을 주고받으며 술잔이 돌고 도는 사이 벌써 몇 병의 술병이 비워지고… 두 사람 다 얼큰한 취기가 머리끝까지 올라올 때쯤.

소진은 내공으로 술기운을 억누를 수도 있었지만 그런 짓을 하지는 않았다. 그러면 술을 마시는 의미가 사라지기 때문이다. 하지만 알게 모르게 작용하는 오행진기 때문에 곡치현보다는 상당히 상태가 괜찮은 편이었다.

"소지나아."

"후훗, 왜?"

곡치현은 이렇게 혀가 풀릴 정도로 취해본 것이 상당히 오랜만이었다.

"너, 혹시이~ 아이들 조아하니이?"

"갑자기 웬 아이들?"

"나안… 정말 아이가… 나를 꼬~옥 닮은 그런 아이가 있었으면 조케는데에… 근데에~ 아이가 안 생겨."

쿵!

꼬부라진 혀로 띄엄띄엄 말을 하던 곡치현은 이 말을 끝으로 곧장 탁자 위에 소리나게 머리를 박으며 쓰러져 잠이 들어버렸다.

항주의 곡씨 집안은 대대로 손(孫)이 귀했다. 곡치현의 아버지인 곡상천도 나이 사십을 넘어서야 천지신명의 도우심으로 얻게 된 자식이 바로 곡치현이다. 이런 사실을 잘 알고 있어서일까? 곡치현 역시 평소엔 거의 드러내지 않았지만 마음속 깊은 곳에는 집안의 대를 잇는 것에 대한 커다란 부담감이 자리 잡고 있었다. 그리고 이런 심정은 술이라는 매개를 통해 소진에게 전달되었다.

술이 조금 깨는 기분이었다. 아이라…… 자신은 요 근래에 거의 잊고 지냈던 사실이었다. 집안의 대를 이어야 한다는 점에서는 거나하게 취해 쓰러져 있는 그의 친우나 자신이나 별반 다르지 않았다.

'그래, 나 역시 치현이와 같은 처지였군. 정확히 따지면 이 친구가 더 나은 건가? 나는 아직 성혼(成婚)도 하지 못한 상태니…….'

왠지 자신이 조금 처량해졌다. 이런 기분을 훌훌 날려 버리려는 듯 소진은 술잔에 가득 담긴 모태주(茅台酒)를 입 안으로 단숨에 털어 넣었다.

"아, 맞다. 그 요리를 한번 해줘볼까?"

문득 떠오른 생각이었다. 과거 무당에서 수련하던 시절, 겨울에 양기(陽氣)를 돋우는 음식을 만들어 먹었다가 당했던 민망한 기억, 그리고 그 얘기를 듣고 밤중에 몰래 찾아와 그 요리를 해달라고 졸랐던 무해 사형. 왠지 가능할 것 같았다. 소진은 여전히 탁자 위로 쓰러져 있는 곡치현을 보며 결의에 찬 표정을 지어 보였다.

"치현아, 걱정하지 마라. 네 고민은 내가 해결해 주마!"

다음날 아침, 곡치현이 눈을 뜬 곳은 소진의 방 안이었다. 침상 위에 누워 있는 자신의 모습에 대충의 상황을 짐작해 내곤 잠시 쓴웃음을 지었다. 잠시 그 상태로 기억을 더듬어보자 어제저녁의 일이 하나하나 떠올랐다. 마지막으로 자신이 소진에게 했던 말까지…….

"이런, 그런 얘기까지 했던가? 곤란하군."

곡치현은 찬물로 얼굴을 적시며 정신을 차리고 곧바로 약선루로 향했다. 이후로는 어제 일의 영향으로 머리가 조금 아팠을 뿐 여느 때와 다름없는 하루였다. 조금 특이할 만한 점이라면 영업을 마치고 금룡장으로 향하는 그를 소진이 억지로 불러 세워 저녁을 먹였다는 것 정도일까? 아마 그는 음식을 먹는 그의 등 뒤에서 미묘한 웃음을 짓고 있는 소진의 표정을 보지 못했으리라. 그리고 그날 밤, 역사는 이루어졌다.

기왕 하는 거 확실히 하자는 생각에 다음날, 그 다음날에도 소진은 계속 그에게 저녁을 대접했다. 결코 평범하지 않은 저녁을……. 그리고 소진은 이 일을 오 일 후 곡치현이 아침부터 쌍코피를 흘리는 모습을 본 다음에야 그만두었다. 이 일이 있고 삼 개월 후 소진은 부인이 회임(懷妊)을 했다는 소식에 기뻐 날뛰는 곡치현의 모습을 보며 회심의 미소를 지어 보였다.

이때부터 곡치현의 일상은 바빠졌다. 유난히 입덧이 심하여 음식을 입에도 대지 못하던 그의 아내가 유독 소진이 만든 음식만은 아무렇지도 않게 먹어치웠기 때문이다. 그때부터 소진은 하루 세 번 곡 부인을 위해 도시락을 만들었고 곡치현은 음식이 식기 전에 금룡장까지 매일같이 광란의 질주를 해야 했다. 마차는 금룡장의 마부들 가운데 발군의 실력을 가진 전칠이 전담하여 매일 세 번씩 금룡장과 약선루 사이를 왕복했다.

곡치현이 소진이 만들어준 음식을 가지고 뛰어나가는 한바탕의 소란이 끝나고 약선루의 하루가 마무리되자 소진은 자신의 집으로 발걸음을 옮겼다.

끼익.

대문을 열고 안으로 들어서자 어둑어둑한 가운데 썰렁한 정원이 눈에 들어왔다. 항상 깨끗이 정돈되어 있긴 하지만 역시 온기가 느껴지질 않았다. 텅 빈 정원을 밝게 비추는 만월광(滿月光) 때문일까? 정원을 따라 집 안으로 향하는 소진은 오늘따라 유난히도 처량한 심정이 들었다. 갑자기 자신이 마련해 준 음식을 들고 헐레벌떡 뛰쳐나가는 곡치현의 모습이 부럽다는 생각이 들었다.

방으로 들어가 불을 밝히고 책을 읽어도 보았지만 한번 들기 시작한 이런 심정은 쉽사리 가시지를 않았다. 결국 소진은 웃옷을 벗고 바지만을 입은 채로 정원으로 뛰쳐나왔다. 이런 때는 몸을 움직이는 게 제일이라는 생각이 들었다. 손에는 어느새 가지고 나왔는지 검도 한 자루 들려 있었다. 정원 한가운데로 나아가 잠시 호흡을 고르고 마음을 가라앉힌 소진은 검을 뽑아 들었다.

챙!

적막한 정원에 싸늘한 검명이 울려 퍼졌다. 검을 뽑아 들고 잠시 검극을 바라보며 정신을 모은 소진은 서서히 몸을 움직였다. 검이 가는 대로 손이 가고, 손이 가는 대로 몸이 움직이고… 달빛에 비추인 서늘한 검광이 만월을 흉내 내는 듯 둥그런 원을 그리고 있었다. 면면히 이어지는 크고 작은 원들. 소진의 검무는 부드러우면서도 장중한 감이 있었다. 검무는 대략 반 시진가량 끊이지 않고 이어지다가 마지막으로 높이 뛰어올라 거대한 원 그림자를 하나 만들어내고 끝을 맺었다. 바닥에 내려선 소진의 이마에는 송골송골 굵은 땀방울이 맺혀 있었다.

촤악! 촤악!

검무를 마친 소진은 바로 정원가에 있는 우물로 달려가 물을 길어 머리 위로 시원스럽게 쏟아 부었다. 얼음장처럼 차가운 우물물로 몸을 씻어 내리자 한결 머리가 개운해지는 기분이었다.

"우푸푸, 푸하! 이제야 좀 살 것 같구나."

한바탕 몸을 움직이자 그제야 심란하던 심정이 조금이나마 가라앉는 것 같았다. 하지만 이런 것은 일시적인 것일 뿐 결코 근본적인 해결책이 될 수는 없었다. 외로움이란 감정을 느끼는 걸 보면 소진도 이제제 짝을 찾아야 할 때가 된 것이다.

가까스로 마음을 가라앉힌 소진은 다시 방으로 들어가 운기조식을 하고 침상에 몸을 뉘었다. 세상 어딘가에는 인연이라는 사슬로 자신과 묶인 누군가가 분명 존재하고 있으리라는 생각을 하며…….

지난 이 년간 소진의 무공은 말 그대로 일취월장한 상태이다. 하산한 이후로 갑자기 높은 경지에 이르긴 했지만 역시 경험이 부족하고 지식이 부족한 탓에 그걸 발판으로 더 높은 곳으로 향하는 데에는 한계가 있었다. 단지 부지불식간에 얻어진 힘을 간신히 자신의 것으로 소화하는 데만 성공했을 뿐. 그렇게 답보 상태에 빠져 있던 그를 구원해 준 것은 역시나 그의 영원한 스승인 진류 도장이었다. 소진의 편지를 읽고 단숨에 항주로 달려온 진류 도장은 소진의 몸 상태를 확인하고 처음엔 기절할 듯 놀랐다. 그 단전에 고여 있는 엄청난 양의 정순한 내공이라니……. 물론 아직 자신의 그것을 능가할 만할 정도의 수준은 아니었지만 소진의 나이와 수련 기간을 생각할 때 오행신공의 성과는 자신의 예상를 훨씬 뛰어넘고 있었다. 그리고 이어진 보름간의 수련. 이미 소진의 경지는 세세한 것까지 일일이 챙겨줘야 할 만큼 미천한 것이 아니었기 때문에 대략적인 길을 제시해 주는 것만으로도 충분했다. 진류 도장은 수련 도중에서의 의문이나 막히는 점들은 스스로의 생각으로 해결해 나아가는 것이 앞으로 소진의 성장에 더 도움이 되리라는 것을 잘 알고 있었다.

특히나 주를 둔 것은 바로 검술이었다. 내공은 이미 오행신공을 대성한 상태. 그는 단지 앞으로의 방향을 제시해 주고 현재 소진의 상태를 알려주었을 뿐 더 이상의 조언을 해줄 수 있는 상황이 아니었다. 하지만 검술은 달랐다. 소진이 연성하고 있는 태극혜검(太極慧劍)은 자신이 이미 수십 년간 참수해 온 무공, 큰 조언자의 역할을 해줄 수 있었다.

사실 태극혜검은 한때 장문인만이 익힐 수 있는 비기로 분류되기도 했으나 세월이 지나며 차츰 그 기준이 낮아졌다. 그 이유는 공교롭게도 오행신공과 비슷하게 상당한 깨달음을 얻기 이전에는 진정한 위력을 발휘할 수 없다는 것. 하지만 일정한 경지에 이른 이후의 태극혜검은 실로 막강 그 자체였다. 역대 천하제일이라는 칭호를 받은 무당의 검객들은 모두 이 태극혜검을 통해서였다는 점이 이 사실을 잘 나타내 주고 있었다. 하지만 그 연성의 어려움 때문에 무당의 일대 제자 이상은 모두 이 태극혜검을 익히고 있었지만 동시에 상대적으로 적은 수련으로도 실전에서 큰 힘을 발휘할 수 있는 양의검(兩儀劍)에 치중하는 경향이 있었다. 지금의 일대 제자들 중 오직 한 길만을 고집하고 있는 이는 대제자 무우와 막내 제자 무진이 전부였다.

진류 도장은 이후로도 세 달에 한 번씩 무당에서 내려와 소진의 성취를 점검하고 잘못된 점을 지적해 주었다. 좋은 스승과 좋은 제자가 다시 만나니 실력이 나날이 증진되지 않을 수가 없는 상황. 특히나 세 달에 한 번씩 약선루를 찾는 진류 도장은 소진의 훌륭한 비무 상대가 되어주었다.

진류 도장은 그간의 수련을 통해 마벽(魔壁)을 거의 극복해 낸 상태. 본래 무당의 진무각주(眞武閣主)는 대대로 동문 중 가장 무공이 뛰어난 이가 역임해 왔다. 그러나 진류 도장은 이제 실제 실력에서 진무각주인 진척 도장을 오히려 앞서고 있는 실정이었다. 즉, 소진이 전력을 다해도 여유있게 받아줄 수 있는 상대라는 것. 전력을 다할 만한 상대가 있다는 것은 무공을 수련하는 이에게는 커다란 복이었다. 게다가 비무 도중 간간이 이어지는 진류 도장의 날카로운 공격은 소진에게 비무를 마치 실전과 같이 느끼게 해주었으니… 삼 개월마다 이루어지는 실전과 같은 비무, 그 결과 현재 소진의 무공은 그의 무 자 항렬 사형들과 비교해도 결코 손색이 없는 지경에까지 이르러 있었다. 게다가 결정적으로 소진은… 검강을 다룰 줄 알았다.

다음날 역시 소진의 하루는 변함이 없었다. 일찍 일어나 운기조식으로 하루를 시작하고 약선루의 주방에서 느긋하게 일하다가 마지막 손님을 보내면 집으로 돌아가는…….

주문된 마지막 요리를 마친 소진은 주방을 나섰다. 주방의 뒷정리는 두 명의 보조가 말끔히 해놓을 것이다. 어제의 씁쓸한 기억도 있고 해서 오늘은 곡 부인도 만나볼 겸 오랜만에 금룡장에나 가보려는 생각이었다.

"소 공자님, 밖에 손님이 찾아왔습니다."

약선루에서 소진은 모든 이들에게 소 공자님이라고 불리웠다. 다른 호칭은 왠지 어색한 것 같아 스스로 원한 바였다.

"응? 날 찾아올 만한 사람이… 사부님은 다녀가신 지 얼마 되지 않았고, 아, 그러고 보니 이제 무당에서 연행을 나올 시기인가? 이봐, 두성(杜誠). 어떻게 생긴 사람이었지? 이름은 물어봤어?"

누군가 자신을 찾아왔다는 말에 소진은 바로 연행을 떠올릴 수 있었다. 그만큼 소진을 찾아올 만한 사람은 극히 제한되어 있었다.

"예, 무당에서 오셨다는데 도호는 청진이라고……."

"뭐라구? 청진? 무 자 항렬이 아니라 청 자 항렬이라고? 이상하네. 대체 청 자 항렬의 제자가 나를 왜 찾아왔지? 연행을 수행하는 제자라면 분명 사형들 중 한 명이 왔을 텐데……. 아무튼 뒤편의 별채로 좀 안내해 줘. 나는 먼저 가 있을 테니."

"예, 소 공자님."

점원의 안내로 약선루를 가로질러 가는 동안 청진은 태연한 척하면서도 곁눈질로 슬쩍슬쩍 이곳저곳을 훔쳐보고 있었다.

'히야, 천하제일이라더니 과연 보통 주루와는 차원이 다르구나. 멋들어진 정원 하며… 점원조차도 다른 주루의 점소이들과는 행동이 다른걸?

맞는 말이었다. 외형은 뭐 그렇다 치더라도 약선루의 점원이 되기 위해서는 곡치현의 까다로운 심사와 교육을 거쳐야만 했기 때문에 청진의 눈에 보이는 것은 당연한 결과였다.

약선루의 별채, 즉 소진의 집 앞에 도착한 점원은 대문 앞에 서서 낭랑한 목소리로 외쳤다.

"소 공자님, 손님을 모시고 왔습니다."

안에서 잠시 후 소진의 목소리가 들려왔다.

"문은 열려 있으니 어서 안으로 들어와."

안내하던 점원이 가볍게 밀자 문은 그대로 열렸다. 그의 뒤를 따라 집 안으로 들어서던 청진은 갑자기 의아한 생각이 들었다.

'가만, 소 공자님이라고? 그럴 리가……. 사숙조님을 여기선 그렇게 부른단 말이야? 그러고 보니 목소리도 상당히 젊은 것 같던데… 혹시 잘못 찾아온 거 아냐, 이거?

조금 불안한 마음이 없지 않았지만 일단 군말없이 걸음을 옮겼다.

발자국 소리에 의자에 앉아 있던 소진은 걸음을 옮겨 방문을 열었다. 마침 점원과 청진이 문 앞에 도착한 시점이었다.

"생각보다 일찍 왔네. 고마워, 두성."

"예, 소 공자님. 그럼 저는 다시 루(樓)로 가보겠습니다."

"응, 그렇게 해."

두성이라 불리운 점원은 소진을 향해 고개를 숙여 보이곤 다시 왔던 길을 되돌아갔다. 그러자 소진의 시선이 청진에게로 향했다. 청진 역시 소진을 유심히 살피고 있었다. 너무나 젊은, 이제 겨우 이십 대 중반으로 보이는 이 청년은 목소리를 듣고 설마 하는 마음으로 청진이 상상했던 그대로였다. 그가 찾던 막내 사숙조가 자신과 거의 비슷한 연배의 사람이라니! 물론 무당 내에 퍼져 있는 무진 사숙조에 대한 소문을 통해 다른 사숙조님들과 비교해 나이가 상당히 많이 차이난다는 것은 알고 있었지만 이건 상상을 넘어서는 수준이었다.

"혹시… 무진 사숙조?"

"음… 복장은 틀림없고, 내 도명까지 아는 걸 보면 무당에서 온 게 맞긴 한 것 같은데, 대체 청 자 항렬의 제자가 왜 날 찾아온 거지? 이제 까지 이런 일은 한 번도 없었는데……. 지금은 원래의 소진이라는 이름을 쓰지만 아무튼 그 무진 사숙조가 내가 맞긴 맞아. 청… 진이라고 했나?"

"예, 제자 청진이 무진 사숙조를 뵙습니다."

겉보기에도 젊어 보이고 실제 나이도 젊겠지만 어찌하랴, 상대방은 자신의 사숙조인 것을. 청진은 곧장 깊숙이 허리를 숙이며 예를 갖췄다.

한편 소진 역시 예를 받는 것이 부담되기는 마찬가지였다. 엉거주춤 인사를 받고는 청진을 방으로 청했다.

"어, 어, 그래. 반가워, 청진 사손. 일단 안으로 좀 들어와."

방 안의 탁자에 마주 앉은 두 사람은 몇 마디 인사말들을 나누며 서로의 어색함을 털어내곤 이내 서로에게 궁금한 점들을 폭포수같이 쏟아내기 시작했다.

"뭐? 그럼 이번 연행자가 청진 사손이란 말야? 사형들 중 한 명이 아니고?"

"예, 장문인께서 저를 천거하셔서 어쩔 수 없이 이 과분한 직책을 맡게 되었습니다."

"그래, 그런 것 같긴 해. 장문인께서는 대체 무슨 생각을 하시고 계신 거지?"

거리낌없는 소진의 말에 청진은 겉으로야 웃고 있었지만 속으로는 있는 대로 인상을 찌푸렸다. 종종 발휘되는 청진의 후면신공(厚面神功)의 위력이라 할 수 있었다.

'어떻게 된 것이 사형이나 사제나 말하는 게 똑같냐. 그냥 그러려니 하고 넘어가도 될 것을 꼭 그렇게 까발려서 사람 속을 뒤집어야 속이 시원하겠어?'

무우 도장과 소진을 빗대어 하는 생각이었다. 소진의 대답은 연행을 출발하기 전에 무우 도장에게 들었던 대답과 거의 흡사한 것이었기 때문이다. 갑자기 생각이 무우 사숙조에게 미치자 청진은 아직 자신의 품 안에 들어 있는 서찰의 존재를 떠올릴 수 있었다.

"아참! 무진 사숙조, 여기 무우 사숙조와 무청 사숙조께서 전하라고
하신 편지가 있습니다."

"대사형과 무청 사형이?"

청진이 서찰을 꺼내 소진에게 건네자 소진은 그 자리에서 그것을 개
봉하여 읽어보았다.

막내 사제, 보아라.

재작년에 내가 연행 길에 너를 찾은 이후로 아직 제대로 연락 한번 못하
고 있었구나. 다름 아니라 이번에 드디어 이 사형이 장문인 자리에 오르게
되었다. 앞으로 세 달 정도의 시간이 남았는데 의외로 준비할 것들도 많고
…(중략)……. 해서 너에게 부탁하고 싶은 것이 한 가지 있는데 별건 아니
고 그저 세 달 후의 장문인 취임식 날에 네가 음식을 좀 마련해 주었으면
하는 작~은 소망이 있구나. 사랑하는 대사형의 작~은 부탁을 네가 절.
대. 무시하지는 않으리라 생각하며 이렇게 편지를 보낸다. 그럼 너만 믿고
기다리고 있으마.

대사형이.

무진, 보아라.

작년 연행 길에 너를 만난 지도 벌써 일 년이 지났구나. 이번 연행은 장
문인의 추천으로 편지를 가져가는 청진이 맡게 되었다. …(중략)……. 아
마 대사형은 네가 와서 직접 축하해 주면 굉장히 좋아하실 것이다. 혹여라
도 시간이 된다면 며칠 전에 와서 사형의 장문인 취임식 날에 쓸 음식들을
내가 손수 마련하는 것도 괜찮을 듯싶구나. 그리고 일 년 사이 네 실력이
얼마나 더 늘었는지도 정말 궁금하다. 이번에 무당에 오게 되면 나와 다시

한 번 밤새 비무를 해보자꾸나. 그럼 몸 건강히 지내고 세 달 후에 보게 됐으면 이 사형의 마음이 기쁠 것 같다.

무청 사형이.

　

대사형과 무청 사형의 편지는 어투가 조금 다를 뿐이지 내용은 거의 흡사했다. 그것은 조만간 열릴 대사형의 무당 장문인 취임식에 자신이 와주길 바란다는 것이었다. 물론 대사형의 편지가 보다 노골적으로 진심을 드러내 보이고 있었다.

"오호! 대사형이 장문인의 자리에 오른단 말야?"

"예, 무진 사숙조. 제가 출발하기 삼 일 전에 결정된 일이었습니다."

"그런 일이라면야 당연히 가봐야지. 그나저나 약선루가 큰일인걸? 내가 없으면 안 되는 곳인데……. 내일 치현이와 이야기를 좀 해봐야겠네. 그리고 이미 날이 저물었으니 청진 사손은 여기서 머물고 내일 출발할 거지?"

"저야 그랬으면 좋겠지만 혹시 사숙조께 폐가 되는 것은 아닌지……."

"무슨 소리! 이제까지 약선루에 들렀던 연행자들은 모두 우리 집에서 하룻밤을 지내고 갔다고! 전혀 부담 갖지 말고 편히 쉬어. 내일 아침은 내가 거하게 대접해 줄 테니 먹고 출발하고."

"하핫, 감사합니다, 무진 사숙조. 그럼 염치 불구하고 하루 쉬었다 가도록 하겠습니다."

대답을 하면서도 청진은 절로 웃음이 나왔다. 그의 사숙조는 분명 내일 아침을 그 유명한 약선루에서 '거하게 대접해 주겠다' 라고 했다. 그가 은연중 기다리고 기다리던 말이었다. 왠지 오늘 저녁에는 설레는 마음에 잠도 오지 않을 듯했다.

자기 전까지 두런두런 이야기를 나누며 청진은 소진에 대한 여러 가지 사실들을 알 수 있었다. 소진의 나이가 보기보다는 많아서 내년이면 서른이 된다는 것, 약선루가 소진 한 사람에 의지하는 바가 크다는 것 등이었는데 그 와중에 청진은 한 가지 사실에 주목하지 않을 수 없었다.

'그런데 어째서 무진 사숙조는 무공을 익힌 흔적이 없지? 아무리 살펴도 전혀 그런 기운이 없는데……. 그래도 명색이 무 자 항렬의 제자인데 설마 하니 무공을 익히지 않았을 리는 없고, 설마 의선각에서 흘러나왔던 그 소문이 맞는 건가?'

소진이 의선원(醫仙院)으로 무해 사형에게 의술을 배우러 다니던 때 그나마 의선각의 제자들은 소진을 자주 접할 수 있었다. 그러나 그 당시 역시 무당 제자들이 뽑은 가장 무서운 인물은 바로 무청 도장. 그 무청 도장의 한마디가 뭇 제자들의 뇌리에는 뚜렷이 각인되어 있었기에 소진에게는 아무도 함부로 말을 걸지 못하였다. 그러던 중 청죽원에서 한 가지 소식이 들려왔다. 청죽원의 주방에서 나왔다는 이 소식은 소진이 의선원을 출입하는 이유로 상당히 그럴듯한 것이었다. 그 내용인즉, 그가 상승의 기공을 연마하던 중 주화입마에 빠져 기혈이 뒤틀려 내공을 모두 상실하였다는 것이었으니…….

상당히 신빙성있게 받아들여지던 이 소문은 청진 역시 들어본 기억이 있었고 지금 소진의 모습을 보고는 그 소문이 사실이라고 확신하게 되었다.

'쯧쯧, 사숙조님도 앞날이 창창한 나이인데 안됐구나. 그래도 이렇게 요리 실력이라도 뛰어나 이름난 주루에서 일하는 것이 다행이라면 다행일까?

청진이 이런 얼토당토않은 생각을 하는 중에도 밤은 깊어 어느덧 시간은 이경을 넘어서고 있었다. 잘 시간이 되자 청진을 가끔 찾는 사부와 사형들을 위해 만들어놓은 객방으로 안내한 소진은 돌아와 자신 역시 침상에 몸을 뉘었다.

"쩝, 사형들 중에 한 명이 왔으면 예전처럼 한바탕 비무를 하면서 몸이라도 풀었을 텐데……. 청진 사손과의 비무는 별로 재미도 없을 것 같아서 하자는 말도 못하겠네. 에구구, 잠이나 자야겠다."

역대로 약선루에 들렀던 연행자들은 모두 소진의 충실한 비무 상대가 되어주었다.

이 년 전 처음 이곳을 찾았던 무우 사형에게 비무를 청했던 소진은 고작 이백 초 만에 패했다. 당시는 막 진류 도장에게 새로이 가르침을 받기 시작하던 시기라 아직 대사형인 무우 도장을 상대하기는 역부족이었던 것이다. 몇 번을 다시 도전했지만 역시 결과는 마찬가지였다. 이것은 무우 도장에게는 언제나 걱정하던 막내 사제의 괄목할 만한 성장을 확인시켜 주는, 소진에게는 수련에 더 더욱 박차를 가하게 하는 계기가 되었다.

그리고 작년 일 년간 진류 도장의 가르침을 받으며 수련에 수련을 거듭한 소진을 찾아온 이는 사형제들 중에서도 무공 면에서 세 손가락 안에 든다는 무청 도장.

무청 사형에게 역시 비무를 청한 소진은 이번에는 천 초를 견디다가 결국 또다시 패하고 말았다. 그 이후로도 두 번을 더 도전하며 밤새 비무를 펼쳤지만 결과는 이전과 크게 다르지 않았다. 무청 도장은 자신이 전력을 다한 상태에서도 소진을 제압하는 데 천 초나 걸리자 소진의 실력을 크게 칭찬했지만 소진의 귀에 그 칭찬이 전혀 들어오질 않았다. 도무지 자신의 주위에는 이길 수 있는 상대가 없었던 것이다. 검강을 사용했다면 어쩌면 결과가 달라졌을 수도 있었겠지만 그건 너무 위험한 방법이었다. 자신의 나이와 수련 기간은 전혀 고려하지 않은 불만이었지만 소진의 기준은 이미 그들에게 맞추어져 있었다.

무청 도장이 떠난 후 또다시 계속된 일 년간의 수련. 이제는 사형들 중 누가 온다 해도 이길 수 있다는 자신감이 들 정도로 실력이 붙었음을 스스로 느끼고 있었지만 올해 그를 찾은 것은 어처구니없게도 두 배분이나 아래인 청 자 항렬의 제자였다. 그리고 소진은 실력 차이가 너무도 확연히 느껴지는 탓에 청진이라고 자신을 밝힌 그에게는 '비무'의 '비' 자도 꺼낼 수가 없었다.

"치현아, 나 휴가가 필요해."

"……."

떨그럭!

오늘도 어김없이 아내와 뱃속의 아이를 위해 금룡장까지 광란의 질주를 다녀온 탓에 때늦은 점심 식사를 하고 있던 곡치현의 손에서 젓가락이 떨어져 내렸다.

"뭐, 뭐라구?"

"나 휴가가 필요하다구. 어제 도착한 청진 사손이 무우 사형의 편지를 가져다 줬어. 앞으로 두 달 하고 이십 일 후에 사형이 무당 장문인으로 추대된대. 약선루의 일도 중요하지만 이런 일에 안 가볼 수는 없는 일이잖아? 어제저녁에 한참을 고민해 봤는데 다른 방법이 없더라.”

“휴, 휴가라……. 네가 휴가를 간다면 자연히 약선루는 문을 닫아야
하는 건가? 그래, 이건 주방장이 너 하나뿐이니 당연한 얘기겠군. 무당
장문인의 취임식이라…….”

곡치현이 보기에도 도저히 빠질 수는 없는 일이었다. 다른 사람이
면, 그리고 다른 일이라면 모르겠지만 이건 대무당파의 장문인 취임식
이다. 천재지변이 일어나지 않는 이상 사형제인 소진으로서는 꼭 가봐
야만 하는 것이다.

‘이건… 도저히 다른 방법이 없겠군. 그렇다면 얼마나?’

곡치현은 처음엔 당황했지만 이름난 장사치답게 순식간에 냉정을
회복했다.

“그렇다면 기간은 얼마 정도로 예상하고 있는데?”

“여기서 무당까지 이동 시간까지 다 합쳐서 대략 한 달 정도 잡으면
적당할 것 같아.”

“한 달이라…….”

도저히 막을 수가 없는 일이라면 손해를 최소화하는 것이 기본이다.
한 달 정도라면 곡치현이 보기에도 적당한 기간인 듯싶었다. 하지만
소진의 이야기는 여기서 끝나는 것이 아니었다.

“거기에… 기왕 나가는 거 여기저기 명승지와 절경들을 돌아다니면
서 유람도 하고 견문도 조금 넓히려면 대략 세 달 정도 걸리지 않을
까?”

“유, 유람?”

“응, 유람. 지금까지 이 년 넘게 이곳 항주에서 지내면서 가끔 쉬는
날에 가본 곳이라 해봤자 이곳 절강성을 벗어나질 못했잖아. 너야 이

미 중원 곳곳을 누벼봤겠지만 나는 아직도 이름만 알고 못 가본 곳 천지라고."

"끄응."

맞는 말이었다. 지금까지 소진이 가본 곳이라고 해봤자 무당과 항주 사이의 몇몇 곳들이 전부였다. 굳이 더하자면 이곳 항주에서 지내면서 쉬는 날마다 최대한 멀리로 돌아다닌 정도? 아직 황제가 사는 자금성은 물론이고 그 유명한 동정호, 중원오악 중 어느 한곳 가본 곳이 없었다. 사실 세 달이라는 기간도 이 중 여러 곳을 들르기에는 상당히 짧은 시간이라는 것을 곡치현은 잘 알 수 있었다. 더욱이 굳이 소진이 가겠다는 것을 자신이 말리는 것도 상당히 우스운 일이었다. 소진은 자신의 수하가 아니라 엄연한 동업자이자 하나뿐인 친우였기 때문이다.

"네가 그렇게 하겠다는데 내가 고집스럽게 말릴 수는 없는 노릇이지. 세 달이라……. 일정이나 계획은 생각하고 있는 거야?"

소진은 곡치현이 의외로 쉽게 수긍하는 빛을 보이자 오히려 조금 떨떠름한 반응이었다.

"나… 정말로 가도 되는 거야?"

"가야 하고 가고 싶다며? 그렇다면 가봐야지."

"하지만 약선루는 쉬어야 하잖아."

"그거야 어쩔 수 없는 일이지. 약선루는 명목상은 내가 주인이지만 실제 주인은 너라고 할 수 있으니까."

"……."

"훗, 괜히 네가 부담 갖을 필요는 전혀 없어. 뭐 이 참에 나도 안사람이 아이를 낳을 때까지 신경도 쓸 수 있고."

"네가 그렇게 생각한다니 나도 마음이 편하다. 그럼 앞으로……."

그리고 소진의 출발에 대한 상세한 이야기들이 오갔다. 약선루의 예약 손님은 열흘 앞까지만 받고 있기 때문에 최소 열흘 후에는 출발할 수 있었다. 하지만 예약을 위해 기다리고 있는 이들을 위한 어느 정도의 기간도 필요한 것이기 때문에 소진의 출발 일은 정확히 스무 날 후로 결정되었다.

혜성처럼 등장한 약선루의 약진(躍進)은 항주 내의 여러 객잔과 주루에 적잖은 부담을 안겨주었지만 결과적으로는 이들에게 이득이 되었다. 약선루의 명성이 올라가면서 예약을 위해 항주에 머무르는 이들이 자연스레 기존의 객잔과 주루들을 이용하면서 오히려 장사가 더 잘되었기 때문이다.

하지만 이른 아침 약선루 정문 앞에 붙여진 공고는 약선루의 예약을 위해 항주 내의 객잔에 머물고 있던 이들을 크게 술렁이게 만들고 있었다.

공고(公告).

본 약선루는 주방장의 피치 못할 사정으로…(중략)……. 임시 휴업은 이십 일 후부터 세 달간 계속됩니다. 예약을 하실 분들께서는 이 사실을 참고하시기 바랍니다.

아직 닫혀 있는 문 앞에 몰려 있는 사람들은 이 글을 읽고 상당히 당황하는 모습들이었다.

"이런, 서안(西安)에서 오시는 주인님 때문에 보름 먼저 도착해 있었는데 이러면 자칫 늦어질 수도 있겠잖아!"

"우리 장주께서도 귀주성에서 이제 출발하실 텐데……."

이날 하루 약선루로는 갑작스런 휴업 공고에 대한 문의 및 항의가 빗발쳤지만 곡치현은 이미 결정된 사항을 바꿀 생각이 추호도 없었다. 약선루의 예약을 위해 미리 와 있던 하인이나 친인들의 항의도 대략 열흘 정도가 지나자 서서히 수그러져 갔다. 그리고 약선루의 휴업 시작일인 동시에 소진의 휴가 출발 일이 닷새 남은 날의 오후, 주방 일을 마치고 집으로 돌아가려던 소진은 문 앞에서 자신을 기다리고 있는 곡치현을 발견할 수 있었다.

"응? 날 기다리고 있었던 거야?"

"그래, 잠시 나 좀 보자."

곡치현은 소진과 함께 자신의 집무실로 향했다. 그다지 넓지 않은 방 안에는 약선루의 운영에 필요한 각종 장부들이 빼곡히 들어차 있었다.

"무슨 일인데 그래?"

소진의 질문에 곡치현은 조금 복잡 미묘한 표정을 지어 보였다.

"소진아, 이제 닷새 후면 출발인데 어디부터 들러볼 생각이야? 혹시 뚜렷히 정해놓은 곳이라도 있는 거냐?"

기다려 왔던 강호 유람이 이제 닷새밖에 남지 않았다는 말에 소진의 얼굴이 활짝 피었다.

"헤헷, 글쎄. 일단은 사천 쪽엘 가보고 싶은데? 그 험하다는 장강삼협(長江三峽)도 가보고, 무엇보다 사천은 요리의 고장으로 유명하잖아. 할아버지도 종종 말씀하셨던 곳이라 꼭 한번 가보고 싶어."

"사천이라……."

스윽.

곡치현은 서탁에서 웬 종이 뭉치를 끌어다가 소진의 앞쪽으로 밀어 주었다.

"이게 뭐야?"

"다 서신들이야. 너와 관련된……."

"뭐? 이게 다 나와 관련된 서신들이라고?"

수북이 쌓인 종이 뭉치들이 한 장 한 장 다 서신들이라면 아마도 상당한 양일 것이다. 그리고 생각하기에 자신에게 이렇게 많은 양의 서신을 보낼 만한 이들은 절대 없었다.

"그럴 리가 없어! 대체 누가 나한테 이렇게 많은 서신들을 보냈다는 거야?"

"궁금하면 하나 집어서 읽어보라구. 이런 서신들이 며칠 전부터 하루에 십여 통씩은 도착하고 있으니……."

소진은 재빨리 뭉치들 가운데 가장 위에 올려져 있는 한 장을 집어서 읽기 시작했다. 서신을 따라 눈길이 서서히 아래로 내려가면서 소진의 표정이 조금 미묘하게 변해갔다.

"출, 출장 요리라고?"

"그래, 며칠 전부터 꾸준히 내 앞으로 날아오고 있는 서신들이야."

대략 삼 일 전부터인가? 곡치현 앞으로 대략 십여 통씩의 편지가 배달되기 시작했다. 편지의 내용은 곡치현으로서도 결코 예상치 못했던 것들이었으니…….

곡치현이 이십 일 전에 붙인 공고문을 보면 약선루가 휴업에 들어가는 이유가 요리사가 피치 못할 사정으로 고향엘 다녀와야 하기 때문이라고 적혀 있었다. 이 사실이 천하로 퍼지자 의외로 이번엔 각 지방에서 혹시라도 요리사의 고향이 자신들이 사는 곳 부근이라면 고향엘 다녀오는 길에 잠시만 들러서 요리를 맡아달라는 서신들이 오기 시작하는 것이다. 이유도 가지가지였다. 혼인식부터 시작해서 환갑 잔치, 생일 잔치, 심지어는 노강호인의 금분세수(金盆洗手:강호인의 은퇴 의식)까지 들어가 있었다. 소진이 편지를 다 읽길 기다린 곡치현은 아무 말 없이 소진을 바라보며 무언의 시선을 보내고 있었다. 강요하는 눈치는 아니었지만 무언가 대답을 요구하는 눈빛이었다. 사실 소진이 싫다고 하면 이런 서신들 따위야 싹 태워 버릴 작정이었다. 하지만 그의 예상과 달리 소진의 반응은 상당히 호의적인 것이었다.

"출장 요리라…… 후훗, 재밌겠는걸? 그러니까 이 중에서 가고 싶은 곳을 찍어서 내 맘대로 가도 된다는 거야?"

"너… 갈 마음이 있는 거냐?"

"안 그래도 나 때문에 약선루 영업도 몇 달 동안 못하게 돼서 조금 미안한 마음이 있었는데 이 정도야 해줄 수 있지. 더구나 재밌잖아. 내가 직접 요리해 줄 사람을 고른다는 것이. 일단 사천을 가보기로 했으니깐 이 중 들를 곳도 사천성에 있는 곳으로 해야겠다. 그렇지?"

"으, 응. 사, 사천성이라……."

곡치현은 조금은 얼떨떨한 기분으로 사천성에서 도착한 서신들을 추려내었다. 얼마 지나지 않아 대략 이십 통 정도의 서신들이 한쪽에 따로 모였다. 추려진 서신을 소진에게로 밀어주자 소진은 한 장 한 장 읽어보며 마음에 드는 곳을 찾기 시작했다.

"성주 아들의 결혼식? 이런 건 넘기고, 청유장(淸儒莊) 장주의 칠순 잔치? 아냐아냐, 이것도 별로 재미없을 것 같아. …음? 이건 뭐지? 사천당가 가주의 환갑 잔치?"

"응, 올해로 당가(唐家)의 가주인 진천독수(振天毒手) 당유(唐兪)가
환갑을 맞이한다고 하더라. 보수는 가장 높게 부른 곳이긴 하지만 무
림세가이기 때문에 아마 조금 꺼려지는……."

"그럼 나 여기로 갈게."

"뭐? 당가로 가겠다고?"

"응, 아직까지 강호문파는 무당 이외에는 한 번도 가본 적이 없거든.
당문은 독(毒)을 다루는 곳이잖아? 왠지 특이한 게 한번 가보고 싶다는
생각이 드네. 게다가 보수도 가장 높게 불렀다며."

"……."

왠지 권하고 싶지 않은 곳이었지만 소진은 이미 당가로 결정을 내린
것 같았다. 보통 독을 다룬다고 하면 꺼리는 바가 있기 마련인데 그걸
특이하다고 하는 소진이 곡치현이 보기에는 더 특이해 보였다.

"이궁, 굳이 네가 그렇게 하겠다면야 어쩔 수 없지. 당문에서 제시한
액수가 제일 많은 것도 사실이니까."

곡치현은 그 자리에서 사천의 당가로 보내는 서신을 작성했다. 소진
이 갈 것이라는 사실을 미리 알려야 했기 때문이다. 그리고 소진의 출
발까지 남은 닷새는 눈 깜짝할 새에 지나갔다.

널찍한 대청 안. 양쪽의 벽으로 걸려 있는 담백한 서화들과 사이사
이 놓여진 고풍스런 장식물들 때문일까? 대청 내부는 마치 은은한 난
꽃의 향기처럼 고아한 아취(雅趣)를 풍기고 있었다.

"단주님, 그들이 움직임을 보이고 있습니다. 놀랍게도 두 곳을 동시
에 노리려는 계획을 세우고 있는 듯합니다."

대청 중앙에 부복한 인영이 입을 열었다. 그리 크지 않은 목소리였

지만 대청 안은 고요한 적막만이 흐르고 있었기 때문에 또렷이 귀에 들어왔다.

대청의 상좌(上座)에는 넓은 휘장이 쳐져 있다. 부복한 인영의 목소리에 대한 대답은 그 휘장 너머에서 들려왔다.

"오호, 동시에 말인가? 나의 예상보다도 더욱 막강한 전력을 만들어 놓았었나 보군. 하긴, 그가 확신이 없는 일에 그런 과감한 행동을 보일 리가 없지. 그래, 그 자신은 어느 곳으로 간다고 하더냐?"

"아마도 아미(峨嵋) 쪽으로 갈 듯합니다."

"아미라…… 천안(天眼)의 움직임은?"

"다행히도 아직 아무런 낌새도 눈치 채지 못한 것 같습니다."

"그래, 그래야지. 그들로서도 전혀 예상치 못한 상태에서 일이 벌어져야 더욱 당황할 게 아닌가. 그들의 일거수일투족을 계속 주시하도록 해라."

"예, 단주."

"……."

곧 이어 부복하고 있던 인영이 사라지자 대청은 다시 적막에 빠져들었다. 휘장 너머에서도 더 이상의 목소리는 들려오지 않았다.

"소진아, 잠깐 들어가도 될까?"

"어, 들어와."

방 안에서 짐을 챙기던 소진은 곡치현의 목소리가 들리자 기꺼이 문을 열어주었다.

"짐을 싸고 있었구나? 혹시 뭐 부족한 거라도 있으면 말해. 바로 구해줄 테니."

"헤헷, 혼자 떠나는데 뭐 필요한 게 있을려고……. 예전처럼 작은 봇짐 하나면 충분해."

방바닥으로는 소진이 아직 넣지 않은 짐들이 가지런히 놓여 있었다. 여벌의 옷, 속곳, 그리고 깨끗한 헝겊에 싸인 주방칼.

"푸푸풋!"

거기에까지 시선이 미치자 곡치현은 처음 소진을 만났을 때 생각이 나는지 웃음을 터뜨렸다.

"푸하하, 역시 이번에도 저 주방칼은 고이고이 모셔가는구나."

"당연하지. 혹시라도 노숙을 하게 되면 음식은 해먹어야 할 거 아냐. 저래 봬도 저게 내 재산 목록 1호라고!"

"역시 너다운 발상이다. 그나저나 이번에는 검 한 자루 정도는 차고 가야 하는 것 아냐?"

"검? 검은 왜?"

"왜? 왜라니! 가는 도중에 무슨 일이 있을지도 모르고, 더구나 너도 엄밀히 따지면 무림인이잖아. 무림인이라면 모름지기 자신이 들고 싸울 무기 정도는 하나 가지고 다니는 게 정상 아닐까? 만에 하나 시비가 붙더라도 의지할 무기 정도는 있는 게……."

"아~ 그런 거라면 난 별로 상관없어. 이래 봬도 내가 한경공 한다고. 혹시라도 귀찮은 녀석들을 만나더라도 내가 경공을 써서 도망가면 한 놈도 따라오지 못할걸? 그리고 부득이한 경우라면 아무거나 하나 빼앗아서 쓰면 되지 뭐."

소진이 말하는 귀찮은 녀석들이란 아마도 시정 잡배들이나 산적, 어쩌다가 시비가 붙은 강호인 등을 말하는 것이리라. 그런데 이들에 대한 대응법이라고 소진이 꺼내놓은 방법은 정말 할 말을 잃게 만드는 것이었다. 아마 강호인이라면 누구도 저런 말은 절대 하지 않을 것이다. 대개의 강호인들은 명분이나 명예, 체면에 목숨을 거는 부류들이었기 때문이다.

"도… 망? 도망이라……. 에휴~ 난 가끔 정말 네가 무당 제자라는 사실이 믿기질 않아. 도망이라는 말을 그렇게 쉽게 내뱉다니. 이제 이 얘기는 그만 하도록 하자. 더 해봐야 내 머리만 더 아플 것 같다. 어차피 이런 얘기를 나누려 찾아온 것도 아니었으니… 자, 받아라."

툭.

무언가 묵직한 소리를 내며 소진의 다리 앞쪽으로 던져졌다.

"뭐야, 이게?"

소진은 자신의 발치 앞에 떨어진 주먹 두 개 정도 크기의 묵직한 가죽 주머니와 기름이 먹여졌는지 반들반들하게 윤이 나는 종이 봉투를 집어 들며 물었다.

"뭐긴 뭐야, 그동안 쌓여 있던 네 급여지."

그동안 받아왔던 일정 액의 은자들이 전부라 생각했던 소진은 자신의 급여라는 말에 꽤나 묵직한 주머니를 열어보곤 깜짝 놀랐다. 주머니의 안은 반짝이는 은자로 가득 채워져 있었다. 설마 하는 마음에 열어본 봉투 안에도 역시 금룡전장의 전표가 빼곡히 들어 있었다.

"뭐, 뭐가 이렇게 많아! 대체 이게 얼마나 되는 거야?"

수년 전과 달리 이제는 금전적인 개념이 어느 정도 잡혀 있는 소진은 엄청난 은자와 전표의 액수에 놀라지 않을 수가 없었다.

"모두 은자 천 냥이야. 전표로만 주면 쓸 때 불편할 것 같아서 일부러 은자로도 조금 바꿔서 준비했어."

"은자 천 냥!!"

항주 중산층 가정의 한 달 평균 수입이 열 냥이라는 것을 고려한다면 은자 천 냥이라는 것은 정말 엄청난 액수였다. 하지만 곡치현의 이어지는 말에 소진의 입은 쩍 벌어지지 않을 수가 없었다.

"지난 이 년 동안 약선루의 총수익은 대략 은자 10만 냥 정도야. 하나의 사업장에서 벌어들이는 것치고는 정말 어마어마한 액수지. 사실 내가 원래의 금룡상단 일을 관두고 약선루에 전념할 수 있었던 것도 약선루가 워낙 수익이 좋았기 때문이었어. 이 정도의 수익은 금룡상단의 그것에 거의 육박하는 것이었거든. 처음에 내가 말했었지? 수익은 육 대 사로 나누자고. 네 몫인 4만 냥은 모두 금룡전장에 보관해 놨어. 혹시 여행 중에 돈이 더 필요하게 되면 아무 곳이나 금룡전장의 점포엘 들러서 이 명패를 보이면 얼마든지 더 찾아 쓸 수 있을 거야."

곡치현은 다시 자그마한 명패를 하나 내밀었다. 손가락 두 개만한 크기의 오동나무 명패에는 작은 숫자들이 적혀 있었다. 아직까지도 충격에서 헤어 나오지 못하고 있던 소진은 무심결에 그 명패를 받아 들었다. 소진의 상태를 보며 나지막이 웃어 보인 곡치현은 자신이 할 말은 다 했다는 듯 주저없이 몸을 일으켰다.

"어서 준비하고 나오라고. 다들 기다리고 있으니깐."

곡치현이 방을 나가고도 한참이 지나서야 소진은 간신히 정신을 차렸다. 정신을 차리고도 방금 들은 말이 농담이 아니었을까 심각하게 고민하던 소진은 이내 피식 실소를 한번 터뜨리고는 다시 필요한 짐들을 하나하나 챙겼다.

'4만 냥이든 4천 냥이든 그런 게 뭐가 중요하겠어. 어차피 하루 먹을 쌀 두 되에 비바람을 피해 몸을 누일 팔 척(八尺)의 공간만 있으면 족한 것을… 공연히 많은 재화에 혹하여 정신을 빼앗기고 있었구나.'

소진의 성격은 마치 그의 외모처럼 지극히 평범했다. 단지 나이에 비해 조금 더 순수한 모습을 간직하고 있을 뿐. 그런 그의 뚜렷한 특징 한 가지는 어려서부터 도가의 수련을 쌓은 탓인지, 아니면 그의 사부인 진류 도장의 영향을 받아서인지는 모르겠으나 재화나 명예 같은 보통의 사람들이 갈망하고 추구하는 것에 별다른 욕심이 없다는 것이었다.

짐을 다 챙긴 소진은 방을 나서 금룡장의 후문으로 향했다. 약선루는 어제 부로 문을 닫았고, 곡치현의 권유로 하룻밤을 금룡장에서 보낸 소진은 이제 세 달로 예정하고 떠나는 강호 유람을 출발하기 위해 길을 나서는 것이다.

저 멀리 자신을 배웅하기 위해 나와 있는 금룡장의 식구들이 보였다. 금룡장 노장주 부부와 배가 산만큼이나 불러온 곡 부인의 모습도 보였다.

"후훗, 이러니 마치 영영 떠나가는 사람 같군요. 그저 그동안 못해봤던 강호 유람을 떠나려는 것뿐인데… 지나는 길에 좋은 게 보이면 선물도 몇 개 사 올게요."

"허허, 소 공자, 나는 많은 건 바라지 않고 좋은 술이나 한 병 사다 주시구려."

역시나 애주가(愛酒家)다운 모습을 자랑하는 노반의 말에 모두들 입가에 미소를 지어 보였다. 몇 마디 인사말들을 주고받고 사람들의 배웅을 받으며 소진은 금룡장을 나섰다. 문밖에는 마차에 올라선 전칠이 그를 반겨주었다.

"소 공자님!"

"항주를 벗어날 때까지는 이 마차를 타고 가라."

"알았어. 고마워, 치현아. 그럼 잘 다녀올게."

소진을 태운 마차가 멀어져 가는 모습을 지켜보던 곡치현은 문득 소진의 강호 유람이 조금 더 길어질지도 모르겠다는 느낌이 들었다.

'무사히 다녀와라, 나의 지기(知己)여.'

일호(一號) 전(傳).

약선루의 약선(藥仙) 소진이 항주 금룡장을 떠남. 목적지는 사천을 거쳐 무당으로 갈 것으로 예상됨. 사천에서는 당문주의 회갑연에 참석 예정. 소진을 초청하기 위해 당문에서 지출한 비용은 은자 삼백 냥. 이번 여행의 직접적 목적은 사형인 무우 도장의 무당 장문인 취임. 이상.

청수한 학자풍의 중년인이 늦은 오후 날아든 전서구의 전통에서 꺼낸 암호문을 해독해 읽어 내려갔다.

"일장로(一長老)께서도 이 소진이라는 친구에게 꽤나 관심을 많이 보이시는군. 후훗, 하긴 이제껏의 내용들을 보면 그럴 만도 하지만… 그래도 일선에서 물러난 장로들까지 이렇게 일을 손에 놓지 않는 건 나로선 정말 못해먹을 짓이란 걸 아서야지. 안 그래도 일이 많은 걸 아시면서 이렇게 장로 분들까지 끊임없이 정보를 보내와서야 원……."

입으론 투덜거리면서도 중년인은 익숙한 동작으로 두터운 책자의 한 면을 펴고 방금 받은 내용을 간략하게 적어 내려갔다. 마치 늘상 해 오던 일인 양…….

무언가 바람이 불려 하고 있었다. 조용하기만 하던 강호에 바람이…….

사천당가(四川唐家)

콰르르르릉—

서릉협(西陵峽). 기암괴벽들과 아래로 흐르는 광폭한 물살을 벗어나자 아스라이 멀리서부터 들려오기 시작한 굉음이 점점 커져 간다. 협곡(峽谷)을 따라 올라가면 올라갈수록 그 소리는 주체할 수 없을 정도로 커지더니 급기야는 천둥 소리를 연상시킬 정도가 되었다.

항주를 떠나온 지도 어느덧 20여 일. 남선북로(南船北路)라 했지만 이미 배는 실컷 타봤기 때문에 소진은 남창(南昌)과 장사(長沙)를 지나는 육로를 택했다. 간간이 말을 타기도 하며 어느덧 다다른 사천의 초입(初入). 그곳에서 그를 기다리고 있는 것은 다름 아닌 천하 절경으로 이름 높은 장감삼협이었다.

삼협은 말 그대로 험준한 협곡이었기 때문에 걸어서 가기는 어려울 것 같아 배를 타볼까도 생각도 해봤지만 이내 그런 생각은 접어야 했다. 삼협을 거슬러 가자는 이야기에 사공들이 모두 소진을 미친놈 보듯이 했기 때문이다. 기분이 조금 상해서 직접 걸음을 옮기던 소진은 곧 그 이유를 눈으로 확인할 수 있었다. 가장 먼저 마주친 서릉협의 엄청난 물살과 중간중간에 도사린 날카로운 바위들. 이런 곳에 배를 띄운다는 것은, 더구나 물길을 거슬러 올라간다는 것은…….

사공들이 자신을 미친놈 취급하던 것도 이제야 이해가 되었다. 결국 소진은 자신의 튼실한 두 다리를 믿으며 다시금 걸음을 옮겨야 했다. 물론 중간중간 걸음이 힘든 곳에서는 자연스레 경공을 사용했다.

그 험준함만큼이나 빼어난 절경들을 지나 마치 선계에 와 있는 듯 열두 개의 봉우리를 감싸 안은 신비로운 운해를 둘러보며 소진이 지나는 곳은 삼협(三峽)의 두 번째 관문인 무협(巫峽)이었다. 그리고 이 귓청이 떠나가라 몰아치는 굉음의 진원지이기도 했다.

콰르르르릉!

"이야아앗!"

세상 만물을 휩쓸어 버릴 듯 미친 듯이 흘러가는 탁류를 바라보며 소진은 왠지 가슴이 탁 트이는 기분에 나름대로 커다란 함성을 질러보았지만 그 소리는 사방으로 부딪치는 천둥 같은 물소리에 묻혀 자신에게조차 제대로 들리지 않았다. 좁은 협곡과 높은 절벽 덕에 급류의 휘몰아치는 우뢰와 같은 소리가 10리 밖에서도 들린다 하는 무협. 그 어마어마한 소리 덕에 무협을 벗어나고도 한참 동안이나 소진은 귀가 멍멍했지만 광폭한 대자연의 또 다른 모습을 보며 다시 한 번 안계(眼界)를 넓힌 기분이 들었다. 새벽같이 출발해 간간이 경공도 써가며 걸음을 재촉했지만 장강삼협을 지나느라 점심도 거른 소진은 해질녘이 다

돼서야 사천의 대도(大都) 중 하나인 중경에 도착할 수 있었다. 사천의 성도(省都)인 성도(成都)와는 이제 얼마 남지 않은 거리였다. 그리고 성도에서 얼마 멀지 않은 곳에는 독과 암기로 이름 높은 당씨 일족의 당가(唐家)가 자리 잡고 있었다.

중경(重慶).

유수한 역사의 고도(古都). 도시 전체가 기복이 심한 언덕으로 이루어졌기 때문에 산의 도시[山城]라고 불리기도 하는 중경은 특히나 중국의 3대 찜통의 하나로 유명했다. 결코 5월 같지 않은 무더운 날씨 아래선 소진 역시 조금씩 지쳐 가고 있었다.

"우혁, 이게 도대체 초여름 날씨가 맞는 거야? 무슨 놈의 날씨가 이렇게나……."

해도 거의 저물어가건만 도대체 이놈의 무더운 날씨는 수그러들 기미가 보이질 않았다. 더욱이 바람조차도 한 점 불지 않고 있었다.

"이제… 조금만 더 가면!"

내공의 영향으로 굳이 운기를 하지 않더라고 추위와 더위에 대한 내성이 상당한 소진도 중경의 무더운 하늘 아래선 이마에 삐질삐질 땀방울을 내비치고 있었다. 물론 진기를 일으키면 이런 현상은 곧 사라지겠지만 굳이 그러고 싶은 마음은 들지 않았다. 지금으로썬 어서 빨리 중경성 내에 들어가 시원한 냉수 한 사발 들이키고 싶은 마음이 굴뚝같았다.

경쟁 주루와의 치열한 경합 끝에 '중경' 이라는 이름을 사용하게 된 중경주루의 점소이 상거이(相居離)는 오늘도 중경의 대표 주루에서 일한다는 뿌듯한 자긍심으로 자신의 직분을 다하고 있었다.

촤라락.

문 앞을 가린 차양이 소리를 내며 젖혀졌다. 분명 손님이 왔다는 소리. 거의 무의식적으로 인사말이 튀어나왔다.

"오늘도 저희 중경주루를 찾아주셔서 감사합니다. 성실히 모시겠습니다."

"이, 예."

자신의 친절한 접대에 얼떨떨해하는 기색을 보니 분명 이 젊은 공자는 중경이 초행임이 틀림없다. 중경주루의 접대 방식은 인근에서도 꽤나 유명한 것이었기 때문이다. 상거이의 안내를 받은 공자는 어색한 걸음으로 탁자에 가서 앉았다.

"주문은 어떤 걸로 하시겠습니까?"

"일단은 시원한 냉수 한 잔 갖다주고, 음식은… 입맛도 없고 하니 동채포자(冬菜包子:동채로 소를 넣어 만든 찐빵)로 가져다 줘요."

"옙! 금방 나올 테니 잠시만 기다리세요, 공자."

이마의 땀을 훔치며 주위를 둘러보는데 누군가와 눈이 마주쳤다. 상당히 낯이 익은… 여인이었다. 그의 얼굴에 언뜻 놀란 빛이 서렸다.

다른 말로는 강호사화(江湖四花)라고도 불리우는 사봉의 한자리를 차지하고 있는 관음수 화연은 점소이의 호들갑스러운 손님 접대에 절로 시선이 그쪽으로 향했다. 중경을 대표하는 이곳 중경주루만의 특징이라나? 자신 역시 들어서면서 들었던 소리지만 영 적응이 안 되는 것이 사실이었다.

'응? 저 사람은?'

이 년 전이었던가? 여러 가지 일들을 겪으면서 상당히 인상이 강하게 남아 있었기 때문에 화연은 바로 그를 알아볼 수 있었다. 너무도 분명하게 '그'였기 때문에 화연은 다시 한 번 확인을 해야만 했다. 분명 그는 저 멀리 항주에 있어야 할 사람이었기 때문이다.

'분명 약선루의 소 공자님이 맞아. 그가 어째서 이런 곳에 와 있는 거지? 그가 없으면 약선루가 운영될 리 없는데……'

재차 확인해 보았지만 역시나 그는 이 년 전 항주에서 만났던 소진, 소 공자가 맞았다.

한편 그녀의 맞은편에 앉아 있던 세 명의 사내는 화연이 한참 동안이나 묵묵히 시선을 한곳으로 향하자 자연스레 그녀의 시선을 쫓아 막자리에 앉아 주문을 하는 소진의 모습을 바라보았다. 모두 화연과 동년배의 인물들로 보였다.

그리고 그중 녹의를 입은 날카로운 인상을 가진 청년의 시선에서는 짜증이 묻어 나오기 시작했다. 자신에게는 별 관심을 보이지 않던 화연이 갑자기 나타난 평범한 사내에게 계속 눈길을 주고 있었기 때문이다. 그의 눈빛을 읽어서였을까? 그의 옆에 있던 기다란 얼굴의 청년이 말을 꺼냈다.

"화 소저, 혹시 아는 사람인가요?"

"…그래요. 잠시만 실례할게요."

화연이 몸을 일으켜 소진이 앉아 있는 탁자로 다가가자 지금의 상황이 상당히 마음에 안 든다는 듯 녹의청년의 얼굴이 살짝 찌푸려졌다. 그의 눈치를 힐끔 살핀 긴 얼굴의 청년은 무언가 말을 꺼내려다 다시 조용히 입을 다물었다.

"소 공자, 오랜만이군요."

“예, 화, 화연, 아니, 화 소저였던가요?”

엉겁결에 이름을 부르곤 당황스러워하는 모습이다. 역시 아직도 여인 앞에서는 영 어색해하는 기색이 역력했다. 하지만 화연은 그런 소진의 모습을 재미있다는 듯이 지켜보고 있었다.

“호호홋, 기억하시는군요. 그냥 이름을 부르셔도 상관없어요. 그런데 소 공자님은 항주에 계셔야 하지 않나요?”

“사정이 좀 생겨서… 이왕 길을 나선 김에 겸사겸사 강호 유람까지 하고 있습니다.”

“유람이라… 조금 부럽네요. 그럼 어디를…….”

소진과 이야기를 나누며 화연은 간간이 웃음을 터뜨리기도 했고 곡 부인이 회임을 했다는 말엔 깜짝 놀란 표정을 지어 보였다.

원래 화연과 같은 탁자에 앉아 있던 세 청년들 중 날카로운 인상의 녹의청년은 이 모습에 눈에서 불길이 솟아오르는 것 같았다. 요 며칠 자신들과, 아니, 자신과 함께 이곳 중경에 이르기까지의 여정 동안 거의 접해보지 못한 표정들을 너무도 자연스럽게 지어 보이고 있었다. 가슴 깊은 곳에서부터 끓어오르는 이 감정은 아마도 시기와 질투라는 이름을 가진 것이리라.

“흥! 저런 무지렁이 같은 녀석에게…….”

이제껏 부족함이라는 것은 모르고 살아와서일 것이다. 녹의청년은 자신의 감정을 애써 부인하고 있었다. 더욱이 자신이 무의식 중에 비교하고 있는 대상이 특출난 것 하나 보이지 않는 저런 무지렁이라는 것에 그는 더욱 큰 분노를 느꼈다.

이런 그의 마음을 아는지 모르는지 화연은 급기야 소진을 그들이 앉아 있는 탁자로 데려왔다.

"소개할게요. 이분은 소진, 소 공자님이라고 해요."

"만나뵙게 되서 영광입니다. 소진이라고 합니다."

"남궁승무라고 합니다."

"진주언가의 언유기라고 하오."

긴 얼굴의 청년이 마치 소진을 업수이 여기는 듯한 거만한 말투와 표정으로 자신을 소개했다. 그 모습에 먼저 자신을 소개한 남궁승무와 화연의 얼굴이 살짝 찌푸려졌다. 그리고 이제 녹의청년의 차례가 되었다.

"흥, 당문의 당표라 한다. 이름 정도는 들어봤겠지?"

그는 언유기보다도 오히려 한술 더 떠 노골적으로 소진에 대한 적개감을 드러냈다.

"당 소협!"

"다, 당 아우!"

곱상한 외모의 남궁승무와 화연이 당황하여 당표를 불렀다. 당표는 처음엔 아랑곳하지 않고 소진을 노려보다가 화연이 자신에게 보내는 눈빛이 날카로워지자 그제야 낮게 코웃음을 치며 고개를 다른 곳으로 돌려 버렸다.

소진 역시 처음 보는 당표가 자신을 무시하는 언행으로 대하자 속으로는 슬며시 화가 치밀었다. 그 옆에서 거만하게 자신을 바라보는 언유기라는 녀석 역시 상당히 마음에 들지 않는 것은 마찬가지였다. 그나마 마음에 드는 것은 정중히 자신을 소개한 남궁승무 정도?

하지만 자신을 소개시키는 화연의 체면도 있고 해서 일단은 참기로 결심하고 입을 열었다. 이런 가운데에도 소진의 겉으로 드러난 표정에는 전혀 변화가 없었다. 예전과는 상당히 다른 모습. 이 년 동안 곡치현과 함께 생활하면서 그의 뱃속에도 능구렁이가 한 마리는 들어서게 된 것 같다.

"당표라면 혹시 사룡 중의 한 명인 독심흑수(毒心黑手) 당표(唐豹)가 바로 당신인가요?"

"그래도 어디서 주워들은 건 있나 보군. 그래, 내가 바로 그 당표다."

이미 이 년 전에 보았던 청성의 청운검 사구정과 얼마 전 자신을 찾아온 청진과 같은 사룡 중의 한 명이었다. 이것으로 이미 자신은 사룡 중 세 명을 만나본 상태.

당표는 소진이 자신의 이름을 듣고 겁을 먹거나 적어도 크게 위축될 것으로 예상했지만 그런 결과는 전혀 일어날 기미를 보이지 않았다. 오히려 소진은 미묘한 웃음을 지어 보이며 당표를 똑바로 바라봤다.

"그렇다면 지금 이 일행은 당가 가주님의 회갑연에 가는 길이겠군요?"

"헛! 너, 너 같은 녀석이 그걸 어떻게!"

당표는 소진이 자신들의 목적지를 알고 있자 상당히 놀라고 동시에 당황하는 눈치였다. 강호인이라면야 이런 사실을 알고 있다 해도 별로 이상할 게 없지만 소진에게는 전혀 강호인의 모습을 찾아볼 수가 없었기 때문이다. 두 사람의 대화를 듣고 있던 언유기와 남궁승무 역시 놀라워하긴 마찬가지였다. 단지 화연만이 혹시나 하는 생각으로 소진을 지켜보고 있었다.

"그렇다면 조만간 우리는 다시 만나게 되겠군요. 후훗, 저 역시 당가에 초대받아 가는 길이거든요. 후훗, 화 소저, 그럼 저 먼저 일어나 보겠습니다. 비록 목적지가 같아도 이런 상태에서 동행은 무리일 것 같네요."

"예, 소 공자. 괜스레 저 때문에……."

갑자기 이런 어색한 분위기가 돼버리자 화연의 얼굴엔 미안해하는 빛이 역력했다.

"아닙니다. 괜히 저 때문에 미안해하실 필요는 없어요. 그럼 다음에 뵙죠."

소진은 화연에게만 간단한 인사말을 남기고 객잔을 빠져나왔다. 당표는 당장 소진을 붙잡아다 앉혀놓고 정체를 따져 묻고 싶은 생각이 굴뚝같았지만 그가 아버지의 회갑연에 초대된 손님이라는 것을 안 이상 함부로 대할 수는 없었다. 상당히 폐쇄적인 당가의 특성상 어중이 떠중이들을 초대했을 리가 만무했기 때문이다.

당가의 후기지수로서 사룡에 포함되었다는 점 때문에 집안 내에서도 자신에게는 상당히 관대한 편이었지만 만약 중요한 손님에게 이렇게 무례하게 굴었다는 사실이 알려진다면 아무리 자신이라도 가문의 명예를 실추시켰다는 이유로 가법(家法)에 따른 처벌을 면하기 힘들었다.

생각이 여기에 미치자 당표도 조금 다급한 심정이 되었다. 당가의 가법은 강호에서도 소문이 날 만큼 상당히 엄중한 것이었기 때문이다.

"화 소저, 대체 아까 그 녀석의 정체가 뭐지요? 정말 그가 우리 아버님의 회갑연에 초대될 만한 위치의 사람인가요?"

"글쎄요. 하긴 그라면 당가에서도 초대할 만하겠다는 생각이 드는군요. 정확한 것은 이제 이틀이면 당가에 도착할 수 있을 테니 당 소협께

서 직접 확인하시면 되겠네요. 그럼 식사들 마저 하세요. 저는 피곤해
서 먼저 올라가 볼게요."

피곤하다는 핑계로 뒤돌아서는 화연은 입가로 슬그머니 미소를 짓
고 있었다. 사실 자신이 소개시켜 준 소진에게 무례하게 군 것 때문에
따끔히 한마디 해주려고도 했지만 당표의 다급한 모습을 보자 생각이
달라졌다. 오히려 지금은 모른 척하고 있는 것이 당표에게는 더욱 큰
부담이 될 것으로 보였기 때문이었다.

쾅!

과연 그녀의 예상이 적중했는지 화연이 이층의 객실로 올라가자 당
표는 손바닥으로 탁자를 세게 내려치며 분통을 터뜨렸다.

"이잇! 도무지 오늘은 제대로 되는 게 하나도 없군! 흥! 두고 봐라.
소진이라고 했던가? 만약 그 녀석이 아버님의 회갑연에 나타나지 않는
다면 세상 끝까지라도 쫓아가서 한 줌 독수(毒水)로 녹여 버리고 말 테
니!"

객잔의 사람들은 갑작스런 큰 소리에 모두 깜짝 놀라 이쪽을 쳐다보
았지만 당표의 날카로운 눈길에 모두 슬그머니 고개를 돌렸다.

"흥! 머저리 같은 녀석들."

당표는 식당의 모든 인원들이 들을 수 있을 만한 크기의 짜증 섞인
외침을 토해내고는 그 역시 이층의 객실로 올라갔다. 언유기는 어느새
움직였는지 당표의 뒤를 따르고 있었다. 식당의 사람들은 당표의 모습
이 완전히 사라지자 저희들끼리 수근수근 귀엣말을 주고받으며 은연중
홀로 남아 있는 남궁승무의 눈치를 살핀다. 하지만 아무도 큰 소리로
불평을 토해내는 사람은 없었다. 그만큼 사천 내에서 당가의 위세는
대단한 것이었기 때문이다.

‘음… 당 아우의 성정이 저렇게 편협한 것이었던가. 비록 무공은 대단할지 몰라도 사룡이라는 이름으로 불리기에는 너무도 부족한 모습이로구나. 소위 정파라는 자들이 저런 인물을 후기지수들의 선두 주자로 내세우다니…….’

남궁승무는 탁자에 홀로 앉아 이미 차갑게 식은 찻물을 목구멍으로 넘기며 생각에 잠겼다. 며칠 전부터 동행하고 있는 당표의 오늘 모습은 그에게 큰 실망감을 안겨주고 있었다.

한편, 이 시간 과감하게 중경의 대표 객잔이라던 중경객잔을 박차고 나온 소진은 조금은 초라하게 다른 객잔을 둘러보고 있었다. 중경에 도착한 것이 이미 해질녘. 아무리 여름 해가 길다지만 지금은 이미 해가 서산을 훌쩍 넘어간 후였다. 잠시 거리를 살피며 객잔을 알아보던 소진은 이내 아무 곳에나 들어가 방을 잡은 후 일찌감치 침상에 몸을 뉘었다. 저들과 마주치지 않기 위해 내일은 새벽 일찌감치 출발할 계획이었다.

“그나저나 아까 그 자식이 사룡 중에 한 명인 그 당표라고? 칫! 어떻게 된 게 사룡이라는 자식들은 이렇게 하는 짓이 하나같이 맘에 안 들지? 예전에 만났던 그 사구정이라는 녀석도 그렇고 당표라는 자식은 더 더욱……. 그나마 우리 청진의 상태가 개중에 제일 나은 건가?”

이미 사룡 중 세 명을 만나본 소진은 그나마 같은 무당의 청진이 제일 상태가 좋은 것을 위안으로 삼으며 눈을 감았다.

중경은 산성(山城)이라 불릴 정도로 주위에 산이 많고 평지가 없었기 때문에 해가 뜨는 걸 보기도 전에 저 멀리 산 너머의 하늘은 푸른 빛을 띠어가고 있었다. 이른 새벽, 소진은 부지런히 발걸음을 옮겨 중경성을 빠져나갔다. 혹시라도 화연 일행과 마주쳐 귀찮은 일을 당하는 것을 피하기 위한 행동이었다. 그의 이런 생각이 적중한 것일까? 다행히 다음날 오후 성도 부근에 다다를 때까지 소진은 재수없게 생긴 당표와 그 옆에 붙어다니는 말대가리 언유기의 면상을 보지 않을 수 있었다.

길게 이어진 관도 위에는 소진만이 홀로 길을 가고 있다. 터벅터벅 걷다가 잠시 걸음을 멈춘 소진은 슬쩍 뒤를 돌아다보았다. 저 멀리까지 살펴보아도 뒤에서 오는 이는 한 사람도 없었다.

"부지런히 왔더니 아직은 못 따라오는 것 같네. 그나저나 이 길로 쭈욱 가면 나온다고 하더니 왜 아직 갈림길이 보이질 않는 거지?"

사천 땅은 처음이었기 때문에 길은 물어물어 가고 있는 형편이었다. 하지만 한 식경 전에 마주친 행인에게 들었던 갈림길은 아직도 나오질 않고 있었다.

소진이 길을 못 찾고 헤매고 있는 이 시각, 아직도 자신의 뒤에서 오고 있을 것이라 생각하던 화연과 당표 일행은 이미 당가의 정문을 들어서고 있었다. 사천 일대의 지리를 꿰차고 있는 당표가 급한 마음에 당가에 이르는 지름길을 택했기 때문이다. 험한 산길이었지만 경공을 익힌 이들 일행에게는 평지를 가는 것과 별반 다를 바가 없었다.

그리고 당가에 도착한 당표가 문을 들어서자마자 가장 먼저 한 일은 총관으로부터 초대객들의 명단을 건네받아 소진이라는 이름이 있는지를 확인하는 것이었다.

"그래그래, 내가 이럴 줄 알았어! 제깐 녀석이 여기가 어디라고 초대를 받아 온단 말이냐고! 이제 아버님의 회갑연이 끝나기만 해봐라, 내가 온 사천 땅을 샅샅이 뒤져서라도 반드시 찾아내서 내 묵혼독수(墨魂毒手)의 맛을 보여주고 말 테다!"

독심흑수 당표. 그의 별호에 '흑수(黑手)'라는 말이 들어가는 것은 다 이유가 있다. 그가 익힌 당가의 비전 독공 묵혼독수는 연성자가 시전하면 양손이 먹물에 담근 듯 시커멓게 변하는 특징이 있었기 때문이다.

초대객 명부에서 소진의 이름을 찾지 못한 당표는 내심 안도의 한숨을 내쉬면서도 한편으로는 마치 소진이 독 안에 든 쥐인 양 그를 어떻게 요리할지를 고민하고 있었다.

한편 화연 일행이 이미 당가에 도착한지도, 당표가 바득바득 자신에 대한 복수의 칼날을 갈고 있는지도 모르는지 소진은 여전히 당가타로 향한다는 갈림길을 찾기 위해 성도 부근의 관도를 헤매고 있을 따름이었다.

당가타.

사천당가와는 그리 낮지 않은 언덕 하나를 마주하고 위치한 마을이다. 마치 당가엘 가기 위해선 반드시 거쳐야 하는 관문과도 같은 곳으로 이곳 사람들의 당가에 대한 협조는 가히 절대적인 것이었다. 그럴 수밖에 없는 것이 마을의 모든 이들이 직, 간접적으로 당가와 연관되어 생계를 이어가고 있기 때문이다.

늦은 오후. 조금은 지친 듯한 얼굴로 당가타로 들어서는 한 명의 청년이 있었다.

　"에이고, 바로 지척이었는데 길을 하나 잘못 들어서 두 시진 동안이나 헤매다니……."

　한참을 헤매다가 겨우겨우 다시 길을 물어 이제야 당가타에 도착한 소진이었다.

　"이놈의 길눈은 왜 이리 어두운지……. 에궁, 그나저나 이러다 해 떨어지겠네. 서둘러야겠다."

　일단 당가타에 들어서면 당가로 가는 길은 세 살 먹은 어린아이도 찾아갈 수 있을 정도로 쉬웠다. 마을을 관통하여 당가까지 이어지는 길은 단 하나였기 때문이다.

　'가주님의 회갑연이 이제 이틀 뒤로구나. 이미 하나둘 초대된 객들이 속속 도착하는 중이고… 오늘 오후엔 당가의 떠오르는 별이라는 당 표 도련님이 사봉 중의 하나인 관음수 화연 소저와 진주언가, 안휘 남 궁세가의 자제 분들과 함께 도착하셨지 아마? 그나저나 대체 도련님은 왜 오자마자 하객들의 인명부와 초대객 명단을 보자고 하신 거람? 가끔 종잡을 수가 없는 분이라니간.'

　당가의 정문 앞에 작은 책상을 하나 꺼내다 놓고 두터운 인명부와 지필묵을 준비한 채로 정면을 바라보고 있는 이는 당가의 총관인 구현서(具玄曙)였다. 그는 멀리 하늘을 바라보고 속으로 오늘 하루를 정리하며 천천히 인명부를 덮었다. 저물어가는 해를 보고는 이제 그도 오늘 하루의 일과를 마치려는 것이었다. 하루 종일 정문 앞에서 오가는 사람들을 일일이 확인하는 작업은 정말 고역 중에 고역이었다. 느릿하게 의자에서 몸을 일으키는데 언덕 위쪽으로 조그마한 인영이 하나 나타났다.

풀썩.

 하객인지 아닌지는 잘 모르지만 일단은 다시 자리에 앉았다. 점점 가까워오면서 상대방의 윤곽이 서서히 드러났다. 약간 큰 키에 평범한 얼굴, 평범한 복장, 등 뒤로 작은 봇짐을 하나 메고 있는 청년이다. 나이는 많아야 이십 대 중반 정도? 특출난 구석이라곤 조금도 보이지 않는 모습. 더구나 흔해 빠진 철검(鐵劍) 하나 차고 있지 않은 것이 강호인 같지도 않았다. 총관 구현서는 조금 맥이 빠졌다. 분명 가주님의 회갑연에 참석할 하객이 아닐 것이라고 확신하고 다시 의자에서 일어서는데 지척에 다다른 청년이 말을 걸었다.

 "여기가 당가가 맞나요?"

 "그분은 당가의 총관님이시다. 물을 것이 있으면 우리에게 하도록 해라."

 대답은 총관의 뒤에서 들려왔다. 정문을 지키던 두 명의 수문장 중 한 명이 나선 것이다.

 "여기가 당가가 맞나요?"

 거듭되는 질문에 상대방은 물끄러미 손가락을 머리 위로 들어 보였다. 시선이 위로 향하고… 그곳엔 자신의 키의 두 배는 됨직한 길이의 커다란 현판이 높다랗게 걸려 있었다. 선명하게 각인되어 있는 네 글자. 사(四). 천(川). 당(唐). 가(家).

 굳이 앞에 사천이라는 말을 집어넣은 이유는 자신들이 사천의 패자임을 보이기 위해서였다.

 "아, 미처 못 봤네요. 오늘 하루 종일 길을 못 찾고 헤맸더니……. 그렇다면 안으로 기별을 좀 넣어주시겠어요? 항주 약선루에서 초청하신 요리사가 막 도착했다고."

휙!

자신에게 물어오는 귀찮은 질문을 알아서 막아주는 수문장에게 만족스런 웃음을 지어 보이며 옆으로 난 쪽문으로 들어서던 구현서의 고개가 급격히 뒤로 향했다.

"약선루? 자네 지금 약선루라고 했나?"

구현서는 순식간에 소진의 앞으로 다가서서 찬찬히 그를 다시 살폈다. 그리고 다시 내린 결론은 역시나 비관적인 것이었다.

'젊어. 너무 젊어. 설마 이런 젊은이가 그 유명한 약선루의 약선일 리가……. 약선루에서 간이 배 밖으로 나오지 않은 이상에야 우리 당가를 상대로 허튼짓을 할 리도 없건만.'

"예, 무슨 문제라도……?"

"그럼 약선루에서 보내준다던 요리사가 바로 자네란 말인가?"

"예, 원래 사천에 와보려 했는데 마침 당가에서 서신이 온 걸 보고 이곳으로 오게 됐지요."

"……."

상대방에게 아무런 말이 없자 절로 눈길이 상대방의 얼굴로 향했다. 당가의 총관이라는 그는 왠지 못 미덥다는 듯한 눈길을 자신에게 보내고 있었다.

마치 '믿을 수 없으니 증명해 보여라' 라고 말하고 있는 것 같았다. 소진은 그의 눈빛을 그렇게 받아들였다.

'에휴, 내 팔자야. 척 보면 모르나? 앞으로는 치현이한테 소개장이라도 하나 써달라고 해서 가지고 다니든지 해야지 원…….'

속으로 한숨을 푹 내쉬며 다시 입을 열었다.

"주방은 어딘가요?"

쫄레쫄레 구현서의 뒤를 쫓아 주방으로 들어간 지 정확히 한 식경만에 소진은 다시 밖으로 모습을 드러냈다. 주방 문을 나서는 소진의 모습은 전혀 변함이 없었지만 그를 대하는 구현서의 태도는 크게 달라져 있었다.

"소 공자님, 조금 전엔 몰라 봬서 죄송하군요. 일단 본 가의 객실로 모시겠습니다. 저를 따라오시지요."

언제 하대를 했냐는 듯 구현서는 소진을 공손히 대하고 있었다. 역시 말보다는 실력이 우선이었다. 구현서가 소진을 안내한 곳은 당가의 후원에 위치한 모란각(牡丹閣)의 빈 객실이었다. 가끔씩 이렇게 많은 손님들이 올 때를 대비해 지어놓은 건물 중에서도 이 모란각은 개중에 장로 급의 인물들을 위해 마련된 것이었다. 이것은 다시 말해 소진을 한 문파의 장로 급으로 대우하겠다는 말이다.

조금 과하다고 생각될 수도 있지만 원체 빼어난 숙수를 높이 평가하는 중원의 풍토가 음식의 본고장이라는 사천에서는 특히나 더하다는 점 등을 고려한다면 충분히 가능한 일이었다.

"방이 굉장히 좋군요."

구현서의 안내로 방 안에 들어선 소진의 첫마디였다. 소진의 표현대로 방은 굉장히 운치있고 멋스럽게 꾸며져 있었다. 구현서의 입가에도 만족스런 미소가 서렸다.

"각 파의 장로 급 분들을 위해 준비해 놓은 방입니다. 이틀 간 이곳에서 쉬시고 가주님의 회갑연에는 소 공자께서 특별히 신경을 더 써주셨으면 합니다. 가주님은 원체 미식가로 알려진 분이지만 막중한 직책 탓에 멀리 이곳 사천 땅까지 그 명성이 알려진 약선루의 음식을 맛보

지 못함을 항상 안타까워하셨답니다. 소 공자님의 요리가 가주님의 입
맛을 만족시킨다면 부수적인 포상이 뒤따르는 것은 당연한 결과일 것
입니다."

구현서는 은근히 '부수적인 포상' 을 강조했지만 소진에게 그런 것
은 아무런 자극의 동기가 되지 못했다.

"알겠어요. 제가 알아서 하지요. 일단은 좀 쉬었으면 좋겠군요."

"예, 먼 길을 오시느라 피곤하셨을 텐데 제가 너무 오래 이야기를 끌
었나 보군요. 이만 쉬시지요. 혹시라도 필요한 게 있으시면 언제라도
저를 부르십시오."

구현서를 내보내고서야 소진은 한숨을 돌릴 수가 있었다. 방금 방을
나간 구현서의 처세술은 확실히 놀라운 바가 있었다. 자신이 약선루에
서 왔음을 확신하게 되자 곧바로 바뀌는 그의 태도는 전혀 비굴해 보
이질 않았다. 마치 원래부터 그렇게 대했다는 듯.

"총관이라는 위치가 사람을 저렇게 만드는 것인지, 원래 저런 사람
이 총관이라는 위치에 오르는 것인지 모를 일이로군."

문득 이틀 전 헤어진 화연 일행에게 생각이 미쳤다.

"그들은 지금 어디쯤 와 있는지 모르겠군. 내일 정도면 도착하려나?
홍! 당표라는 자식, 어디 으슥한 골목에서 한번만 걸려봐라. 비 오는
날 먼지 날 정도로 두들겨 줄 테니……."

사실은 그보다 훨씬 먼저 도착해 지금은 다들 편안한 침상에 누워
있는 상태라는 것을 모르는 소진의 생각이었다.

다음날, 재료 준비나 연회 준비는 모두 당가 측에서 알아서 하는 것
이었고 소진은 당일 날 요리나 잘하면 되는 것이었기에 특별히 할 일
은 없었다. 단지 출입이 가능한 곳에 한해 당가를 둘러보다가 준비된

재료들을 살펴보는 정도? 그가 도착했다는 말이 전해지자 화연만이 잠시 그를 찾았을 뿐이었다. 하지만 정작 그를 향해 이를 부득부득 갈던 당표는 모습을 드러내지 않았다. 소진이 자신의 아버지가 그토록 가보길 원하던 약선루의 요리사라는 것을 알았기 때문이다. 만약 지금 그를 건드린다면 아버지의 문책을 피하기 어려웠다. 지금으로썬 아무리 화가 치밀어도 일단 연회가 끝날 때까지 참는 것이 최선이었다.

이미 오전 중에 주방을 비롯해 당가 내에서 자신의 출입이 가능한 곳은 구석구석 모두 돌아다녀 본 상태. 다시 자신의 방으로 돌아와 무료히 시간을 보내는 소진에게 당가의 구 총관이 찾아온 것은 대략 저녁 식사 전인 신시 무렵이었다.

"흠흠! 소 공자, 안에 계십니까?"

하릴없이 침상 위에서 뒹굴거리던 소진은 자신을 찾는 소리에 벌떡 일어났다. 누군가 싶어서 재빨리 문을 열자 그 앞에는 어제 자신을 안내해 주었던 구 총관이 서 있었다.

"무슨 일이지요?"

"아, 소 공자님, 마침 안에 계셨군요. 다행입니다. 찾아온 이유는 다름이 아니라… 제가 어제 말씀드렸지요? 저희 가주께서는 원체 미식가시라 언제나 약선루에 직접 가지 못함을 못내 아쉬워하셨다고……."

"예, 들은 기억이 나네요. 그런데요?"

"제가 오늘 낮에 가주님을 만나 소 공자님께서 어제저녁 본 가에 도착하셨다고 말씀드리자 가주님께서 소 공자님을 꼭 한 번 만나보고 싶다며 오늘 저녁 식사에 초대를 하셨습니다. 그래서 참석해 주십사 하고 제가 이렇게 달려왔습니다.”

어차피 할 일도 없이 빈둥거리고 있던 터라 소진으로서는 당 가주(唐家主)의 저녁 식사 초대를 그다지 마다할 이유가 없었다.

“언제까지 어디로 가면 되는 거죠?”

“하핫! 승낙하시는 거로군요. 저녁 식사는 정확시 유시(酉時: 오후 6시)에 가주님의 처소에서 있을 예정입니다. 위치는 잘 모르실 테니 제가 시간 맞춰 길 안내할 시비를 한 명 보내 드리겠습니다.”

“그래 주시면 좋구요.”

소진의 흔쾌한 승낙에 구 총관은 기분 좋은 웃음을 터뜨리며 다시 방문을 나섰다.

일단 약속이 잡히고 나자 그전에는 그토록 더디게만 흘러가던 시간이 눈 깜짝할 사이에 지나갔다. 어느덧 유시 무렵이 되자 구 총관이 보내준다던 시비가 그의 방을 찾았다. 이미 소진은 준비를 마친 상태였기 때문에 곧장 그녀의 뒤를 따라 약속된 장소인 가주의 처소로 걸음을 옮겼다.

“가주님, 소 공자께서 오셨습니다.”

그를 안내했던 시비가 문 앞에서 소진의 도착을 알렸다. 가주의 처소는 아까 오전에 소진에게 출입이 금지된 지역 중 하나였기 때문에 지금이 처음 와보는 것이었다.

“허허헛, 어서 안으로 모셔라.”

안에서 호탕한 기개가 느껴지는 남자의 목소리가 들렸다. 그 목소리로 어림잡아 볼 때 대충 중년 정도의 나이일 듯싶었다.

달칵.

시비가 조용히 문을 열고는 소진에게 고개를 숙여 보였다. 안으로 들어가라는 뜻이리라. 소진은 얌전히 시키는 대로 발걸음을 옮겼다.

안에는 이미 세 명의 인영이 널따란 탁자에 마주 앉아 그를 기다리고 있었다. 시간에 맞춰 미리 준비한 것인지 탁자 위에는 김을 모락모락 피워 올리는 음식들이 올려져 있었다. 잠시 문 앞에 서서 방 안을 둘러보던 소진의 시선이 탁자에 앉은 이들 중 한 명과 마주쳤다. 상대방의 시선에 흠칫하며 놀라는 양이 그대로 느껴졌다. 예상치 못한 만남에 소진의 입가로는 회심의 미소가 그려졌다. 그는 바로 그저께 중경의 주루에서 그와 마주쳤던 당표였다.

"오호라, 내 구 총관에게 젊다는 이야기는 들었지만 정말 이렇게 젊을 줄이야. 참으로 공자가 그 유명한 항주 약선루의 약선이시오?"

정면으로 보이는 호방한 인상의 중년인이 들어서는 그를 보고 대뜸 질문을 던졌다.

"소진이라고 합니다. 나이 때문에 간혹 오해를 받기도 하지만 지금 생각하시는 사람이 제가 맞는 것 같군요. 강호에 위명이 자자하신 진천독수(振天毒手) 당유(唐兪) 대협(大俠)이신가요?"

"이런, 내 정신 좀 보게. 소 공자, 일단 앉으시구려."

당유는 자신을 소개하지도 않은 채 멀뚱히 상대방을 세워놓고 질문을 던졌다는 사실을 깨닫고 급히 소진에게 자리를 권했다. 소진은 그다지 신경 쓰지 않는 표정으로 당유의 맞은편 자리에 앉았다. 그의 오른쪽으로는 조금 전 시선을 마주쳤던 당표가 앉아 있었다. 그리고 그의 왼쪽에 앉은 이 역시 의외로 그가 잘 아는 인물이었다.

"정신이 없어서 실수를 했구려. 미안하오, 소 공자. 내가 바로 당유라오."

"괜찮습니다. 그럴 수도 있는 일이지요."

"허허헛, 이해해 주시니 고맙소. 내 소개해 주리다. 저쪽에 앉아 있는 아름다운 아가씨가 바로 무림의 꽃이라는 강호사화 중 한 명인 화연 소저라오. 사봉이라 부르기도 하지만 나는 이 강호사화라는 별칭이 더 잘 어울리는 듯하더구려."

소진의 왼편에 앉아 있던 사람은 다름 아닌 화연이었다. 당유의 소개에 소진은 짐짓 모르는 척 가볍게 고개를 숙이며 포권을 취해 보였다. 화연은 무슨 일인가 싶었지만 내색하지 않고 얼굴에 환한 미소를 지으며 소진의 장단에 맞춰주었다.

"그리고 저쪽에 있는 사내 녀석이 바로 내 아들인 당표라고 하오. 이런 것까지 말하긴 좀 뭐 하지만 당대 후기지수들 중 으뜸이라는 사룡 중 한 명이기도 하다오. 허헛."

역시 자식 사랑이란 어쩔 수가 없는 건가 보다. 당유는 자못 얼굴을 붉히면서도 아들 자랑을 늘어놓고 있었다. 그리고 이번 역시 화연을 소개받을 때와 마찬가지로 소진은 당표를 짐짓 모르는 척하며 포권을 취해 보였다. 마주 포권을 취하는 당표의 표정이 상당히 안 좋아 보였다.

"이쪽은 그 유명한 항주 약선루의 주방을 책임지고 있는 소 공자라고 하는데 이번에 내 회갑연을 위해 특별히 이곳 항주까지 오셨단다. 내 너희들에게 소개를 하고 싶어 이렇게 한자리에 불렀다."

"소진이라고 합니다. 만나뵙게 되어 영광이군요. 그런데… 당표라고 했던가요? 저분 소협은 상당히 낯이 익은데 혹시 어디서 저와 만난 일이 있지 않나요?"

소진의 질문에 당유와 터져 나오는 웃음을 가까스로 참아낸 화연의 시선이 당표에게로 향했다.

"그, 그럴 리가요. 오늘 처음 뵙는 것 같군요."

당표가 소진을 향해 어색한 미소를 지어 보였다.

"어허, 분명 어디서 뵌 분 같은데… 뭐 아니라고 하시니 그냥 넘어가도록 하지요."

당표에게는 마치 이번 한 번만은 봐주겠다는 것처럼 들리는 말이었다.

'이익! 대체 아버님은 저녁 식사에 왜 저런 녀석을 부르신 거야! 저 녀석이 오는 걸 알았다면 무슨 핑계를 대서라도 오지 않았을 텐데…….'

뒤늦은 후회가 밀려왔지만 식사 중간에 자리를 박차고 나설 수도 없는 노릇. 그로서는 단지 이 시간이 어서 빨리 지나가기를 바랄 뿐이었다.

식사 중 대화를 나누며 소진이 살펴본 바에 따르면 당유는 말 그대로 대협의 풍모를 갖춘 사람이었다. 호방하고 자신을 낮출 줄 알았다. 또한 포용력도 있어 보였다. 자신의 오른편에 앉은 누군가와는 전혀 다른 모습이었다.

'참내, 속 좁고 오만방자한 아들과 그와 정반대의 아버지라……. 불가사의군, 불가사의야.'

소진은 당장에라도 저 싸가지없는 당표에게 처절한 응징을 가해주고 싶었지만 그의 아버지인 당유를 봐서 차마 그러진 못하고 단지 조금 골려주기로 마음을 먹었다. 식사가 거의 끝나갈 무렵이었다.

"당 대협, 제가 지나가면서 듣기로 당가의 가법이 엄중하기가 천하제일이라던데… 사실인가요?"

느닷없는 소진의 질문에 당표는 가슴이 철렁했다.

"허허허, 맞는 말이오. 우리 당가의 가법이 엄중함은 천하에서도 유명하지요."

"그럼 만약 객에게 무례한 제자가 있으면 어떤 형벌을 주나요?"

"갑자기 그런 질문은 왜……? 혹시 누군가 소 공자에게 무례를 범하기라도 했나요?"

당유의 날카로운 반문에 소진은 급히 두 손을 내저었다.

"하핫, 절대 아닙니다. 그럴 리가요. 그냥 단지 궁금해서 여쭙는 거랍니다."

"만약 당가의 기솔 중에 그런 이가 있다면 가차없이 곤장 오십 대를 치고 이틀 동안 물 한 모금 주지 않겠소."

조마조마한 심정으로 두 사람의 대화를 듣고 있던 당표는 아버지의 단호한 말에 순간 움찔하지 않을 수가 없었다. 뭔가 켕기는 게 있었기 때문이다. 슬며시 시선을 옮기자 마침 자신을 바라보고 있던 소진과 눈길이 마주쳤다. 속으로는 울화가 치밀어 올랐지만 지금 소진이 한마디만 더 하면 꼼짝없이 곤장 오십 대에 이틀을 굶어야 할 상황이었다. 이저리도 저러지도 못하는 당표를 소진은 고소하다는 듯한 표정으로 바라보고 있었고, 그런 소진을 화연은 줄곧 또 다른 표정으로 바라보고 있었다. 그리고 그렇게 이들의 저녁 식사는 끝나가고 있었다.

어둑어둑 저 멀리 산자락의 끄트머리로 해가 살짝 걸려 있는 시각. 오늘 역시 당가의 총관 구현서는 정문 앞에 작은 책상 하나를 꺼내다 놓고 그 앞에 앉아 있었다. 내일 있을 가주님의 회갑연에 참석하기 위

해 몰려드는 손님들을 맞이하느라 정신없이 바쁜 하루였다. 하지만 그
것도 유시를 넘어서면서부터는 뜸해지더니 반 시진 전부터는 당가타에
서 당가로 이어지는 언덕길을 넘어오는 사람이 한 사람도 나타나지 않
고 있었다.

 내일 역시 자신은 눈코 뜰 새 없이 바쁠 것이다. 이제 올 사람은 다
온 것 같다는 생각에 이만 들어가 쉬려고 몸을 일으키던 구현서의 눈
에 막 언덕길에 모습을 드러내는 인영이 하나 들어왔다.

 '끄응, 어제부터 왜 꼭 들어가 쉬려면 한 명씩 오는 거야! 시간이 늦
었으면 그냥 다른 곳에서 자고 내일 아침 일찍 올 것이지…….'

 털썩!

 그는 반쯤 일으켰던 엉덩이를 다시 의자로 내던지며 얼굴 가득 짜증
스러운 표정을 지어 보였다. 하지만 그런 모습도 잠시, 상대방이 가까
이로 다가오자 구 총관은 언제 그랬냐는 듯 뻔뻔하게 친절한 접대용
미소를 얼굴 만면에 띠었다. 원래 이런 것에 능숙하기도 했지만 다가
오는 인영의 복장을 알아봤기 때문이다.

 황색의 도복, 분명 무당파의 것이었다.

 "가주님의 회갑연에 참석하기 위해 오신 분인가요?"

 "예, 그렇습니다만……."

 "그럼 이곳에 소속 문파와 성명을 좀 적어주시겠습니까?"

 구현서가 상대방 쪽으로 인명부를 내밀었다. 다 적길 기다렸다가 이
름을 확인한 구현서는 잠시 놀라는 표정을 지어 보이곤 곧장 옆에 대
기하던 시비를 불러 그를 안으로 안내했다. 시비를 따라 황색 도복의
도사가 문 안으로 사라지자 이제야 구현서도 정말 끝났다는 듯 주저없
이 몸을 일으켰다. 책상 위에 아직 덮이지 않은 인명부의 제일 마지막

줄에는 채 먹물이 마르지 않은 상태로 방금 들어간 도인의 이름이 적
혀 있었다.

무당파(武當派) 청진(青進).

모란각이 각 문파의 장로 급 이상을 위해 준비된 건물이라면 연화각
(蓮花閣)은 그 외의 인물들을 위해 마련된 것이었다. 그리고 당가의 가
주 진천독수 당유(唐兪)의 회갑연 하루 전인 오늘 두 건물의 객실들은
모두 이를 축하하기 위해 모인 강호의 호걸들과 여협들로 거의 만원을
이루고 있었다.

사람이 모이면 교류가 이루어지는 것은 당연한 이치이다. 객실에서
삼삼오오 모일 수도 있는 일이지만 때는 초여름. 비록 밤이지만 후텁
지근한 방 안에서 이야기를 나누려는 이들은 없었다. 자연히 하나둘
사람들이 모이다 보니 모란각과 연화각 사이의 공터에는 어느새 회갑
연에 초청된 무림인들의 상당수가 서로서로 이야기꽃을 피우고 있었
다. 게다가 이미 상당한 시간이 지났음에도 사람들이 줄어들기는커녕
점점 늘어만 가는 추세였다. 결국 당가에서도 이런 자리를 보고만 있
을 수는 없었는지 조촐한 다과상을 준비할 정도였다.

청진이 시비의 안내를 받으며 연화각에 도착한 것은 이들의 흥이 한
창일 때였다. 조금 전까지 군웅들과 이야기를 나누다가 잠시 열기를
식히러 외곽으로 나와 있던 남궁승무가 막 공터로 들어서는 청진을 발
견했다.

'음? 저 도복은 무당파의……?'

남궁승무는 청진을 만나본 일이 없었기 때문에 단지 도복을 보고 무

당이라는 것만을 확인할 수 있었다. 한편, 혼자 있던 남궁승무를 발견하곤 그에게 다가가던 하북(河北) 팽가(彭家) 팽원소의 눈에도 청진의 모습이 들어왔다. 과거 무당을 한 번 방문했던 적이 있던 팽원소는 금방 그가 누군지를 알아볼 수 있었다.

"하하핫, 무당의 잠룡(潛龍)께서도 오셨구려."

"음? 무당?"

"무당의 잠룡이라면 사룡 중의 유운검 청진 도장이 왔다는 건가?"

팽원소의 목소리에 주위 사람들의 이목이 집중됐다. 무당의 잠룡. 군웅들은 이 말이 뜻하는 바를 잘 알고 있었기 때문이다. 그것이 당당히 사룡의 한자리를 차지하고 있는 무당의 유운검 청진 도장을 지칭한다는 사실을.

군웅들의 시선이 자신에게로 쏟아지자 청진은 조금 당황하면서도 한편으론 우쭐한 기분이 들었다. 이렇게 많은 사람들 앞에서 주목을 받기는 참으로 오랜만이었다. 삼 년 전, 당대의 후기지수들 중 최고라는 평가를 받으며 사룡의 한자리를 차지한 이후 계속된 폐관 수련, 사문에서는 아직 수련이 부족하다는 이유로 그의 강호행을 허락지 않았다. 때문에 그는 같은 사룡에 속하는 청운검 사구정이나 독심묵수 당표처럼 활발한 활동을 할 수가 없었다.

그러던 것이 이제 무당의 연행자로서 이곳 당가를 방문하여 이토록 주목을 받자 뿌듯한 기분이 드는 것이었다. 정말 오랜만에 맛보는 그 기분을 한껏 음미해 보려는데, 누군가? 분위기 파악도 못하는 아주 재수없는 어떤 놈이! 그의 도명을 불렀다. 그것도 아주 정 떨어지는 목소리로…….

물론 한껏 음미하려던 그 기분은 채 잡을 새도 없이 허공으로 사라진 후였다.

"청진 도장? 당신이 그 유운검 청진 도장인가요?"

파삭!

이마에 금 가는 소리가 들렸다. 물론 속으로……. 아직 청진의 후면 신공은 녹슬지 않고 있었다.

그 목소리는 뒤에서 들린 것이었다. 천천히 고개를 돌리며 청진은 심각하게 생각했다. 이 후안무치한 놈의 정체를…….

고개를 돌리자 상대방의 모습이 시야에 잡혔다. 쭉 째진 두 눈에 평평한 면상, 방금 어디서 쥐라도 잡아먹고 온 듯 얄팍하면서도 붉디붉은 입술, 한마디로 기분 나쁜 얼굴이었다. 그의 얼굴을 찬찬히 뜯어보고 있는데 방금 전의 그 목소리가 다시 들려왔다. 바로 저 기분 나쁜 얼굴의 옆에서…….

"저는 진주언가의 언유기라고 합니다. 그리고 제 옆의 이 친구는 당표라고 하지요. 당연히 알고 계시겠지요? 청진 도장과 같은 사룡 중의 한 명인 독심흑수 당표!"

자신의 대답은 기다리지도 않고 자기가 하고 싶은 얘기만 줄줄이 하고 있는 이 녀석의 얼굴도 상당히 특이한 것이었다. 먼저 얼굴이 엄청나게 길었다. 거기에 눈도 좌우로 널찍이 벌어진 것이 영락없는 말대가리의 형상이었다. 역시 좀 전에 봤던 얼굴과 마찬가지로 마음에 안 들기는 마찬가지.

하지만 말대가리의 소개대로라면 그 옆의 재수없던 얼굴이 바로 당표라는 이야기였다. 청진은 귀로는 말대가리의 이야기는 들으며 눈으로는 계속 상대방을 관찰하고 있었다.

소진과의 저녁 식사 이후 크게 기분이 상해 곧바로 자신의 처소로 걸음을 옮기던 당표를 찾은 것은 언제나 그를 따라다니던 언유기였다. 눈치 하나는 기가 막히게 빠른 언유기는 당표를 보자마자 그의 기분이 별로 좋지 못한 것을 알아채고 모란각과 연화각 사이의 공터에서 지금 한창인 연회에 대해 설명을 해주었다. 그곳에 가서 사람들과 이야기를 나누다 보면 자연히 기분도 풀리지 않겠느냐는 언유기의 제안에 결국 당표는 발걸음을 돌려 이곳까지 오게 된 것이었다. 그리고 오자마자 이제껏 만나보지 못했던 무당의 유운검 청진을 만나게 되었다.

"당표라고 합니다. 신비룡(神秘龍) 설혼(雪魂)에 비견될 만큼 만나보기가 어렵다는 무당의 청진 도장을 이제야 만나뵙게 되는군요"

"무당의 청진입니다. 이름은 많이 들었습니다."

두 사람이 이야기를 나누기 시작하자 자연히 주위로 사람들이 몰려들었다. 누가 뭐래도 이들은 앞으로 이십 년 후에는 무림의 중심이 될 인물들인 것이다. 사람들의 주목을 받게 되자 당표는 조금 전의 불쾌했던 감정들은 대부분 날아가는 것 같았다. 오길 잘했다는 생각이 들었다.

한편, 식사가 끝나자마자 뛰쳐나간 당표와 달리 가주와 차까지 한 잔 느긋이 마시고 일어선 소진과 화연은 각각의 처소로 천천히 발걸음을 옮기고 있었다.

"소 공자, 오늘 당 소협을 놀린 것까지는 좋았지만 훗날이 걱정이네요. 그는 회갑연이 끝나면 분명 소 공자에게 분풀이를 하려 할 거예요."

“흥! 오늘은 봐줬지만 만약 다음에 찾아온다면 정말 비 오는 날에 먼지 나도록 패줘야겠지요.”

기대했던 것과는 다른 너무 의외의 대답에 화연이 잠시 발걸음을 멈추고 소진의 얼굴을 응시했다. 그리곤 나지막이 웃음을 터뜨렸다.

“호호훗, 소 공자님은 정말 재미있는 분인 것 같아요. 농담도 꼭 진담처럼 하시는군요.”

‘농담이 아닌데…….’

농담이 아니라고, 진짜 그렇게 할 작정이라고 말하고 싶었지만 화연의 웃음소리에 묻혀 그 말은 쏙 들어가 버리고 말았다. 환하게 미소 짓는 그녀의 얼굴이 너무도 아름다웠기 때문이다. 소진은 화연의 웃는 얼굴에 잠시 넋이 나간 듯 멍하게 그녀를 바라보고 있었다.

그런 그의 시선을 느낀 화연의 양 볼이 바알갛게 물들었다.

“소 공자, 제 얼굴에 뭐라도 묻었나요?”

“아, 아니요! 너, 너무 예뻐서… 아… 닛, 제 말은 그, 그게 아니라…….”

화연의 물음에 정신을 차린 소진은 마치 도둑질하다 들킨 어린아이처럼 당황한 나머지 가슴속의 감정을 솔직히 내뱉어 버리고 말았다. 소진은 더 더욱 당황해서 어쩔 줄을 몰라 했고, 화연의 얼굴은 이젠 아예 목덜미까지 홍시처럼 붉어져 있었다. 잠시 둘 사이에 어색한 침묵이 흘렀다. 두 사람 모두 누가 시키지도 않았는데 잠시 멈춰 섰던 걸음을 다시 옮기기 시작했다. 일단 당장의 해결책은 각자의 방으로 들어가는 것이라 생각한 모양이다.

그렇게 화연과 나란히 모란각으로 향하던 소진의 눈에 건물 옆의 공터로 꽤 많은 수의 사람들이 삼삼오오 모여 담소를 나누고 있는 것이 보였다. 분위기로 보아서는 아마도 조촐한 연회가 벌어지고 있는 것 같았다. 일단은 지금의 이 어색한 분위기를 벗어나는 게 급선무였기 때문에 소진은 자신과는 별 상관 없는 일이라 생각하고 그대로 모란각을 향해 발걸음을 옮겼다.

조금 전까지 옆에서 나란히 걷던 화연은 사람들의 시선을 의식한 때문인지 어느새 떨어져서 자신과는 이미 상당한 거리를 두고 있었다. 몇몇 군웅들을 지나쳐 이제 건물에 들어서기까지는 대략 삼 장 정도가 남은 상황에서 누군가 자신을 부르는 소리가 들렸다. 그것도 상당히 큰 목소리로……. 얼핏 듣기에도 놀란 빛이 역력히 묻어나는 목소리였다.

"무진 사숙조!"

이 말을 듣는 순간 소진은 자신을 부른 상대방의 정체를 정확히 알아낼 수가 있었다. 자신을 이렇게 부를 만한 사람들 중 그의 얼굴을 정확히 아는 이는 단 한 사람밖에 없었기 때문이다. 얼마 전에 연행을 나왔다며 약선루를 들려 갔던 그의 사손.

'설마……?'

군웅들과 이야기를 나누던 중 처음 자신을 안내하던 시비에게 부탁하여 놓았던 행낭을 찾기 위해 두리번거리던 청진의 눈에 때가 꼬질꼬질하게 묻은 그의 행낭 대신에 들어온 것은 막 군웅들 사이를 지나가는 한 인영의 모습이었다. 별 생각 없이 다시 행낭을 찾기 위해 시선을 옮기던 청진의 고개가 급격히 좀 전의 그 위치로 돌아갔다.

'저, 저건!!'

임시로 연회장으로 사용된 공터의 가장자리를 따라 모란각을 향해 걸어가는 그 인영은 분명 한 달 전 약선루에서 만났던 무진 사숙조였다. 설마 하는 마음에 거듭 확인했지만 분명 그가 맞았다. 무진 사숙조가 왜 이곳에 있는지는 알 수 없었지만 일단은 급한 마음에 큰 소리로 그를 불렀다.

"무진 사숙조!"

어디선가 자신을 부르는 소리에 설마 하는 심정으로 주위를 두리번거리던 소진은 자신을 향해 달려오는 청진의 모습을 발견했다. 청진 역시 마찬가지겠지만 의외의 장소에서 전혀 의외의 인물을 만난 소진의 심정은 황당, 그 자체였다.

"청진?"

어느새 그의 앞에 당도한 청진이 깊숙히 허리를 숙이며 존장에 대한 예를 갖췄다.

"청진이 무진 사숙조님을 뵙습니다. 혹시나 하는 생각도 있었는데 역시 제 눈이 정확했네요. 설마 이런 곳에서 사숙조님을 뵐 줄이야. 항주에서의 일은 어떻게 하시고 이 멀리 사천까지 발걸음을 하셨습니까?"

"청진 사손이야말로 대체 이곳엔 어쩐 일로……?"

"연행을 수행하면서 중간중간에 이런 경조사(慶弔事)는 웬만하면 참석하는 것이 관례이지요. 게다가 강서성(江西省)을 지나던 중 당 가주님의 회갑연에 대한 소식을 듣고 이곳의 일정에 맞추기 위해 일을 좀 서둘러 다행히 오늘에야 도착할 수 있었습니다."

"그랬군. 그, 그런데 청진 사손, 우리 웬만하면 안으로 들어가서 이야기를 좀 나누는 게 좋을 것 같은데……."

소진이 자신의 뒤쪽을 바라보며 난감한 표정을 지어 보이자 청진의 고개가 자연히 뒤로 돌아갔다. 잠시 그렇게 있다가 다시 정면으로 향하는 청진의 표정은 소진의 그것과 별반 다를 것이 없었다.

"그, 그러는 게 좋겠군요, 무진 사숙조."

청진의 뒤편으로는 아직까지 밖에 있던 대다수의 군웅들이 그 자리에 못이라도 박힌 듯 가만히 서서 이들의 일거수일투족을 주시하고 있었다. 그것도 아주 조용히……. 아마도 모두들 청진이 하는 말을 들었기 때문이리라, '무진 사숙소' 라는!

이들의 이런 반응은 사실 이해할 만한 것이었다. 유운검 청진 도장의 사숙조라면 당대 무당의 핵심인 무 자 항렬의 제자임에 틀림없었다. 하지만 그들의 눈에 비친 소진의 모습이란 잘봐야 청진 도장과 동갑내기 정도의 나이에 평범하게 생긴 청년이었으니 분명 거듭 확인하고 싶은 마음이 들 만도 했다. 그리고 이들 중 그 놀람이 특히나 커다란 사람들도 몇몇 있었다.

'소 공자가 청진 도장의 사숙조? 어, 어떻게 그런 일이……'

'무슨 말도 안 되는! 저 자식이 어떻게 청진의 사숙조가 되느냔 말야! 아냐아냐! 이건 분명 청진과 저 소진이라는 자식이 짜고 벌이는 수작임에 틀림없어. 절대로!'

그런 그들의 시선을 태연한 척 받아넘기며 소진이 앞에 선 청진의 옷자락을 이끌어 모란각 안으로 걸음을 옮겼다. 건물에 들어선 이후에도 자신의 객실 안에 도착해서야 비로소 소진은 긴장을 늦출 수가 있었다.

"휴우~ 대체 뭐 볼 게 있다고 다들 저렇게 뚫어져라 쳐다보는 거야!"

"무진 사숙조님, 죄송합니다. 다 저의 불찰 때문에 생긴 일입니다.

그냥 나중에 조용히 찾아왔어야 했는데……."

"불찰은 무슨! 무슨 대단한 일이라도 생긴 듯 반응하는 사람들이 이상한 거지. 그나저나 이런 곳에서 청진 사손을 만날 줄은 정말 상상도 못했네. 약선루에서 만나곤 한 달 만인가?"

"예, 사숙조. 그 후론……."

아직도 밖에 모여 있는 군웅들을 의식해서 대략 한 식경 정도 약선루를 나선 이후의 일에 대해 소진과 이야기를 나누던 청진은 잠시 창밖을 내다보았다. 다행히 자신이 나올 기미를 보이지 않자 사람들은 모두 포기하고 객실로 들어간 듯했다.

"무진 사숙조, 다행히 밖의 사람들도 거의 들어간 듯하니 저도 이만 건너가 보겠습니다."

청진의 숙소는 반대 편의 연화각이었다.

"그래, 어차피 내일 다시 볼 테니……. 피곤할 텐데 편히 쉬라고."

"예, 무진 사숙조."

우연 치고는 참 대단한 우연이라는 생각을 하며 청진은 모란각을 나섰다. 다행히 그의 행낭은 아직 그 자리에 그대로 있었다. 행낭을 짊어지고 반대 편의 연화각으로 들어가 그의 객실을 찾았을 때까지도 이 일은 무사히 일단락 지어진 듯 보였다. 하지만 청진은 호기심에 목마른 강호인들을 너무 쉽게 생각하고 있었다.

방문을 여는 순간 청진은 다시 문을 닫고 모란각으로 달려가고 싶은 마음만이 간절했다. 좁은 방 안에는 궁금함을 참지 못한 군웅들이 가득 들어차 그를 기다리고 있었다. 그리고 그중에는 당표와 언유기 역시 포함되어 있었다.

"아! 오셨구려, 청진 도장. 기다리고 있었다오. 일단은 이리로 앉으시오."

얼이 빠진 청진을 나이 지긋한 노강호(老江湖)가 의자에 앉혔다.

"실례인 줄은 알지만 도저히 궁금함을 참을 수가 없어서 이렇게 기다리고 있었다오. 좀 전에 봤던 장면들이 도통 이해가 되질 않는 것이라……."

"그래요, 청진 도장. 이대로는 도저히 오늘 밤 잠을 이룰 수가 없을 것 같아 모두들 이렇게 실례를 무릅쓰고 기다리고 있었답니다. 이미 모두의 눈에 띈 이상 소문이 퍼지는 것도 시간문제일 테니 우리에게라도 먼저 좀 알려주시면 안 되겠소?"

어느 정도 정신을 수습한 청진은 자신만을 바라보고 있는 군웅들을, 특히나 한쪽 구석에서 짐짓 모른 척 눈길을 돌리고 있는 당표와 언유기를 한심한 눈빛으로 쳐다보았다.

"어차피 비밀스럽게 숨기는 것도 아니니 그냥 개인적으로 물어와도 괜찮았을 것을……. 여기 계신 분들은 부끄러움을 알아야 할 것입니다. 하지만 일단 이렇게 모이셨으니 제가 이야기해 드리지요."

순간적으로 방 안에 있던 사람들의 얼굴이 붉게 달아올랐다. 청진의 말속에 뼈가 들어 있었기 때문이다. 연배가 지긋한 노강호들은 어린 후학(後學)에게 이런 이야기를 듣자 쥐구멍에라도 들어가고 싶은 심정이었다. 하지만 이어지는 청진의 이야기에는 모두들 귀를 쫑긋 세우고 있었다.

"좀 전에 저와 이야기를 나누던 분은 본 문의 세심원(洗心院) 진류 태사숙조님의 속가제자로서 도호는 무진이라 합니다. 저 역시 그분에 대해 잘 알진 못하지만 문중에서 들은 이야기들을 종합해 보면……."

청진이 밝힌 사숙조에 대한 내용은 이러했다.

장로원 진류 도장의 제자로 들어와 상승의 기공을 연마하던 중 주화입마에 빠져 그 후로 수년간 의선원에서 생활하며 가까스로 내상은 치료했으나 무공은 상실한 상태라는 것, 그리고 하산하여 지금은 약선이라 불리우며 항주 약선루의 주방일을 맡고 있다는 것.

사실과는 상당히 거리가 있는 내용이었지만 소진의 사형제들과 몇몇을 제외한 대부분의 무당 제자들은 이 소문을 가장 신빙성있는 것으로 믿고 있었다. 소진을 청죽원에서 빼낼 요량으로 진류 도장이 즉석에서 생각해 낸 핑곗거리와 소진을 위하려는 마음에 제자들에게 한 무청 도장의 한마디가 만들어낸 어마어마한 현실의 괴리(乖離)였다.

군웅들은 한결같이 놀람을 감추지 못하면서도 수긍하는 눈치였다. 비록 결론적으론 잘못된 사실이었지만 논리상의 문제점은 찾아볼 수 없었기 때문이다. 원하던 정보를 얻어 호기심을 만족시킨 군웅들은 청진의 객실을 나서며 저마다 한마디씩 떠들어댔다.

"허허, 그 신비에 쌓여 있다는 약선이 바로 무당의 제자였을 줄이야."

"무공을 상실했다니 참으로 안타까울 따름이오."

당표는 그런 이들의 틈에 섞여 조용히 객실을 벗어났다. 비록 표정으로 드러나진 않고 있지만 그의 마음속에선 지금 승리의 미소가 번지고 있었다.

'크크크, 무공을 상실했단 말이지! 그렇다면 신경 쓸 필요도 없는 놈이었군. 자고로 강호인이란 힘이 있어야 하는 법! 무당이라는 뒷배경과 높은 배분을 가지고 있더라도 무공을 상실한 이상 평생 그렇게밖에는 살아갈 수 없을 것이다, 평생! 쿠쿠쿡.'

　청진은 처음의 그 의자에 그대로 앉아 은근슬쩍 객실을 빠져나가는 당표의 뒷모습을 주시했다.

　'쯧쯧, 어쩌다가 당가에서는 저런 인물을 키워냈을까! 당가의 앞날이 걱정이로구나. 미꾸라지 한 마리가 온 개울을 흐려놓지는 않을는지…….'

당가에 이는 풍운

다음날.

소진은 새벽같이 자리에서 일어나 주방으로 향했다. 당 가주의 회갑연은 사시(巳時:오전 10시)로 예정되어 있었으나 워낙 많은 음식을 준비해야 했기 때문에 일부러 넉넉하게 서두른 것이다. 총관에게 전해 들은 바로는 오전 중에 대략 이백 인분의 음식을 해야만 했다.

당가의 대연무장에 마련된 거대한 연회장은 온통 붉은 휘장들로 장식되어 있었다. 정면으로 큼지막한 단상이 마련되어 있고 단상 위는 역시 붉은색의 주단이 깔려 있었다. 단상 앞으로는 회갑연에 참석하는 사람들을 위한 탁자들이 줄줄이 늘어서 있다. 오늘의 행사를 위해 당가의 구 총관이 벌써 며칠째 밤낮으로 준비한 것들이었다. 진시(辰時:8시)가 넘어서자 하객들이 하나둘 모습을 드러냈다. 미리 도착해 모란각과 연화각에서 하루 이틀을 보낸 이들 역시 일찌감치 나와서 미리미리 자리를 채우기 시작했다.

한편 이 시각 주방의 소진은 정신없이 바쁘게 움직이고 있었다. 이 백 인분의 음식을 거의 혼자서 마련하는 것은 결코 만만한 일이 아니었다. 물론 기존의 주방 인원들도 있었지만 정작 중요한 요리들은 모두 소진이 손수 해야만 하는 것들이었다. 하지만 그 와중에도 소진의 입가에는 내내 미소가 떠나질 않고 있었다. 누군가가 그를 지켜보고 있었기 때문이다.

"소 공자, 그렇게 혼자서 하면 힘들지 않나요? 혹시 제가 뭐 도울 거라도……."

"아니에요, 화 소저. 정말 괜찮아요. 이 정도야 애들 장난이죠 뭐."

확실히 손을 움직이면서도 입을 여는 걸 보면 아직 여유가 있는 것 같긴 했다. 자신의 질문에 일일이 대답하면서도 번개 같은 솜씨로 요리를 해 나가는 소진의 모습에 절로 탄성이 터져 나왔다.

"정말 와보길 잘했다는 생각이 드네요. 실력이 대단할 줄은 알았지만 설마 이 정도일 줄은 상상도 못하고 있었는데……. 대체 요리는 언제부터 시작한 거죠?"

"여섯 살 때부터요. 그리고 생각만큼 대단한 건 아니에요. 아마 그때부터 저와 똑같이 요리를 해왔다면 화 소저도 이 정도는 했을 거라고 생각해요. 아니, 오히려 이보다 훨씬 잘했을걸요?"

"호홋, 정말 그렇게 생각하세요?"

"그럼요. 정말이고말고요!"

바쁘게 움직이는 와중에도 소진의 입가에 웃음이 떠날 줄 모르게 만들고 있는 이 여인은 다름 아닌 화연이었다. 어제 청진을 만나는 바람에 한마디 말도 못하고 어색한 채로 헤어졌던 것이 내내 마음에 걸려 아침 일찍 연회장으로 가기 전에 미리 주방엘 들러본 것이다. 물론 어제저녁 연화각에서 소진에 대해 청진이 밝힌 몇 가지 사실들을 전해 듣긴 했지만 그다지 신경 쓰이는 것은 아니었다.

그보다는 막상 다시 만나고 보니 두 사람 모두 어제의 어색했던 순간은 잊어버린 듯 다시 편안하게 대할 수 있게 되었다는 것이 화연으로서는 무엇보다 큰 수확이었다.

그런 화연의 영향인지 오늘따라 소진은 유독 요리에 정성을 다하고 있었다. 요리가 거의 완성될 때까지 주방에서 주욱 그를 지켜보던 화연은 어느새 자신의 존재조차 잊은 듯 요리에 몰두하고 있는 소진의 모습이 왠지 눈부시게 빛나 보였다. 저도 모르게 얼굴이 달아오르는 것을 느낀 그녀는 혹시라도 들킬세라 황급히 주방을 빠져나왔다.

"오늘 이렇게 많은 분들이 저의 회갑을 축하하기 위해 모여주시니 이 당 모는 참으로 기쁘기 그지없습니다. 나이 많이 먹었다고 축하받는 것이 조금 그렇긴 하지만 와주신 분들께는 정말 감사할 따름입니다. 허허헛, 이렇게 기쁜 날 술 한잔을 안 할 수가 없군요. 자, 건배!"

무공이 경지에 이른 탓인지 아직도 사십 대 정도로밖에 보이지 않는 진천독수 당유(唐兪)가 술잔을 높이 쳐들며 건배를 외쳤다. 군웅들 역시 술잔을 높이 들며 이에 답했다.

"건배!"

"당 대협, 축하드립니다!"

"허허헛, 가주! 칠순 때에도 다시 뵙길 바라오!"

군웅들의 축하 인사에 당유는 연신 고개를 끄덕이며 화답해 주었다.

"여러분들의 축하를 받으니 이 사람이 앞으로도 희수(稀壽:일흔 살)까지는 끄떡없을 듯합니다. 허허허, 그리고 오늘 군웅들을 위해 특별히 멀리 항주 약선루의 숙수를 청하여 음식을 준비했습니다. 잔칫집에 술과 음식이 부족할 리 없으니 모두들 양껏 드시고 마셔주시길 바라오!!"

"와아아! 당유 대협, 최고요!"

약선루의 숙수를 청했다는 말에 군중들 사이에서 환호성이 터져 나왔다. 물론 어제저녁 미리 청진 도장을 통해 이야기를 들은 사람들은 이렇게까지 열렬히 환호하는 것은 아니었으나 그들 역시 내심 기대되기는 마찬가지였다.

이런 반응에 화답이라도 하듯 당 가주의 말이 끝나자 양손에 커다란 접시를 하나씩 받쳐 든 여인들이 탁자 사이사이를 누비며 갖가지 요리들을 하나둘씩 내려놓기 시작했다. 순간 연회장에 달콤한 향기가 퍼지며 군웅들의 식욕에 불을 당겼다. 여기저기에서 주책없이 침 넘어가는 소리들이 들려왔다.

삼사우어(三絲牛魚)와 계화어두(鷄火魚頭)를 필두로 용정선포(龍井鮮鮑), 황소어시(黃燒魚翅)와 같은 사천의 이름난 산해진미들을 비롯해 삼사연채(三絲燕菜), 용신봉미하(龍身鳳尾蝦) 등의 특선 요리들이 줄줄이 상 위로 올랐다.

쩌억.

나오는 음식들을 보며 서서히 벌어지기 시작한 하객들의 입이 도무지 다물어질 기미를 보이질 않았다. 심지어는 소진을 미워하는 당표조차도 나오는 음식들을 보고는 감탄할 정도였다. 오늘 연회의 주인공인 당유도 내심 감탄하기는 마찬가지였지만 그보다는 하객들의 반응에 흐뭇한 심정이 앞섰다. 역시 약선루에 전갈 보내길 잘했다는 생각이 들었다. 당유는 손짓으로 뒤에 서 있던 구 총관을 불렀다.

"예, 가주."

"약선루의 소진, 소 공자는 아직 주방에 있나?"

"그런 듯싶습니다."

"지금 이리로 좀 불러오겠나? 실력도 실력이지만 음식 하나하나에 정성을 쏟은 기색이 역력하군. 저 멀리 절강성 항주에서 이곳 사천 땅까지 와서 나의 회갑연 음식에 이렇듯 성의를 다하니 내 어찌 고맙지 않겠는가. 무엇이라도 상을 주고 싶어서 그러니 어서 데려오도록 하게."

"예, 가주. 금세 불러오겠습니다."

구 총관이 주방으로 달려가는 사이 어느덧 준비된 음식들이 모두 올라와 있었다. 탁자 위를 가득 메운 화려한 색채의 음식들. 어느 것 하나 평범한 것이 없었다. 군웅들은 이걸 과연 자신들이 먹어도 되는 것인가 하는 의문이 들 정도였다. 멈춰 있는 하객들의 젓가락에 발동을 건 것은 당유의 한마디.

"자, 드십시다."

순간 조용하던 연회장이 다시 시끌벅적한 분위기로 바뀌었다. 저마다 음식들을 집어다 입 안으로 가져가며 연신 엄지손가락을 치켜세워 보였다.

가늘게 썬 닭고기와 옥난편(玉蘭片), 그리고 오징어를 넣어 만든 삼사우어(三絲牛魚)와 생선 뱃살과 닭고기를 넣어 만든 계화어두(鷄火魚頭)는 그 신선하고 담백한 맛으로 중인(衆人)들의 입맛을 사로잡았고, 전복과 동죽(冬竹)을 재료로 하고 차로 유명한 용정(龍井)으로 향을 낸 용정선포(龍井鮮鮑)와 아름다운 색채 탓에 황소(黃燒:황금빛 불꽃)라는 별칭이 붙은 상어 지느러미 요리, 황소어시(黃燒魚翅)는 그 화려함으로 군웅들의 눈을 즐겁게 해주었다. 음식 하나하나가 천하의 일미가 아닌 것이 없었고 어느 것 하나 소홀한 구석이 보이질 않았다.

한편 한쪽 탁자에 또래의 여협들과 모여 음식을 맛보던 화연은 곳곳에서 터져 나오는 사람들의 탄성에 왠지 모르게 자신이 뿌듯한 기분이 들었다. 그녀는 좀 전까지 소진이 음식 만드는 모습을 지켜보다 오는 길이었다.

"하이고야, 하필이면 걸려도 이런 때 걸리다니! 안에선 다들 산해진미를 맛보고 있을 텐데……."

"그러게 말이야. 다른 녀석들은 지금쯤 은근슬쩍 들어가서 남는 음식들을 맛보고 있겠지?"

"아직 교대하려면 한 시진이나 남았는데 그때까지 음식이 남아 있을지 모르겠군. 그 자식들이 설마 하니 우리 몫을 남겨놓을 리는 없을 테고. 흐이구! 지금 아니면 아마 평생 약선루의 음식은 맛도 보지 못할 텐데……."

"쩝, 억세게 운도 없지 뭐야. 응? 이봐, 저, 저기……."

"뭘 보고 그렇게 놀라는… 헉!"

당가로 이르는 대로를 따라 청색의 물결이 다가오고 있었다. 그것도 굉장히 빠른(빠른) 속도로……. 당가의 정문 양 옆에 서서 번(番)을 서던 두 사람은 이 광경에 소스라치게 놀라 급히 안으로 들어가 소식을 전하려 했지만 그들의 몸은 채 뒤로 돌아서기도 전에 바닥으로 쓰러졌다.

쿵.

바닥에 쓰러진 두 사람의 발치에는 어느새 나타났는지 한 인영이 서 있었다. 그의 입에서 나지막한 목소리가 흘러나왔다.

"미안하다. 살생은 최대한 줄이려 했으나 재수가 없었다 생각해라."

"사형, 모두 도착했습니다."

어느새 수많은 인영들이 당가의 문 앞에 도달해 있었다. 바닥에 미리 솜이라도 집어넣었는지 엄청난 인원이 움직이고 있었지만 발자국 소리 하나 나지 않았다. 모두 짙은 녹음을 연상시키는 청의를 입고 있었다. 역시 같은 청의를 입은 사형이라 불리운 인영이 나지막하게 말했다.

"다시 한 번 말하지만 우리의 목적은 멸문(滅門)이 아니라 봉문(封門)이다. 불필요한 살생은 최대한 줄여라."

"……."

대답은 들려오지 않았다. 대신 미리 약속된 신호인 듯 청의 인영들은 손가락으로 가볍게 머리를 두드려 보였다.

"좋아, 들어간다."

출발을 알린 인영을 선두로 모두 번개같이 당가 안으로 진입했다. 목표는 회갑연이 열리고 있는 당가의 대연무장이었다.

본격적인 회갑연은 이제부터가 시작이었다. 하지만 자신의 앞에 놓인 산해진미를 조심스레 맛본 군웅들이 희열에 몸부림치며 본격적으로 젓가락을 놀릴 채비를 마쳤을 때 즈음 구 총관의 전갈을 받은 소진이 연회장을 향해 그다지 내키지 않는 걸음을 옮기고 있었다. 한편 가주 당유가 평생 가장 기억에 남는 연회가 될 것이라 확신하며 선물로 들어온 광주(廣州) 비전(秘傳)의 용호봉주(龍虎鳳酒)를 한 잔 주욱 들이킨 바로 그때!

헐레벌떡 연회장으로 뛰어든 한 당가 가솔의 외침으로 순식간에 연회는 중단되었다.

"가주, 저, 적입니다!"

떨그럭, 투툭.

작은 소요가 일었다. 하지만 미처 그 소요가 가라앉기도 전에 그들이 연무장에 모습을 드러냈다. 꾸역꾸역 밀려 들어오더니 순식간에 연회장에서 오 장 정도 떨어진 거리에 일사불란하게 정렬하는 무리들. 짙은 청색… 도복의…….

"저, 저들은!"

"설마… 저들이 어째서 여기에……."

군웅들은 이 갑작스런 불청객들의 정체를 의외로 쉽게 알아챌 수 있었다. 그들은 굳이 정체를 숨기려는 의도조차 없는지 복면을 하지도, 복장을 바꾸지도 않은 채 당당히 서 있었기 때문이다.

"처, 청성이 왜?"

한편 같은 시각, 당가에서 남서쪽으로 이백 리가량 떨어진 아미산에서 역시 이곳과 비슷한 일이 벌어지고 있었다.

"멈추시오!"

호통 소리와 함께 청음각(清音閣) 뒤편에서 몇몇 인영이 모습을 드러냈다. 경공이 절정에 달한 듯 한 번의 도약으로 제자들과 대치하고 있는 일단의 무리들의 정면에 도착한 이들은 아미파 장문인 명성(明晟) 사태를 위시한 장로원의 노고수들이었다.

갑작스런 적과의 대치, 그것도 전혀 예상치도 못한 상대와 마주하고 있던 아미파의 제자들은 장문인이 장로원의 노고수들을 대동하고 나타나자 크게 안도하는 눈치였다. 그러는 사이에도 문 내에서 소식을 전해 들은 제자들이 속속 모여들어 회의 승복(灰衣僧服)을 걸친 아미 제자들의 수는 근 백 명을 넘어서고 있었다. 거의 문 내의 전 문도가 모였다고 봐도 좋은 상황. 하지만 상대는 이런 상황을 가만히 지켜만 보고 있었다. 마치 모두 모이기를 기다리는 듯 어림잡아 삼십여 명밖에는 안 돼 보이는 그들의 얼굴에는 절대적 인원의 열세에 대한 불안감 같은 것도 전혀 찾아볼 수 없었다.

청의(靑衣)와 회의(灰衣)의 대치. 구름 한 점 없이 맑은 날씨에 아미를 찾은 이 일단의 무리들은 당문을 찾은 불청객들과 마찬가지로 숨막히게 짙은 청색의 도복을 입고 있었다.

적의 침입이라는 전갈에 장로원의 사형제들을 대동하고 부리나케 달려온 명성 사태는 자신이 연락받은 '적'의 정체를 단번에 알아볼 수 있었다. 일반의 제자들처럼 그녀 역시 당황스럽기는 마찬가지였으나 내색할 수는 없는 노릇. 그녀가 동요한다면 제자들 역시 술렁일 것이 틀림없었다. 후덕한 인상의 명성 사태는 신중히 상대방의 면면을 훑어보았다. 몇몇 안면이 있는 인물들도 눈에 띄었다. 그들은… 청성(靑城)이었다.

'대체 청성파(靑城派)가 어째서 이런 짓을……. 보아하니 청성의 핵심은 대부분 이 자리에 온 듯싶구나. 어찌 될지는 모르겠으나 일단은 무극헌(無極軒)의 인물들을 모두 끌고 오지 않은 것을 다행으로 여겨야 하나?'

무극헌이란 무당의 세심원과 같은 청성의 장로원을 지칭하는 것이었다.

"운송자(雲松子), 대체 이게 무슨 짓이오! 문 내로 난입이라니! 더구나 같은 구대문파의 하나로서 철석같이 믿고 있던 존재가……. 청성은 이토록 우리 아미를 우습게 여기고 있던 것이었나요? 그런 건가요?"

예상하고 있던 명성 사태의 반응에 운송자는 쓴웃음을 지었다. 하지만 이미 각오하고 벌인 일이었다.

"당신이 오기만을 기다리고 있었소, 명성 사태. 이런 일을 벌인 데 대해서는 진심으로 미안하게 생각하오. 하나 이미 엎질러진 물, 주워 담을 수는 없는 노릇이겠지요. 내 단도직입적으로 말하리다. 우리는 아미의 십 년 봉문을 원하고 이곳을 찾았소."

"뭐, 뭣이!"

"네놈들이 정녕 미친 게로구나!"

"언제부터 청성이 이렇게 안하무인이 되었단 말인가!"

명성 사태의 뒤로 서 있는 아미의 노강호들은 저마다 노호성을 터뜨렸다. 그들이 언제 누구에게 이런 무리하고도 무례한 요구를 받아보았단 말인가. 아마 장문인의 제지가 없었더라면 모두 칼은 빼 들고 앞으로 달려나갔을 것이다. 하나 역시 장문인의 위치에 있는 이는 뭐가 달라도 달랐다. 격분하는 자신의 사형제들, 지금은 장로원에서 한자리씩을 차지하고 있는 그들을 잠시 진정시킨 명성 사태는 의외로 차분한 신색으로 청성의 장문인 운송자에게 질문을 던졌다.

"장문인의 말을 들으니 정말 작정을 하고 이곳 아미를 찾으신 것 같군요. 일단 이와 같은 일이 벌어진 것에 대해 같은 구파의 일 문으로서 정말 안타까운 마음을 금할 길이 없습니다. 하지만 먼저 청성이 어째서 갑자기 이런 일을 벌인 것인지 그 이유를 묻고 싶군요."

"……."

하지만 운송자는 대답이 없었다. 그저 조금 쓸쓸한 표정을 지어 보였을 뿐. 하지만 결심만은 확고한 것 같았다.

"문답무용(問答無用)이라……. 이런 행동은 정말 이해하기 힘들군요. 하지만 정말 청성이 우리 아미의 봉문을 원한다면 우리로선 당연히 막아야겠지요. 그런데 봉문을 목적으로 우리 아미를 찾은 것치고는 준비가 너무 허술한 것 아닌가요? 설마 고작 저들만을 가지고 우리 백이십 아미파 문도들을 전부 상대할 작정은 아니시겠지요?"

어느새 평정을 되찾은 명성 사태를 운송자는 감탄 서린 눈길로 바라보았다. 역시 호랑이는 호랑이였다. 하지만 오늘의 결과가 달라지지는 않으리라.

"오늘 아미를 찾은 청성의 문인들은 지금 이곳에 있는 인원이 전부요. 허헛, 그리고 이런 일을 벌이는 데 어찌 준비를 소홀히 할 수가 있겠소. 나름대로 철저한 준비를 한 것이라오."

"이미 이십여 년 전부터 구파에서도 청성의 위세가 소림과 무당에 다음갈 정도로 높아졌다는 것은 빈니도 인정해요. 하지만 정말 고작 삼십여 명의 인원으로 우리 아미를 상대할 수 있으리라 생각하시는 건가요? 정말이라면 운송자께서는 우리 아미를 너무 우습게 보고 있거나 청성의 위세를 너무 믿고 계신 것 같군요."

명성 사태의 말에 자극을 받아서일까? 이제껏 잠자코 있던 인물이 입을 열었다. 그리고 그가 나서자 운송자는 조용히 입을 다물었다.

"소림과 무당의 다음이라… 맞는 말이겠지. 명성(明晟), 근 이십 년만인가? 듣다 보니 아무래도 '나'라는 존재에 대해서는 까맣게 잊고 지낸 것 같군. 사실 운송의 이야기는 하나도 틀린 것이 없다네. 아미를 우습게 여긴 것도 아니고 우리의 위세를 너무 과신하는 것도 아니지. 그저 철저한 준비 끝에 아미를 상대하기에 가장 적당한 인원이 왔을 뿐."

운송자의 오른편에서 청의 도복이 너무도 잘 어울리는 선골도풍의 노인이 한 걸음 앞으로 걸어나왔다. 거의 반사적으로 명성 사태의 시선이 그쪽으로 향했다. 분명 자신을 '명성'이라고 불렀다. 현 무림에 아미파 장문인인 자신을 그렇게 부를 만한 이는 몇 되지 않았다. 그리고 문득 떠오르는 한 인물.

'서, 설마…….'

"설마 광무자(廣武子) 노선배?"

"허허허, 단번에 알아맞히는구나."

'이런, 어째서 그를 생각해 내지 못했단 말인가. 설마 하니 그가 아직까지 저렇게 정정한 모습으로 살아 있을 줄이야! 그렇다면 청성은 이미 치밀하게 준비하고 있었다는 것인가? 이런 일을 벌이려면 일이 년의 준비로는 어림도 없을 터인데…….'

"과, 광무자라고? 사천의 하나인 그 광무자?"

"광무자가 아직 살아 있었단 말인가!"

여기저기서 터져 나오는 외침에 광무자라 불리운 노도인은 고개를 가로저었다.

"쯧쯧, 마치 내가 살아 있는 게 불만인 듯하군. 다른 친구들이 들으면 욕하겠어. 장문인, 이제 다시 이야기를 해보시게나."

"예, 태상장문."

자신의 존재를 드러내 보인 광무자는 다시 장문인 운송자를 내세우곤 조금 전의 그 위치로 돌아간 상태. 하지만 대치의 분위기는 이전과는 전혀 딴판으로 바뀌어 있었다. 사천의 일 인 광무자라는 이름이 주는 무게는 엄청난 것이었기에…….

사십 년 전, 천하가 아직 안정되지 않은 시기. 명 황실의 척살 대상 일 순위였던 마교는 무림으로 숨어들어 그 세력의 확장을 꾀하고 있었다. 당연히 이어지는 정파의 저지. 그러나 그들의 은밀함과 고절한 무공에 막혀 정파는 번번이 패배의 쓴잔을 들이키고 있었다. 수년간의 소모전 끝에 드디어 벌어진 정사대전(正邪大戰). 수백의 무림인들이 허망하게 목숨을 잃고 쓰러져 간 대격돌 가운데에서 누구보다도 고강한 무공을 입증해 보인 네 명의 무인이 있었으니…….

교주보다도 오히려 더욱 상대하기 무섭다는 마교의 사대호법과의 치열한 혈투 끝에 마침내 승리를 쟁취해 낸 이들 네 무인들을 강호인들은 사천이라고 부르며 천하 영웅의 으뜸으로 꼽기를 주저하지 않았다. 사십 년 전 이미 천하제일이라고 불리웠던 이들. 긴 세월이 지난 지금 이들의 무공이 어느 정도의 경지에 올라 있는지는 아무도 예상조차 하기 힘들었다. 그리고 그들 중 한 명인 광무자가 지금 이 자리에 있었다.

현재 청성의 태상장문인이라는 위치에 있는 광무자가 물러나자 운송자가 다시 입을 열었다. 원래 문 내에서는 단지 광무 사백이라고 부를 뿐이었지만 이렇게 공식적인 자리에서는 태상장문이라는 명칭을 사용했다.

"명성 사태, 어찌하시겠소. 어서 결정을 내리시길 바라오. 좀 전에 얘기했듯이 우리는 철저한 준비를 하고 온 것이라오. 하지만 결코 아미의 멸문을 바라는 것은 아니오. 양대문파의 격돌은 서로에게 큰 타격을 주게 될 것임에 틀림없소. 물론 아미의 피해가 더욱 막심할 것임은 자명한 일, 단지 십 년간의 봉문이면 우리는 만족하고 물러날 것이오."

“흐음……."

명성 사태는 진중한 침음성을 터뜨렸다. 운송자의 판단은 정확했다. 만약 양측의 전력이 여기서 맞붙게 된다면 청성 역시 큰 타격을 받으리라. 살아 돌아갈 수 있는 인원은 고작해야 다섯 명 안팎? 하지만 아미파는? 자신의 아미파는? 아마도 멸문에 가까운 화를 당하게 될 것이 뻔했다.

'나와 장로원의 전 인원이 나선다면 광무자를 막아낼 수 있을까? 그래, 어쩌면 가능할 수도 있겠지. 하지만 다른 제자들은? 본 파의 절정 고수들이 모두 광무자를 막는 데 나선다면 여타의 제자들은 저들의 상대가 되지 못할 것이다. 그렇다고 십 년의 봉문을 받아들여야 한단 말인가? 치욕스런 십 년의 봉문을?'

명성 사태는 고민하고 있었다. 마음 같아서는 죽더라도 청성과 당당히 맞서 아미의 명예를 지키고 싶었다. 하지만 그녀는 이 문파의 장문인. 문파의 장래를 생각해야만 했다. 자신을 비롯한 대부분의 제자들이 이 격돌에서 목숨을 잃은 상황에서 만약 저들이 악독한 마음을 먹고 건물에 불이라도 지른다면? 유구한 세월을 이어온 아미파는 자신의 대에서 멸.문.이었다.

양측에서 대치하고 있는 청성과 아미의 전 문도들이 모두 명성 사태의 대답만을 기다리고 있었다. 그리고 장고(長考)에 장고를 거듭한 명성 사태는 마침내 결단을 내렸다.

“십 년, 정확히 십 년이오. 십 년 후 바로 이날, 내 반드시 청성을 찾으리다.”

“그, 그럴 수가.”

“흑흑, 장문인!”

아미의 제자들이 허망히 고개를 떨구었다. 너무도 분한 마음이 눈물로 흘러내렸다. 아마 죽음을 각오하고 싸우길 명했어도 그들은 따랐으리라.

"광무자 노선배, 마지막으로 한 가지 묻고 싶은 게 있군요."

"무엇이지, 명성?"

"사십 년 전 정사대전 이후 청성은 이미 화산과 우리 아미 등을 제치고 소림과 무당을 제외한다면 구대문파 안에서도 당당히 수위(首位)를 차지할 만큼 최고의 성세를 구가하고 있습니다. 그런데 왜, 대체 무엇이 부족해서 이런 큰 사단을 일으키는 것이지요? 설마 옛날의 마교처럼 강호일통(江湖一統)의 꿈이라도 가지고 계신 겁니까? 그런 겁니까?"

이미 운송자에게 한번 물었던 질문이다. 운송자가 침묵으로 일관했던 대답을 광무자라면 해줄 수도 있을 것 같았다.

"강호일통이라……. 허허허. 명성, 자네는 아미(峨嵋)를 진정으로 사랑하는가?"

"갑자기 그게 무슨?"

"나에게 청성은 마치 자식과도 같지. 이 세상에 자식을 사마외도(邪魔外道)에 물들게 하려는 부모는 없을 걸세. 그것은 나 역시 마찬가지지."

"그렇다면 도대체 왜, 왜 이런 일을 벌이시는 겁니까?"

"그 이유는 자네 역시 잘 알고 있는 것이라네. 단지 아직 깨닫지 못하고 있을 뿐. 만약 나의 바람이 현실로 이루어진다면 그때는 아마 자네도 깨닫게 되겠지."

하고 싶은 말은 다 했는지 광무자의 눈길이 자신의 제자이자 청성의 장문인인 운송자에게로 향했다. 이만 마무리 지어달라는 뜻이리라.

"봉문은 현명한 판단이었소, 명성 사태. 그럼 이 시간 이후로 아미는 모든 문외의 제자들을 불러들이고 일체의 활동을 중단하시오. 아미의 명예가 걸린 일이니 허튼짓은 하지 않으리라 믿겠소."

"좋다. 내 너희 청성이 무얼 목표로 하는지는 모르겠으나 일단은 바라는 바대로 해주마. 하나 운송자, 내 두 눈 부릅뜨고 지켜보리라. 청성의 미래를……."

"……."

휘휙.

운송자를 선두로 아미파를 찾았던 삼십여 명의 청성파 문인들은 순식간에 사라져 갔다. 그리고 얼마 후, 구파의 한 축인 아미파의 정문에는 커다란 한지가 붙여졌다. 비바람에도 버틸 수 있도록 기름까지 먹여진 채로…….

封. 門.

아미 문도들의 울분과 한이 녹아 있는 글자였다.

구 총관의 전갈에 주방을 나선 소진은 연회장을 향해 어기적어기적 걸음을 옮기고 있었다.

'쳇, 누가 상을 달라고 했나? 거기 가면 어제저녁에 봤던 사람들과 또 마주치게 될 텐데…….'

하지만 오늘 회갑을 맞이한 사람이 청한다는데 안 갈 수도 없는 노릇이었다.

"에휴, 내 팔자야……."

애꿎은 팔자타령을 하며 막 모퉁이를 돌아 연회장에 들어서는 소진의 눈에 이상한 광경이 들어왔다. 건너편에 주욱 늘어선 수많은 청의 인영들.

"엥? 저건 또 뭐야? 축하 공연인가?"

만약 누구라도 들었더라면 머리를 싸맸을 만한 말이었지만 다행히 아무도 들은 이는 없었다. 모두의 관심은 건너편의 청색 도복을 입은 청성의 문인들에게 집중되어 있었기 때문이다.

더 이상 음식이나 먹고 있을 상황이 아니었기에 군웅들 역시 한곳으로 모여든 상태. 산해진미가 즐비하게 놓여진 탁자를 사이에 두고 양측이 대치하고 있는 형국이었다. 북쪽에 위치한 군웅들과 남쪽에 위치한 청성. 군웅들의 선두에 서 있는 가주 당유의 호통성이 터져 나왔다.

"뭣이! 십 년 봉문? 네놈들이 감히 대(大)당가(唐家)를 뭘로 보고 함부로 입을 놀리는 것이냐!"

당유의 말을 받은 것은 역시 대치 상태에 있는 청성의 가장 선두에 선 중년의 도인이었다. 전혀 흔들림이 느껴지지 않는 담담한 목소리였다.

"당 대협, 십 년의 봉문만 약속한다면 저희는 이대로 돌아갈 것입니다. 그러나 다른 선택을 하실 경우… 결과는 저로서도 장담하지 못하겠군요."

"이잇! 장천(長天), 네놈이 감히… 감히 청성의 일대 제자 따위가 세(勢)를 믿고 이토록 안하무인으로 날뛰다니! 아니, 이 정도의 세력이 움직였다면 분명 장문인의 허락이 있었을 터, 네놈의 사부 운송자를 데려와라! 내 그를 만나 작금의 사태에 대해 직접 해명을 듣겠다."

어엿하게 정도를 걷는 문파인 청성이 이토록 노골적으로 자신들을 위협할 줄이야! 더구나 지금 자신을 위협하고 있는 장본인은 청성의 장문인도 아닌 고작 그의 제자에 불과한 장천자(長天子)였다. 너무도 예기치 못한 상대에게 너무도 황당한 요구를 당하자 둔기로 뒤통수를 크게 한 대 얻어맞은 듯한 기분이었다. 당문 역사상 어느 세력이 이토록 당당히 봉문을 요구해 왔단 말인가. 사십 년 전 마교의 침입조차도 당당히 막아냈던 그들이었다.

'너무도 방심하고 있었구나. 하다못해 입구의 기관진식만이라도 발동시켜 놓았더라면 이 지경까지는 되지 않았을 것이련만……'

땅을 치고 후회해 봤자 이미 때늦은 일이었다. 십 년간의 태평성대. 그것을 너무 믿고 있었던 것이 화근이었다. 사마외도가 꼬리를 내린 지 이미 오랜 상태에서 설마 누가 사천의 호랑이 당가를 건드리랴라는 생각이 머리 속 깊숙이 자리 잡고 있었던 것이다.

"사부님께서는 지금 다른 일로 바빠서 이곳에 오지 못하셨습니다. 직접 해명을 들을 수는 없겠군요. 하지만 모두 사부님의 명을 받은 일이니……"

당유의 눈빛이 반짝 빛났다.

'운송자가 오지 않았다라…… 그렇다면 승산이 있을지도! 비록 인원은 우리가 열세지만 저들 중 운 자 항렬의 절정고수들은 한 명도 보이지 않는다. 즉, 주력이 장 자 항렬인 일대 제자 이하라는 말. 하지만 본 가에는 나를 비롯해 구대문파의 장로 급 실력을 갖춘 사대호법이 있다. 그들이 모두 나선다면 수적 열세를 극복할 수 있을지도……. 그나저나 보내놓은 이들이 어째서 이리 늦는단 말인가! 혼전 중에는 '그것' 들의 위력이 현저히 감소할 것인데… 어서어서 서둘러라! '그것' 들이 미리 도착만 한다면 우리의 필승이리라.'

　무엇을 기다리는 것일까? 당유는 지금 분명 시간을 끌고 있는 것이었다. 곧 도착하리라 믿어 의심치 않는 '그것' 을…….
　다행히도 청성의 문도들은 그런 당유의 간절한 바람을 알기라도 하듯 여전히 공격을 하지 않고 우두커니 서서 군웅들과의 대치를 유지하고 있을 뿐이었다. 하지만 당유는 모르고 있었다. 상대방 역시 무언가를 기다리고 있다는 사실을…….
　쾅쾅!
　그때 연무장의 동쪽에서 지축을 울리는 굉음이 터져 나왔다.
　쾅쾅!
　연무장의 군웅들이 미처 놀라기도 전에 마치 이에 화답이라도 하듯 곧장 뒤이어 서쪽에서 역시 어마어마한 폭음이 터져 나왔다. 그 진동이 이곳까지 느껴질 정도라면 엄청난 폭발이었을 것이 틀림없었다.
　"뭐, 뭐냐, 이것은?"
　"대체 이 무슨……?"
　군웅들은 크게 동요하고 있었지만 장천자를 비롯한 청성의 문인들은 마치 미리 알고 있었다는 듯 그다지 놀라는 기색이 아니었다. 그리고 그 모습에 가주 당유의 다급한 음성이 터져 나왔다.
　"서, 설마… 네, 네놈들!"
　장천자의 얼굴에 씁쓸한 미소가 번졌다. 자신이 생각하기에도 이것은 정말 비겁한 짓이었기 때문이다. 하지만 자신들의 피해를 최소화하기 위해 고민고민 끝에 생각해 낸 최선의 방법이기도 했다.
　"맞습니다. 저희가 계획한 일이지요. 저 두 곳이 어디일 줄은 당 대협께서 더 잘 아시리라 생각됩니다."
　"허, 허허."

허탈한 당유의 웃음이 새어 나왔다. 방금 폭음이 들린 두 곳은 분명 '그것'들이 있는 곳이리라. 그리고 그 정도의 폭음이라면 모든 것이 흔적도 없이 사라졌을 것이 틀림없었다. 이 말은 곧 수백 년간 전해진 당가의 비전들이 산산이 날아가 버렸다는 말이었다. 순간 '과연 다시 복구할 수 있을까?' 하는 두렵기까지 한 의문이 들었다. 그만큼 이 두 곳 독왕각(毒王閣), 귀왕각(鬼王閣)의 존재와 그곳에 보관되어 있던 '그것'들의 가치는 당가의 입장에서는 무상(無上)의 것이기 때문이다.

천하에서 독과 암기의 으뜸이 당가라는 것을 모르는 사람은 없었지만 그 당가의 중심에 독왕각과 귀왕각이 있다는 것을 아는 사람은 그리 많지 않았다.

각설하고 설명하자면 먼저 독왕각은 당가의 모든 독의 시작이 되는 곳이었다. 당가에서 사용되는 주요한 독들을 만들어내고 새로운 독을 끊임없이 개발하는 곳. 더욱이 이곳에는 해약조차 존재하지 않는다는 천하의 삼대절독(三大絶毒)이 보관되어 있기도 했다.

귀왕각 역시 독왕각과 비슷한 역할을 하는 곳이었다. 단지 분야가 다를 뿐 귀왕각에서는 당가에서 사용되는 모든 암기를 만들어냈다. 천하인들이 두려워하는 당가의 암기를 만들어내는 동시에 새로운 암기를 만들어내는 곳. 또 한 가지, 이곳이 더욱 중요해지는 이유는 가주의 허락없이는 외부로의 반출조차 허용되지 않는다는 당가의 오대암기(五大暗器)가 보관되어 있기 때문이다.

그런데 이 모든 것이 일순간 사라져 버렸다. 당유가 그토록 기다리던 '그것', 삼대절독과 오대암기를 포함한 모든 것이 일순간에…….

순간 십 년은 늙어버린 듯한 당유의 모습을 보며 장천자는 심란한 마음을 감출 수가 없었다. 하나 모든 것이 사문의 영광을 위해서였다.

여기까지 와서 약해질 수는 없었다.

'그래, 이게 우리로선 최선이었어. 만약 이렇게 하지 않았다면 본 문의 제자들이 얼마나 죽게 될지 모를 일이었어.'

한창 마음을 다잡는 장천자에게 당유가 질문을 던졌다. 울분에 싸인, 원한이 묻어나는 음색이었다.

"대체 무얼 사용한 거지? 저 정도의 폭발을 단번에 만들어낼 만한 물건은 흔치 않다. 아니, 기껏해야 생각해 볼 수 있는 것도 단 한 가지. 하나 그것은……."

"어렵사리 벽력탄을 두 개 입수할 수 있었습니다."

"어, 어떻게? 그것은 황실에서도 극비리에 만들어지는… 설마 네놈들은 황실의 입김을 받고 있는 것인가?"

"비약이 너무 지나치시군요, 당 대협. 단지 저희는 그것을 우연히 입수할 수 있었을 뿐입니다. 물론 막대한 대가를 지불해야 했지요."

"으득!"

분한 마음에 절로 이빨이 부득부득 갈렸다.

휘휙! 처척!

그때 장천자의 좌우로 몇몇의 인영이 순식간에 나타났다. 역시 같은 색의 도복을 입은 백발이 성성한 그들이 나타나자 장천자는 한 걸음 물러서 공손히 예를 취해 보였다.

"수고하셨습니다, 사숙님들. 덕분에 일이 훨씬 수월하게 됐습니다. 한데……."

나타난 이들의 안색이 어두웠다. 막 이유를 물으려는데 이들에게서 먼저 대답이 나왔다.

"운정(雲正)이 죽었다. 독왕각의 늙은이들이 마지막에 쓴 독을 미처 피하지 못하고… 미처 손쓸 틈도 없이 한 줌 핏물로 녹아버리더구나.”

“운정 사숙이……?’

과연 출발할 때 여덟 명이던 무극헌의 사숙들은 일곱 명밖에 보이질 않고 있었다.

한편 이들의 등장에 당유는 가슴 한구석이 싸늘하게 식어오는 기분이었다. 분노가 끓어오르고 있었지만 판단력까지 흐려지지는 않고 있었다. 그는 당가의 앞날을 책임져야 할 가주였기 때문이다.

‘으음… 저, 저들은 분명 청성의 숨은 힘이라는 무극헌의 고수들이 틀림없다. 절정고수들이 없음을 믿고 있었더니 큰 오산이었구나. 저들까지 나선다면 우리가 이길 확률은 삼 할 이하, 나의 대에서 우리 당문이 절체절명의 위기를 맞이한 것인가!’

운정 사숙의 죽음이 안타깝긴 했지만 그래도 당가의 가장 큰 힘인 독왕각과 귀왕각, 아니, 그 자체보다는 그 안에 보관되어 있던 삼대극독와 오대암기를 흔적도 없이 소멸시켜 버린 대가치고는 작은 것이었다. 만약 이것들을 먼저 없애지 못했다면 오늘의 승부는 자신들의 필패(必敗)였으리라.

당가의 거의 모든 식솔들은 대연무장에서 벌어지는 가주의 회갑연에 참석하고 있을 것이다. 정보에 의하면 많은 하객들 때문에 입구의 기관은 해제되어 있는 상태, 장천자를 위시한 제자들은 단숨에 대연무장까지 진입한다. 동시에 무공이 뛰어난 무극헌의 고수 여덟 명이 네 명씩 나뉘어 귀왕각과 독왕각을 노린다. 각각은 어렵사리 입수한 벽력탄 한 알씩을 가지고 당가의 난해하기로 이름 높은 기관진식을 뚫고 들어가 귀왕각과 독왕각의 핵심부에 터뜨린다.

이것이 그들의 계획이었다. 비록 한 명의 희생이 있긴 했지만 결과적으로는 완벽히 성공한, 만약에 누군가의 도움으로 미리 기관진식을 파악하지 못했다면 절대 시행하지 못했을 계획이기도 했다. 당가의 기관진식은 석년(昔年) 천하를 제패하려던 마교의 공세마저도 막아낼 만큼 무시무시한 것이었기 때문이다. 혹자들은 그 무서움을 두고 삼보필사(三步必死), 즉 세 걸음 안에 반드시 죽는다고 표현할 정도였다.

장천자의 시선이 군웅들에게 향했다. 마치 누군가를 찾으려는 듯. 하지만 원하던 이를 찾기 위해 그리 큰 수고를 할 필요는 없었다. 그는 자신의 맞은편에 서 있는 당유의 바로 뒤에 서 있었기 때문이다.

쭉 째진 눈에 얄팍한 입술, 창백한 피부, 마치 뱀 같은 인상의 청년이었다.

'쯧쯧쯧, 당 대협, 당신에게 가장 큰 불행은 바로 저 같은 아들을 두었다는 것이겠구려.'

청성의 제자인 사구정이 그와 같은 사룡에 포함되어 있다는 사실이 수치스럽게 느껴질 정도였다.

한편 부친의 뒤에서 적과 대치하고 있던 당표는 불안한 심정을 드러내지 않기 위해 안간힘을 다하고 있었다. 그런 그에게 비록 잠시라지만 장천자의 시선은 어마어마한 부담이 되었다.

'뭐, 뭘 그렇게 보는 거야! 설마 그걸 저들이 입수한 건 아니겠지? 그래, 아닐 거야. 그들은 단지 기관진식을 연구하기 위해서라고 했어. 특히나 거긴 이곳 사천에서 수천 리나 멀리 떨어진 북경이란 말이야. 분명 내가 전해준 도해는 북경 어딘가에, 기관진식에 관심이 많은 부호의 집에 잠들어 있을 거야. 암, 그렇고말고……'

아무리 스스로 아니라고 말해도 자신에게 향했던 장천자의 시선이
자꾸만 마음에 걸렸다. 마치 자신을 경멸하는 듯한 그의 시선이…….

당표는 도박을 광적으로 좋아했다. 반 년 전, 북경에 갔을 때도 저절
로 발걸음이 도박장으로 향하는 것은 어쩔 수가 없었다. 더욱이 그 당
시에는 북경에 온 이상 천하제일을 자랑하는 천화도방(天華賭房)엘 꼭
가봐야겠다는 굳은 사명감에 휩싸여 있었다. 천하의 큰손들이 몰리기
로 유명한 천화도방. 가능한 모든 수단을 동원해 거금 은자 백 냥을 마
련해 간 당표는 그날따라 천운이 따라주는지 승승장구, 판을 휩쓸며 원
금을 무려 열 배로 늘릴 수 있었다. 은자 천 냥! 당표의 이성을 일순간
마비시킬 만한 액수였다.

일순 이렇게 돈이 불어나고 보니 자신감 역시 충만한 상태. '오늘의
운은 나에게 있다. 이 상태로라면 누구와 상대하더라도 지지 않는다'
라는 생각으로 그는 은자 백 냥 이하의 판은 벌어지지 않는다는 천화
도방 내의 특급도방(特級賭房)으로 발걸음을 옮겼다. 천화도방은 판돈
의 액수에 따라 특급에서 삼급까지로 구분되어 있었다. 그리고 그곳에
서 역시 당표는 연전연승(連戰連勝). 삽시간에 돈은 은자 이천 냥으로
불어났다. 하지만 상대하는 이들은 북경 최고의 거부들. 그 정도의 손
해로는 눈 하나 깜짝하지 않는 모습에 오기가 생긴 당표는 어차피 운
은 자신에게 있다는 생각으로 판돈을 더욱 늘렸다.

하지만 이때부터 당표의 불행은 시작되고 있었다. 갑작스런 연패.
한창 승리감에 도취되어 있던 당표는 잇달은 패배에도 불구하고 판돈
을 더욱 늘렸다. 물경 은자 이천 냥을 헤아리던 돈을 몽땅 잃는 데는
채 반 시진도 걸리지 않았다. 왠지 조금만, 조금만 더 하면 딸 것만 같

은데 이미 돈은 바닥난 상태. 그래서 당표는 사채(私債)를 빌렸다. 독하기로 유명한 도방(睹房)의 사채를……. 그리고 정신을 차렸을 땐 이미 무려 은자 오천 냥의 빚 더미에 올라선 상태였다.

본가에 이 사실을 알린다면 빚은 갚을 수 있으리라. 은자 오천 냥이 엄청난 액수이긴 하지만 당가에서 그 정도의 자금은 충분히 마련할 수 있었다. 하지만 자신은? 사룡의 하나라는 명성은 땅바닥 시궁창으로 곤두박질함은 물론이고 거의 확실시되고 있는 차기 가주 자리마저도 위태로워질 것이 뻔했다. 그 말고도 가주 자리를 이을 자격이 있는 형제들은 여럿 있었기 때문이다. 게다가 엄하기로 유명한 당가의 가법에 따른 형벌도 면하기 어려울 것이다.

돈을 갚기로 약속한 사흘 동안 사방으로 돌아다니며 돈을 빌려보았지만 그의 수중에 들어온 돈은 고작 은자 이백 냥. 이때 객잔에 홀로 앉아 밤잠을 설치며 고민하고 있던 당표를 찾아온 사람이 있었다. 자신을 천화도방의 도방주(睹房主)라고 밝인 이 인물은 당표에게 귀가 솔깃한 제안을 하나 한다. 그가 빌려간 은화 오천 냥의 공제, 그리고 그에 대한 대가로 그가 요구한 것은 다름 아닌 당가의 기관진식도였다. 물론 처음엔 펄쩍 뛰며 불가함을 외쳤지만 기관진식을 연구하는 이들에게 팔면 비싼 값을 받을 수 있을 거라는, 당가의 기관진식도라는 설명은 아무에게도 하지 않겠다는 천화도방주의 설명에 조금씩 마음이 흔들렸다. 그것이 유출될 경우에 벌어질 수 있는 최악의 사태에 대해 잘 알고 있는 당표였지만 다급한 상황이 그의 이성을 조금씩 좀먹어가고 있었다.

그리고 결정적인 계기가 된 천화도방주의 한마디. 만약 내일까지 돈을 갚지 않는다면 당가에 연락을 취하는 수밖에 없다는……. 당표에겐 더 이상 선택의 여지가 없었다. 다른 건 다 제쳐 두고라도 당가의 차기 가주 자리는 절대 포기할 수 없는 것이었기 때문이다. 결국 한 달 뒤 당표는 당가 기관진식도의 사본을 천화도방주에게 넘겨주었다. 그리고 당표는 아니라고 믿고 싶겠지만 그 기관진식도는 모종의 계약에 의해 곧장 청성으로 넘어갔다.

당표가 불안한 표정을 애써 감추며 과거의 일을 회상하는 동안, 당유가 봉문이냐 정면 승부냐를 가지고 심각하게 고민하는 그때, 무언가가 자꾸 장천자의 심기를 건드렸다. 등 뒤에서 들려오는 귀에 거슬리는 소리들과 느껴지는 작은 동요. 그의 등 뒤에는 그가 인솔하고 있는 청성의 제자들이 정렬하고 있었다. 이렇게 심각한 상황에서 그들이 자꾸만 이런 반응을 보이는 이유를 찾던 장천자는 곧 그 원인을 발견할 수 있었다.

그들은 천하의 이목을 속이고 당가로 접근하기 위해 어젯밤 야음을 틈타 이동했다. 물론 일부러 험한 산길을 이용한 것 역시 같은 이유에서였다. 청성을 출발해 밤새 신경을 곤두세운 채 야간 이동을 하고 당가 인근의 산속에 도착해 날이 밝기까지 은신하고 있는 동안 그들이 먹은 유일한 음식은 벽곡단. 이동의 편리함을 위해 가장 최소화한 형태의 음식이었다. 그런 상태의 제자들 정면에 놓인 것은 보기만 해도 군침이 도는 산해진미들. 게다가 설상가상으로 바람은 자신들 쪽으로 불어오고 있었다. 장천자의 귀를 거슬리게 하던 이상한 소리는 다름 아닌 제자들의 입 안에 가득 고인 침이 목구멍을 넘어가는 소리였다.

챙!

장천자의 검집에서 검이 뽑혀졌다. 이 느닷없이 터져 나온 검명에 결정을 내리지 못하고 갈등하고 있던 당유를 비롯한 연무장 내의 전 인원의 시선이 집중되었다.

슈슛! 서걱!

와장창창!

모든 사람들의 주목을 받던 검이 위에서 아래로 한번 휘둘러지자 주욱 늘어서 있던 탁자들 중 하나가 길게 반 동강이 나며 그 위에 올려져 있던 접시들이 바닥에 떨어져 산산이 부숴졌다. 당연히 담겨져 있던 음식들은 바닥에 널브러졌다. 다시 이어지는 같은 동작. 이번에도 여지없이 탁자 하나가 두 동강났다. 아무 말 없이 계속 같은 동작을 되풀이하던 장천자는 자신의 앞에 있던 여섯 개의 탁자를 모두 두 동강 내고 나서야 행동을 멈췄다.

"이, 이게 대체 무슨!"

갑작스런 장천자의 행동에 탁자들의 반대 편에 서 있던 당유는 크게 당황했다. 처음에는 위협인가 하는 생각도 들었지만 위협치고는 너무 이상한 방법이었다. 하지만 더 더욱 이상한 건 뒤이어 들려온 장천자의 말이었다.

"모두들 정신 차리도록."

당유와 그쪽의 군웅들은 무슨 뜻인지 잘 이해할 수 없었지만 청성의 제자들은 확실히 알아들을 수 있었다. 그리고 자신들의 행동으로 인해 장천자가 상당히 열받아 있다는 사실 역시……. 하지만 열받은 것은 장천자뿐만이 아니었다.

막 연회장으로 들어서려다가 양쪽이 대치하고 있는 모습에 뭔가 이상한 분위기를 느낀 소진은 원래 조용히 물러나려고 했었다. 더구나 갑자기 들려온 커다란 폭음은 그런 소진의 결심을 더욱 확고히 만들어 주었다. 괜스레 귀찮은 일에 말려들 필요는 없다는 것이 그의 생각이 었으니까. 저들이 왜 저러고 있는지는 몰라도 자신은 몰래 당가를 빠져나가 갈 길을 가면 그만이었다. 하지만 막상 떠나려는 그의 발목을 붙잡은 것은 머리 속에 떠오르는 몇몇의 얼굴이었다.

'가만! 청진도 저 안에 있으려나? 그러고 보니 화연 소저와 주려도……'

결국 소진은 몇 걸음 옮기지 않은 발걸음을 다시 연회장 쪽으로 돌렸다. 그리고 막 돌아서는 그의 눈에 장천자의 칼질과 함께 바닥에 널브러지는 음식들이 들어왔다. 자신이 새벽부터 일어나 애써 준비한 음식. 누군가의 시선을 의식해 특별히 정성을 다한 음식이기도 했다. 순간 머리 속에 끓는 물이 부어지는 기분이었다. 다시 말하면 엄청 열받았다는 말이다.

'아니, 저 자식이 미쳤나? 왜 멀쩡한 음식들을 다 버려놓는 거야! 자식아! 탁자에 감정이 있으면 음식들은 옆으로 내려놓고 하란 말야! 얼씨구? 계속하네? 이잇! 이것들이……. 지들 먹으라고 기껏 만들어줬더니 고맙게 생각하기는커녕 그걸 바닥에 내팽개쳐? 그래, 너 오늘 잘 걸렸다. 내 다시는 그런 짓을 못하도록 아주 아작을 내주마.'

아직 단 한 번도, 어느 누구도 자신이 만든 음식을 저렇게 바닥에 내팽개친 이는 없었다. 모두들 자신이 만든 음식은 접시 바닥이 보일 정도로 깨끗이 비워주었다. 그런 모습을 보는 것이 음식을 대접하는 자신에게는 가장 큰 기쁨이기도 했다. 그런데 저 녀석은 자신이 특히나 정성을 다해 준비한 음식을, 그 음식이 올려진 탁자를 사정없이 두 동강 내고 있었다. 머리털 나고 꼭지가 돌 정도로 열받기는 이번이 처음이었다. 연회장을 사이에 두고 양쪽에 서 있는 수많은 사람들은 눈에 들어오지도 않았다. 오직 저 자식을, 자신이 생각하기에는 세상에서 제일 싸가지없는 저 자식을 아작 내기 위해 발걸음을 옮겼다.

"야, 이 자식아! 너, 잠깐 나 좀 보자."

소진은 양측 진영의 시선을 한몸에 받으며 가운데의 연회장을 가로질러 장천자에게 한 걸음 한 걸음 다가갔다. 갑자기 나타난 예기치 못한 인물에 대해서는 장천자도 당황할 수밖에 없는지 그 자리에 가만히 서서 자신에게 다가오는 소진을 지켜보고만 있었다. 소진은 열이 완전 머리끝까지 받았는지 평소에는 거의 사용하지도 않는 육두문자들까지 섞어가며 장천자를 쏘아붙였다.

"이 후레자식아, 너도 밥 먹고 사는 놈이지? 그렇지? 매일매일 삼시 세 끼 꼬박꼬박 챙겨먹는 놈이 음식 소중한 줄을 모르고 멀쩡한 요리를 땅바닥에 내팽개쳐? 그게 사람이 할 짓이냐? 앙?! 입이 있으면 뭐라고 말을 해봐!"

소진은 어느덧 장천자의 삼 장 앞까지 도달해 있었다. 한편 매몰차게 몰아붙이는 소진의 말을 들으며 장천자 역시 상당히 열이 오른 상태.

'이익! 겨우 음식을 바닥에 쏟았다는 이유로 나를 이렇게 비난하고 있는 것인가? 겨우 음식 따위로? 대체 어디서 나타난 녀석이길래 이런 상황에서 분위기 파악도 못하고 겨우 그런 이유로 나에게 시비를 건단 말인가!'

일검에 날려 버리고 싶은 마음이 굴뚝같았지만 그는 함부로 살생을 일삼는 살인마가 아니라 어엿한 도문의 제자였기에 꾸욱 눌러참았다.

더구나 상대는 무공도 모르는 사람처럼 보였기 때문에 더 더욱 참는 수밖에는 없었다.

"누군지는 모르겠으나 나는 지금 음식 따위로 당신과 말싸움할 여유가 없군요. 잠시 후면 이곳에서 무슨 일이 벌어질지 모르는 상황이니 목숨을 오래 부지하고 싶으면 여기서 이러기보다는 어서 몸을 피하는 것이 좋을 게요."

장천자로서는 나름대로 최선을 다한 표현들이었지만 이것은 소진의 화를 더욱 북돋울 뿐이었다.

"내가 누군지 모르겠다고? 그럼 알려주마. 내가 바로 조금 전 네가 바닥으로 쓸어내린 그 음식들을 만들려고 오늘 새벽부터 일어났던 사람이다. 그리고 뭐? 음식 따위? 허, 참나. 이 자식이 그렇게 얘길 해도 아직 정신을 못 차렸네. 야, 임마!"

펑! 쿠쿵!

소진이 장천자의 말에 다시 한 번 격분해 삿대질까지 해가며 그에게 한 걸음 더 다가서는 순간, 쇠가죽 두드리는 소리와 함께 소진의 몸이 일 장이나 뒤로 날아가 바닥에 널브러졌다. 갑작스런 사태에 잠시 놀라던 장천자의 시선이 자연스레 자신의 옆으로 향했다. 이렇게 기척없이 장력을 쏘아낼 만한 사람은 이곳에 있는 장로들 중에서도 한 명밖에 없었다.

"운귀(雲歸) 사숙, 대체 왜……?"

"지금은 이런 일로 말싸움이나 하고 있을 때가 아니다. 더구나 그는……."

운귀자(雲歸子)는 그의 암기가 치명적인 위력을 발휘할 수 있는 삼 장 이내의 거리로 들어서려 하고 있었다는 설명을 하려 했으나 저 멀리서 갑자기 터져 나온 절규(絶叫)에 마저 말을 이을 수가 없었다.

"무진 사숙조!"

청진은 청성파가 이렇게 기습적으로 난입해 당가의 봉문을 요구하는 이유에 대해 머리를 싸매고 고민해 보았지만 도저히 해답을 찾을 수가 없었다. 현재 청성은 개파(開派) 이래 최고의 전성기를 맞이한 상태. 무엇이 아쉬워서 이런 짓을 벌인단 말인가. 군웅들 사이에 섞여 고민고민하고 있던 청진의 귀에 갑자기 낯익은 목소리가 들려왔다. 목소리가 들려온 곳은 연회장 쪽. 사람들의 이목이 모두 그쪽으로 집중되는 것이 느껴졌다.

'잉? 이 목소리는……?'

분명 이 목소리는 무진 사숙조의 것이었다. 그리고 그가 알기로 무진 사숙조는 주화입마로 이미 오래전에 무공을 상실한 상태. 현재 이곳은 무공을 모르는 이가 있기에는 너무 위험한 장소가 되어 있었다. 물론 무공을 익히고 있는 이들에게도 역시 위험하긴 마찬가지였지만…….

급히 앞에 서 있는 사람들을 헤치며 앞으로 나아가 어느새 대치 중인 군웅들의 가장 선두 열에 막 도착한 청진의 눈에 선명한 격타음과 함께 허공으로 붕 떠올랐다가 무참히 바닥으로 떨어지는 한 인영이 들어왔다. 그가 찾던 존재, 바로 무진 사숙조였다.

쓰러진 소진에게 한달음에 달려온 청진은 황급히 소진의 상태를 확인하기 위해 맥을 짚었다. 분명 방금 전의 그 충격은 무공을 모르는 범부(凡夫)가 받아내기에는 버거운 것이었다. 제발 우려하는 상태가 아니기를 빌며 잡은 소진의 맥은… 마치 거짓말처럼 너무도 힘차게 뛰고 있었다.

'엑? 이럴 리가……'

"히익!"

그때 소진이 갑자기 감겨 있던 두 눈을 번쩍 뜨더니 튕기듯 몸을 일으켜 세웠다. 옆에 있던 청진은 어찌나 놀랐는지 뒤로 넘어지며 엉덩방아를 찧을 정도였다. 하지만 놀란 것은 청진뿐만이 아니었다. 소진을 무성무음(無聲無音)의 음유한 장력으로 공격했던 운귀자 역시 벌떡 일어나는 소진을 보고 눈이 크게 치켜떠졌다.

"이럴 수가! 분명 나의 무음장(無音掌)이 정통으로 적중했건만! 게다가 무진 사숙조라고?"

범인은 감당하기 힘든 위력의 무음장을 맞고도 멀쩡하게 일어나는 소진을 보고 다시 한 번 유심히 살폈지만 그에게는 전혀 특출한 기도가 느껴지지 않았다. 즉, 무공이 별 볼일 없다는 소리. 운귀자는 방금 전의 상황을 그저 자신의 실수로 치부해 버렸다. 오히려 그의 관심을 잡아끈 것은 무진이라는 도명. 당금 무림에서 무 자 항렬의 배분이 있는 곳은 무당밖에는 없었다. 그리고 무 자 항렬이라면 이제 곧 장문인이 될 것으로 알려진 무우 도장과는 사형제지간. 이런 인물을 건드린다는 것은 자칫하면 무당과의 전면전으로 번질 수도 있는 일이었다. 아직 그들과 맞닥뜨리기에는 시기가 너무 일렀다.

—장천! 무당의 무 자 항렬 제자가 이곳에 있다는 말은 듣지 못했다. 이게 어찌 된 일이냐!

—운몽(雲夢) 사숙, 저 역시 모르던 일입니다. 하지만 방금 달려나온 사람은 사룡 중 하나인 무당의 청진이 분명합니다. 그런 그의 입에서 나온 말이라면 아마도 허언은 아니리라 생각됩니다.

한편 이들이 소진의 정체를 알고 머리를 맞대고 있는 사이, 몸을 일으킨 소진의 눈에는 자신의 바로 옆에 철퍼덕 주저앉아 있는 청진의 모습이 들어왔다. 그리고 그의 옆구리에 차고 있는 검 역시……

반짝!

소진의 눈빛이 빛났다. 몸에 별 이상은 느껴지지 않았다. 즉, 싸우기에 충분히 적당한 상태라는 이야기. 이제 아작 낼 상대가 두 명으로 늘었다. 원래 목표로 잡혀 있던 도사와 그를 암습한 노도장. 소진은 청진의 허리에 매인 검을 재빨리 빼 들었다.

챙!

맑은 검명이 울리고…….

"청진 사손, 잠시 검 좀 빌려 쓰자."

청진의 대답은 듣지도 않고 소진은 암습을 당하기 전까지 서 있던 위치로 다시 몸을 날렸다. 방금 전의 일격으로 어느 정도 냉정을 되찾은 소진은 상대방을 찬찬히 훑어봤다.

"방금 저를 암격(暗擊)한 게 어느 분이지요?"

운귀자의 안색이 조금 붉어졌다. 암격이라……. 분명 자신이 한 행동은 그렇게 표현될 만한 것이었다. 자신을 밝히기가 부끄러웠지만 결국 한 걸음 앞으로 나섰다.

"나였소. 청성파 무극헌의 운귀자라고 하오. 나의 무음장을 받고도 그렇게 멀쩡히 서 있다니, 정말 놀랍구려."

"후훗, 마치 어린아이 주먹으로 한 대 맞은 정도였습니다. 그렇게 자신하는 걸 보니 예전엔 대단했는지 몰라도 지금은 나이가 드셔서 기력이 많이 떨어지신 것 같군요."

"으흠……."

자신이 무극헌에 속해 있음을 밝힌 것은 상대가 알아서 물러서기를 바라고 한 말이었지만 소진은 그 사실에 신경조차 쓰지 않는 눈치였다. 오히려 화답하는 소진의 비꼬는 말투가 그의 심기를 콕콕 건드리고 있었다.

"긴말하지 않겠습니다. 무당 속가제자 무진이라고 합니다. 지금 이 자리에서 운귀자, 당신에게 비무를 신청합니다."

정당한 비무 요청이었다. 소진도 사형과 사부에게 들어서 강호상의 여러 형식이나 절차에 대해서는 대강 알고 있었다. 이런 상황에서라면 아무도 비무 요청을 거절할 수가 없었다. 만약 이를 거절한다면 강호상에서 비웃음을 사게 될 것이 뻔했다.

'사, 사숙조! 무공도 없으신 분이 어쩌자고……!'

이를 지켜보던 청진은 실로 애가 탔다. 그의 머리 속에 쓰러졌던 소진이 멀쩡하게 일어난 것은 이미 까맣게 잊혀진 상태였다. 단지 무공을 모두 상실했다고 굳게 믿고 있는 소진이 무극헌의 고수에게 비무를 신청했다는 사실만이 계속 뇌리를 맴돌고 있었다.

"두 분께서는 잠시 멈추시지요."

빼지도 박지도 못하는 상황에서 난감해하는 기색이 역력하던 운귀자를 구원한 것은 다름 아닌 장천자였다.

"뭐지? 이 비무가 끝난 후엔 당신에게도 비무를 신청하려 했는데 미리 나서는 건가?"

"잠시 진정하시지요. 청성의 문인이라면 비무를 두려워하지 않습니다. 단지 당유 대협에게 한 가지 제안을 먼저 하고 싶군요."

"제안이라니? 대체 뭔가?"

이제껏 잠자코 있던 당유가 나섰다. 갑작스런 소진의 등장이 시간을 많이 늦춰주고 있었지만 아직도 당가는 위태로운 지경이었다. 수적으로도 청성에 뒤질 뿐 아니라 그 질적인 면에서도 떨어지는 상태. 만약 싸우기로 마음먹는다면 당가의 맥이 여기서 끊길지도 모를 일이었다. 때문에 당유는 고민 끝에 치욕스럽지만 봉문을 하기로 거의 마음을 굳힌 상태였다. 단지 소진으로 일어나고 있는 이 소란이 끝나기만을 기다리고 있었을 뿐.

"만약 당 대협이 저희와의 결전을 택하신다면 무수한 인명이 목숨을 잃게 될 것이 뻔합니다. 그것은 저희 역시 피하고 싶은 사태. 해서 대표자들 간의 비무를 통해 승부를 결정짓기를 원하는 바입니다. 당가 측에서 이긴다면 저희는 조용히 물러나지요. 하지만 만약 저희 청성이 이긴다면 당가는 저희의 요구대로 십 년간 봉문을 하는 조건으로……."

당유로서는 마다할 이유가 없는 제안이었다. 이미 봉문 쪽으로 마음이 정해진 상태에서 한 번이나마 더 기회를 노려볼 수 있기 때문이었다. 청성 역시 심사숙고 끝에 내린 결정이었다. 만약 여기서 혼전이 시작된다면 저 무진 도장의 목숨은 누구도 보장할 수 없는 것이었기 때문이다. 자칫하면 무당과의 전면전, 가장 피하고 싶은 결과였다. 그들에게는 무극헌의 절정고수가 일곱이나 있었기에 내릴 수 있었던 결정이기도 했다.

"잠깐잠깐! 이게 지금 나와 무슨 상관이지? 나는 분명 저 운귀자에게 비무를 신청했을 텐데?"

"물론 당 대협께서 저의 제안을 수락하신다면 그것 역시 문제될 건 없습니다. 무진 도장이 당가의 대표로 나오면 될 테니까요."

장천자의 설명에 당유의 고개가 끄덕여졌다. 어차피 저쪽에선 운 자 항렬의 일곱 고수들이 나설 것이 분명했다. 하지만 당가에서 나설 만한 인물은 자신과 사대장로를 포함한 다섯. 나머지 두 명은 누가 되든 상관없었다. 어차피 승부는 그들 다섯에게 걸고 있었기 때문이다.

"좋아, 수락한다."

당유의 승낙이 떨어지기가 무섭게 비무는 곧바로 시작되었다. 격식을 차릴 때가 아니었다. 오직 승패의 결과만이 필요할 뿐.

예상대로 청성의 대표는 운 자 항렬의 일곱 명이었다. 당가의 대표로는 이미 당유와 사대장로, 그리고 소진이 확정된 상태. 한 명이 아직 남아 있었다. 누가 되든 상관은 없었으나 당유는 자신의 아들인 당표를 선발했다. 비록 질 게 뻔한 승부였지만 그래도 차기 가주감으로 지목받고 있는 아들이 당당히 싸우는 모습을 보고 싶었다.

첫 번째 비무. 운몽자와 당가의 사대호법 중 당철민의 대결이었다. 당철민은 운몽자의 검에 맞서 당가비전의 암기술과 독공을 써가며 분투했지만 결국 오백 초 만에 상대방에게 일검을 허용했다. 두 번째 비무의 결과 역시 삼백 초 만에 청성 측의 승리로 돌아갔다. 그리고 세 번째 비무 역시…….

계속된 패배에 당표의 안색이 너무도 어두워져 있었다. 그래도 호각은 이룰 것이라 예상했건만 너무도 쉽사리 무너지고 있었다. 역시 개파 이래 최고의 성세를 구가하고 있다는 청성의 위명은 괜한 것이 아니었다는 생각이 들었다. 이미 자신이 승부수로 삼은 다섯 명 중 세 명이 패배한 상태. 자신과 남은 한 명의 호법이 최선을 다해 이긴다 하더라도 당가의 봉문이 거의 확실시되는 상황이었다. 하지만 당가의 전 식솔이 지켜보는 가운데 맥없이 승부를 포기할 수는 없는 일.

네 번째 비무는 사대호법의 맏형인 당조휘와 그나마 상대 중 제일 약체로 평가받고 있는 운곡자와의 대결이었다. 여기서 지면 더 이상의 비무는 의미가 없었다. 전력을 쏟아 붓는 당조휘와 운곡자의 대결은 말 그대로 호각지세. 팽팽히 이어오던 접전은 팔백 초 만에 당조휘가 운곡자의 칼을 두 동강 내며 당가 측의 첫 승으로 마무리 지어졌다.

그리고 모두가 실질적인 마지막 승부라고 생각하는 당유와 운무자와의 비무. 지켜보는 이들 역시 이제 대충 직감하고 있었다. 오늘 당가의 봉문은 피할 수 없으리라는 사실을……. 비무는 초반부터 줄곧 당유의 열세였다. 위험천만한 순간들이 한두 번이 아니었지만 그는 끈질기게 버텼다. 그리고 결국엔 운무자의 오른쪽 어깨에서 왼쪽 허리까지 이어지는 기다란 검상을 만들어내며 당가의 두 번째 승리를 얻어냈다. 승리의 대가는 그의 왼팔이었다. 당유의 고육지계(苦肉之計)를 눈치 채지 못한 것이 운무자의 패인(敗因)이었다.

당가의 다음번 비무자로서 앞으로 나서는 당표의 눈에 바닥에 흩뿌려진 핏자국들이 보였다. 심각한 검상을 입고 실려 나간 운무자와 아버지의 잘린 손목에서 쏟아져 나온 핏물이리라. 순간 덜컥 겁이 났다. 이번 상대인 운검자는 자신과는 비교도 되지 않는 고수였다. 게다가 앞선 비무에서 자신의 아버지는 상대에게 심각한 부상을 입혔다. 그 자식인 자신을 곱게 보내줄 리가 없었다. 어쩌면 목숨을 잃을지도 몰랐다. 목숨을…….

반대 편에서 천천히 걸어나오는 운검자의 모습이 보였다. 자신을 노려보는 듯한 싸늘한 눈빛이 예사롭지 않았다.

'그, 그래. 분명해. 상대는 내 목숨을 노리고 있어. 하나뿐인 내 목숨을……. 일단 비무가 시작되면 아무도 그를 제지할 수 없다. 어떡하지? 어떻게 해야 하지?

상대방은 어느새 자신의 삼 장 앞까지 다가와 있었다. 그가 막 검을 뽑아 들려는 찰나 당표가 다급히 외쳤다.

"나, 나는 당신과 싸울 수 없소!"

"응? 무슨 소리지?"

너무도 황당한 사태에 운검자는 뽑아 들던 검을 다시 밀어넣고 넌지시 물었다.

"다, 당신은 너무 강하오. 내가 도저히 이길 수 없을 만큼. 나, 나는 패배를 인정하오."

자신의 아들을 주시하던 당유의 얼굴이 처참히 일그러졌다. 최선을 다했다는 기분에, 그리고 승리했다는 기쁨에 미처 느끼지 못하고 있던 왼팔의 통증이 갑자기 몰려왔다. 그가 바란 것은 큰 게 아니었다. 단지 절정고수와 맞선 상황에서도 기죽지 않는 모습을, 그리고 자신이 가진 재주를 가지고 최선을 다하는 모습을 보고 싶었을 뿐이다. 하지만 그의 자식은… 비굴하게 패배를 자인하고 있었다.

"허허허."

운송자 역시 어처구니가 없는지 비웃음 섞인 웃음을 나지막하게 터뜨렸다. 너무도 한심한 모습이었다. 저런 녀석이 어떻게 수많은 후기지수들 중에서도 수위를 차지하고 있었는지가 불가사의할 따름이었다.

스슥. 짝짝!

귀신같은 신법으로 당표의 전면으로 다가선 운송자가 그의 따귀를 연달아 때렸다. 금세 당표의 양 볼이 부어오르며 입가로 핏물이 흘러내렸다.

"누가 호부(虎夫) 밑에 견자(犬子)가 없다고 했던가. 허허허, 당 대협, 당신의 가장 큰 불행은 당표와 같은 자식을 둔 것이라던 장천의 말이 딱 맞구려. 허허허헛.”

잠시 당유를 딱하다는 듯한 눈빛으로 바라본 운송자는 원래의 자리로 돌아가기 위해 몸을 돌렸다. 물론 역시 돌아서는 당표에게 한마디 전음을 날려주는 것도 잊지 않았다.

—기관진식도는 고마웠다. 덕분에 일이 수월하게 진행되었구나.

모든 사람들에게 비난의 시선을 받으며 걸음을 옮기던 당표의 신형이 순간 크게 움찔했다. 하지만 이내 다시 걸음을 옮겨 서서히 군웅들의 뒤편으로 사라져 갔다.

당표의 패배로 이미 당가는 일곱 번의 대결 중 네 번을 패한 상태였다. 즉, 더 이상의 대결은 무의미하다는 소리. 더구나 자식의 실망스러운 모습은 당유에게 더욱 큰 절망감을 안겨주었다. 허탈한 표정으로 당가의 봉문을 선언하려던 당유의 옆을 누군가 지나쳐 연무장의 중앙으로 걸어나갔다. 당유는 하려던 말을 멈추고 잠시 그를 바라보았다. 그는 이번 비무의 마지막 대표로 예정되어 있던 소진이었다.

소진의 무공 초현

이미 승패가 갈린 상태였기 때문에 다음 비무는 당연히 없을 거라 안심하고 있던 청진은 앞으로 나서는 소진을 잡을 기회를 놓치고 말았다. 당표의 치졸한 모습을 보느라 한눈을 판 것이 큰 실수였다.

'크아악! 큰일이다! 잠시 한눈을 파는 사이에……. 이럴 줄 알았으면 후에 처벌을 받더라도 사숙조의 혈도를 찍어놓는 거였는데! 사숙조님은 대체 어쩌자고 저런 짓을…….'

미리 소진을 잡지 못한 것에 대한 후회가 밀려왔지만 이미 때는 늦은 후였다.

"나의 비무 상대는 왜 나오질 않는 것이지요?"

홀로 연무장의 중앙에 도착한 소진이 낭랑한 목소리로 물었다.

"이보시오, 무진 도장. 이미 승부는 결판이 난 상태인데 꼭 비무를 해야만 하겠소?"

소진과의 대결은 최대한 피해보려는 장천자의 말이었다.

"물론! 난 처음부터 승부의 결과 따위에는 관심이 없었어. 비겁하게 암습이나 하고, 지금까지도 꼬리를 말고 살살 도망 다니는 운귀자라는 늙은이와 비무를 하고 싶었을 뿐."

평소에는 부드럽고 온화한 성격이었지만 적개심을 가진 상대에 대해서는 너무도 냉정한 모습을 보여주는 소진이었다. 그리고 이런 모습은 이전부터 그를 겪어왔던 청진이나 화연 등에게는 신선한 충격이었다. 물론 '꼬리를 말고 살살 도망 다니는' 이라는 말을 들은 그 '늙은이' 는 분기탱천하지 않을 수가 없었지만……

"뭣이라고! 내 보자 보자 했더니 네놈이 하늘 높은 줄을 모르고 까부는구나."

"운귀 사숙, 제발……."

옆에 서 있던 장천자가 말려보려 하였지만 이미 운귀자는 한 번의 도약으로 소진의 정면에 내려선 후였다. 그가 언제 이렇게 모욕적인 언사를 들어본 적이 있었던가!

"아까는 무음장에 맞고도 어떻게 운 좋게 일어났는지 모르겠지만 이번엔 확실히 황천 구경을 시켜주마."

―운귀 사숙조, 손속에 사정을 두십시오.

귓가로 장천의 전음성이 들려왔다. 하지만 운귀자는 묵묵부답.

"검을 뽑으시오."

소진은 어느새 한 손에 검을 말아 쥐고는 자세를 잡고 있었다. 청진에게 빌린 그 검이었다. 한편 소진의 반응에 더 더욱 열이 받은 운귀자는 단번에 검을 뽑아 들고 그것을 곧장 길게 횡으로 베었다. 단순한 초식이었지만 원체 빨랐기 때문에 삼류의 무사들은 피할 수조차 없는 수준의 것이었다. 운귀자는 단칼에 소진의 가슴이 베일 것을 믿어 의심치 않고 있었다. 물론 목숨을 빼앗을 생각까지는 없었고 단지 가슴에 상처를 입혀 비무를 중단하려는 의도의 공격이었다.

휘잉!

하지만 그의 검은 뭐 하나 걸리는 것 없이 시원스레 반원을 그리며 허공을 갈랐다. 그리고 운귀자가 이 의외의 사태에 대해 미처 반응하기도 전에 그의 뒤편에서 날카로운 검기가 날아들었다. 어느새 운귀자의 뒤로 돌아간 소진의 귀신같은 움직임이었다.

"헛!"

슈숙! 서걱!

황급히 고개를 뒤로 돌리며 몸을 날려 가까스로 피하긴 했지만 도복의 앞섶이 잘리는 것마저 피할 수는 없었다. 자신이 방금 펼친 것과 똑같은, 단순히 횡으로 긋는 초식이었다. 게다가 상대방의 검에선 날카로운 검기(劍氣)가 치솟고 있었다.

"검기?"

"정신 똑바로 차리는 게 좋을 거요. 검에는 눈이 없으니……."

처음 봤을 때부터, 그리고 조금 전 비무 장소로 걸어나올 때까지도 운귀자는 소진이 무공을 모르는 무지렁이라고 확신하고 있었다. 때문에 갑작스런 그의 비무 신청은 너무도 의외였고, 그와의 비무를 꺼려하던 것 역시 그런 이유에서였다. 분명 그에게선 아무런 기운도 느껴지지 않았다. 한데 지금 운귀자의 정면에 검을 비스듬히 늘어뜨리고 서 있는 그에게선 마치 봄날에 아지랑이가 피어오르듯 기묘한 기운이 서서히 번져 나오고 있었다.

"이게 대체 어찌 된……."

비무를 지켜보던 군웅들 역시 놀라긴 마찬가지였다. 이미 소진에 대한 소문은 모든 이들에게 퍼져 있었다. 무공을 상실한 청진의 사숙조라고……. 그런 그가 지금 결코 범상하게 보이지 않는 날카로운 검기를 날리고 있었다. 귀신같은 움직임과 함께!

'무, 무진 사숙조가? 대, 대체 어떻게!'

특히 청진의 놀라움은 누구보다도 큰 것이었다.

조금 전의 공격에 화답이라도 하듯 이번엔 소진의 검이 부드러운 원을 그리며 운귀자의 허리를 노렸다. 이미 진류 도장과의 실전과 같은 비무와 일 년에 한 번씩 찾아오는 사형들과의 비무를 통해 경험은 충분히 쌓은 상태였기에 소진의 일격은 상당히 날카로웠다.

다급히 자신의 허리를 베어오는 소진의 검을 옆으로 흘려 버린 운귀자는 지금의 상황이 너무도 마음에 들지 않았다. 단지 일 검, 일 장이면 끝날 것 같던 상대에게 옷을 베였을 뿐 아니라 지금은 역습까지 당하고 있었다. 이대로는 도저히 체면이 서질 않았다.

"이잇! 어디 이것도 한번 막아봐라!"

운귀자는 자신의 특기이자 청성의 무공 중 가장 신랄하다는 전광검(電光劍)을 펼쳤다. 말 그대로 전광처럼 빠른 검영(劍影)들이 소진의 팔, 다리, 머리를 가리지 않고 쉴 새 없이 날아들었다.

소진이 일찍이 접해보지 못한 엄청난 쾌검(快劍)이었지만 심각하게 두려움을 느낄 정도는 아니었다. 이미 작년에 이만큼 빠른 것은 아니었지만 끊임없이 요혈만을 노리고 날아드는 무청 도장의 양의검(兩儀劍)을 경험해 보았기 때문이다. 자신 역시 최대한 빠르게 검을 움직여 급소를 노리고 찔어 들어오는 상대방의 검끝을 사방으로 쳐냈다. 간간이 미처 완벽히 쳐내지 못한 검영들이 옷자락을 베고 지나가기는 했지만 그런 것에 신경 쓸 상황이 아니었다.

채챙! 채채채채챙!

수유의 시간 동안 무수한 검영을 날리던 운귀자가 재빨리 검을 회수하고 한 걸음 뒤로 물러섰다. 신속한 동작이었다.

슈슉! 서걱!

방금 전까지 그가 서 있던 자리를, 정확히 말하자면 그의 다리가 있던 자리를 역시 조금 전과 같은 날카로운 검기가 훑고 지나갔다. 바닥에 깔린 청석판이 그가 피해낸 검기에 의해 길게 잘리는 것이 보였다. 얇지만 예리한 것을 보면 분명 상승의 경지에 이른 검기였다. 만약 움직임이 조금만 늦었다면 발목을 잘리웠을 정도로 날카로운 공격이었다.

운귀자는 자신의 전광검이 모두 막히고 또다시 반격까지 당하자 분노가 치밀어 올랐다. 상대는 고작 이십 대의 애송이에 불과했지만 자신의 검은 겨우 옷자락에 상처를 입히는 정도에서 번번이 막히고 있었다.

운귀자는 결국 가장 확실한 방법을 사용하기로 결정했다.

'흐흥! 네놈이 과연 이것도 막아낼 수 있을까!'

가만히 검을 말아 쥔 운귀자는 물경 삼 갑자에 달하는 그의 내공 중 팔 할을 오른손의 검에 밀어넣었다. 소진의 것처럼 날카로운 검기가 솟아오르거나 하는 것은 아니었다. 하지만 왠지 검의 기세가 범상치 않아 보였다. 완만하게 소진의 머리를 향해 내려쳐지는 운귀자의 검. 옆으로 튕겨내려는 것인지 소진의 검이 운귀자의 검면을 때린다.

터엉!

하지만 오히려 튕겨져 나간 것은 소진의 검이었다. 놀랄 틈도 없이 여전히 자신의 머리를 향해 내려오는 운귀자의 검을 피해 소진은 황급히 신형을 날렸다. 간발의 차이로 검의 궤도를 벗어나자 운귀자의 검이 그대로 바닥을 때렸다.

퍼엉!

바닥을 내려친 것은 검이었지만 마치 거대한 둔기로 내려친 것 같은 소리가 나며 연무장의 바닥이 깊숙이 패였다. 운귀자가 사용한 것은 내공을 이용한 중검(重劍)의 수법이었다. 현격한 내공의 차가 나는 상대라면 아예 맞받아칠 엄두도 내질 못할 정도의 위력을 가진…….

'오호, 이제 보니 그런 거였나?'

운귀자의 수법을 확인한 소진 역시 검에 막대한 내공을 불어넣었다. 힘에는 힘. 한번 정면으로 부딪쳐 보고 싶었다. 바로 이어지는 운귀자의 공격. 바닥에서 자신을 향해 그대로 비스듬히 그어 올려지는 운귀자의 검을 소진의 검이 정면으로 내려쳤다.

콰쾅!

검과 검의 충돌이었지만 이번에는 커다란 폭음이 터져 나왔다. 순간 양쪽으로 물러서는 두 사람. 청석판의 연무장 바닥에는 운귀자의 앞으로 두 발자국, 소진의 앞으로는 두 발자국 반의 얕은 족적이 패여 있었다. 역시 내공은 소진이 조금 열세에 있는 듯했다.

'칫! 내가 조금 밀리는 건가?'

한 번의 충돌로 손이 얼얼하게 저려왔다. 하지만 이 정도는 운귀자가 받은 정신적 충격에 비할 바가 아니었다.

'어떻게! 어떻게 이제 고작 약관을 지난 듯한 녀석이 나와 비등한 내공을 지닐 수가 있지?'

운귀자는 눈앞의 현실을 도저히 믿을 수가 없었다. 자신이 지난 오

십 년간 쌓아온 내공이 담긴 일격을 저 녀석은 별다른 충격 없이 받아
냈다. 내상을 입은 것 같지도 않았다. 갑자기 두려운 마음이 일었다.
저 나이에 저 정도의 실력이라면 십 년 후엔 사천(四天)의 일 인이자 자
신의 영원한 우상인 광무(廣武) 사백을 뛰어넘을지도 모르는 일이었다.
그것도 무당에서…….

　'그런 일이 일어나선 절대 안 된다. 더 이상 벽이 높아지게 만들 수
는 없는 일이지. 어린 싹은 그 뿌리까지 제거해야 하는 법!'

　운귀자는 결심을 굳힌 듯 이를 악물고 전 공력을 끌어올렸다.

　우우웅.

　엄청난 압력에 검이 낮게 진동하며 마치 벌 떼가 나는 듯한 소리가
났다. 상대방의 기세가 날카롭게 변한 것을 소진은 단번에 알아챌 수
있었다.

　'우웃! 저 노인네가 열받은 모양이네. 검의 기세가 예사롭지 않은
걸?'

　좀 전보다 더 강한 공격이 시작되리라는 생각에 소진 역시 긴장하며
공력을 끌어올렸다. 온몸에 충만한 오행진기의 기운이 느껴질 때 즈음,
운귀자의 공세는 시작되었다. 처음 정면으로 부딪쳤던 일격보다도 더
욱 위력적이면서도 오히려 더 예리한 검격. 이미 자신의 내공이 상대
에 비해 손색이 있다는 것을 확인한 상황에서 맞받아치는 것은 무모한
짓이었다. 소진은 살짝 반 걸음 물러나며 가슴을 향해 짓쳐드는 운귀
자의 검을 맞이했다.

　'사량발천근(四兩發千斤)이라… 꼭 힘에 힘으로 맞서야 하는 것은
아니지.'

　부드러운 검의 궤적이 운귀자의 검을 쫓았다. 마치 제 짝을 찾듯 슬

머시 다가간 소진의 검이 운귀자의 검을 슬쩍 위로 밀어 올렸다. 예상보다 더 큰 위력에 묵직한 충격이 손목에 전해왔지만 검의 궤도를 바꾸는 것은 성공이었다. 가슴을 노리던 운귀자의 검이 그의 어깨 위를 스치듯 지나갔다. 소진은 속으로 환호성을 터뜨렸지만 이 한 수는 운귀자의 결심을 더욱 확고부동하게 만들어주는 것이었다.

'이놈! 태극검결을 익혔군. 그것도 이미 실전에 사용할 만한 수준으로……. 그렇다면 더 더욱 살려둘 수가 없는 노릇이지.'

조금 전 소진이 보여준 한 수는 태극혜검의 요체 중 이화접목의 무리(武理)가 담긴 것이었다. 넉 냥의 힘으로 천근의 힘을 발휘한다고 하여 사량발천근이라고도 불리우는…….

무당 무공의 정수라고 불리우는 이 태극혜검이 상당한 수준에 오르지 않는 이상 실전에의 응용이 하늘에 별 따기만큼이나 어렵다는 것은 이미 강호상에 널리 알려진 사실이었다. 그럼에도 사람들이 무당의 태극혜검을 경외시하는 이유는 역대의 무당 검객들 중 이 태극혜검을 절정의 기량으로 연마한 이들은 모두 천하제일이라는 칭호를 들었기 때문이다.

자신의 전신을 노리는 운귀자의 공격이 끊임없이 이어졌다. 하나하나가 너무도 빠르고 위력적인 것이었기에 반격이라는 것은 엄두도 내지 못하는 상태였다. 그나마 버틸 수 있었던 것은 그사이 이화접목의 수법이 많이 손에 익어 일격 일격을 받아넘기기가 수월해졌기 때문이었다. 하지만 이제 그것마저도 위태로운 상황이 벌어지려 하고 있었다.

'허억, 허억! 크, 큰일이다. 손목이 얼마나 버텨줄 수 있을지…….'

이화접목이 비록 빼어난 수법임에는 틀림없지만 경험이 부족한 소진이 계속해서 사용하기에는 심력의 소모가 극심했다. 운귀자의 검의 위력을 볼 때 한 번의 실수는 바로 황천행을 의미하는 것이었기 때문이다. 소진의 이마에 송골송골 맺힌 땀방울과 거칠어진 숨결이 이런 사실을 잘 말해 주고 있었다.

게다가 운귀자의 전 공력이 담긴 강맹한 검격들을 받아내다 보니 점점 손목에 무리가 오고 있었다. 최대한 신법을 사용하여 피하려 하고는 있었으나 검을 맞대지 않고 피하기만 하는 것에는 한계가 있었다. 그리고 이런 상황은 공격하는 운귀자 역시 어느 정도 감지하고 있는 사실이었다. 그 역시 계속되는 공격에 조금씩 지쳐 가고 있었지만 소진의 상태에 비하면 멀쩡하다고 할 만한 수준이었다.

'이제 거의 한계에 다다른 것 같군. 그 나이에 그 정도의 성취를 이룬 것은 대단하다 할 수 있으나 어쩔 수가 없구나. 하늘은 어찌하여 저런 인물을 무당에만 내린 것인지……'

청성에 저런 인재가 없다는 사실이 안타까울 뿐이었다.

두 사람의 대결은 어느덧 삼백 초를 넘어서고 있었다. 물론 계속 소진이 수세에 몰려 있긴 했지만 이곳에 있는 청성의 운 자 항렬 고수들 중에서도 세 손가락 안에 드는 실력자인 운귀자와의 대결을 중인(衆人)들은 숨죽여 지켜보고 있었다. 그중에서도 이 사람, 당유의 심정은 상당히 복잡한 것이었다. 무공 실력은 접어두고라도 비무에 임하는 자세, 자신이 당표에게서 그토록 보길 원했던 그 모습을 소진은 여지없이 보여주고 있었다. 강자와의 대결에서 전혀 기죽지 않고 자신의 실력을 최대한 발휘하는 그 모습. 어딘가에 있을 소진의 사부 된 사람이, 그리고 소진의 사문인 무당이 너무도 부러웠다. 당표가 그의 반만, 아니, 십 분의 일만 닮았더라면 하는 생각이 계속 머리 속을 떠나지 않았다.

하지만 그러는 사이에도 소진의 위기는 계속되고 있었다.

'이제 버틸 수 있는 것은 고작해야 이십 초 내외, 승부수를 띄울 수밖에는 없는 건가? 과연 저 검격에 정면으로 부딪쳐 이길 수 있을지……'

부족한 내공을 메울 만한 방법으로 소진이 생각해 낸 것은 다름 아닌 검강이었다. 진작에 생각해 낸 유일한 해결책이었지만 아직까지 사용하지 못하고 이렇게 위태로운 순간까지 온 이유는 역시 확신이 서질 않아서였다. 자신의 검강이 저 운귀자의 강맹한 검격을 이겨낼 수 있을까 하는……. 하지만 이제는 더 이상 물러설 곳이 없는 상태. 소진은 단 한 번의 기회에 모든 것을 걸기로 마음먹었다. 운귀자의 기세를 볼 때 어차피 패배는 곧 죽음으로 연결될 것이 뻔했기 때문이다.

"허억! 허억!"

이미 숨결이 많이 거칠어져 있었다. 계속되는 운귀자의 공격을 받으며 내공을 끌어올리기란 결코 쉬운 일이 아니었으나 소진은 계속해서 오행신공을 운기했다. 전력을 다한 일격이 아니면 이기기 힘든 상대였다. 이미 검을 든 오른 손목은 거의 한계에 다다라 있었지만 마지막 기회를 섣불리 놓칠 수는 없는 일. 고통을 참아내며 소진은 끌어낼 수 있는 모든 공력을 쥐어 짜냈다. 몸속이 용광로처럼 펄펄 끓어올랐다. 잔뜩 모여서 나갈 곳만을 찾고 있는 진기들 때문에 정신이 혼미할 지경이었다. 이 정도가 한계라는 생각이 들었다. 그 와중에 위에서부터 자신의 머리를 쪼갤 듯 내려오는 운귀자의 검을 크게 뒷걸음질쳐 가까스로 피해낸 소진의 눈빛이 일순 번뜩였다.

"끄아아아압!"

소진은 우렁찬 괴성을 내지르며 온몸을 휘도는 폭풍과 같은 진기를 뭉땅 양손으로 말아 쥔 검으로 꾸역꾸역 밀어넣으면서 동시에 머리 위로 높이 쳐든 검을 있는 힘껏 아래로 내려쳤다. 한편 뒷걸음질로 자신의 검을 가까스로 피해내는 것을 보고 기회다 싶어서 재빨리 그 검을 그대로 다시 위로 쳐올리던 운귀자는 갑작스런 소진의 반격이 예사롭지 않아 보이자 자신 역시 전 공력을 검으로 끌어 모았다.

위에서 내려오는 소진의 검과 아래에서 올려치는 운귀자의 검이 거의 만날 때 즈음 소진의 검에 청색의 강막이 생겨났다. 충돌하기 바로 직전 일수유의 시간 동안 생겨난 것이라 비무를 지켜보던 중인들은 잘 보지 못했지만 직접 검을 맞대던 운귀자는 두 눈으로 똑똑히 볼 수 있었다.

'저, 저건!'

퍼엉!

"크으윽!"

"우헉!"

검과 검이, 진기와 진기가 충돌하면서 또다시 엄청난 폭음이 터져 나왔다. 동시에 뒤로 튕겨져 나가며 단말마의 비명성을 토해내는 두 사람. 삼 장 정도 뒤로 날아가 쓰러진 소진이 검에 몸을 의지하여 힘겹게 몸을 일으키다가 다시 바닥에 털썩 무릎을 꿇었다. 창백한 안색에 입가로는 가느다란 핏물이 흐르고 있었다. 아마 심각한 내상을 입은 것 같았다. 몸을 일으키는 데 실패한 소진은 대신에 힘겹게 고개를 쳐들어 정면을 살폈다. 정면으로 칠팔 장 떨어진 곳에는 운귀자가 서 있었다. 한 손에는 부러진 검을 든 채로……

'설마… 타격을 받지 않은 건가!'

자신과는 다르게 두 다리로 굳건히 서 있는 모습에 소진은 순간적으로 절망감을 느꼈다. 만약 자신의 마지막 혼신을 다한 일격에도 큰 타격을 받지 않았다면 몸 한번 움직이기도 힘든 상태인 자신의 목숨은 바람 앞의 촛불과 같은 신세였기 때문이다. 하지만 운귀자에게는 그 촛불을 끌 만한 힘조차 남아 있지 않다는 사실을 소진은 아직 모르고 있었다.

온전하던 운귀자의 안색이 급속도로 창백해졌다. 입가에는 어느새 검붉은 핏줄기가 흐르고 있었다.

"쿠억!"

운귀자의 신형이 급속히 허물어지더니 바닥에 선홍빛 핏덩이를 토해냈다. 극심한 내상을 입었다는 증거. 하지만 손에는 여전히 방금 전의 격돌로 반 토막난 검을 놓치지 않고 있었다.

'으윽, 거, 검강이라니. 어떻게 저런 애송이가……!'

조금 전 상대방이 사용한 것은 분명 검강이었다. 자신조차 이제야막 초입에 들어서려 하고 있는 그것! 무당의 세심원과 소림의 반야원에 비견된다는 청성의 무극헌에조차 검강을 사용하는 이는 고작 세 명에 불과했다. 얼마 후면 자신이 그 네 번째가 될 것이라 생각하며 수련을 거듭하던 운귀자에게 이것은 커다란 충격이었다.

'반드시 지금 내 손으로 죽여야 한다. 정당한 비무 중의 결과였다고 말한다면 무당에서 역시 함부로 나서지는 못하리라. 이 비무가 끝난 이후에 손을 쓰는 것은 무당에게 확실한 빌미를 만들어줄 뿐. 지금 죽여야만 하건만!'

운귀자의 눈에 비치는 소진은 너무 위험한 인물이었다. 청성의 이상을 위협할 만한……. 많아야 이십 대 중반으로 보이는 나이에 이미 이 갑자를 넘어선 듯한 막대한 내공, 태극혜검을 실전에서 능숙하게 사용할 정도의 실력, 게다가 도저히 믿기지 않는 일이지만 벌써 검강을 다룰 줄도 알았다. 이대로 십 년만 지나면 어떤 경지에 다다를지 모르는 일. 지금이라면 간단하게 처리할 수 있었다. 단지 몇 장 앞으로 걸어가 손에 든 검을 내려치기만 하면 되는 일. 하지만 운귀자는 그럴 수가 없었다.

위로 올려치는 것과 아래로 내려치는 것은 위력 면에서 큰 차이가 있다. 그것까지도 고려한 방금 전 소진의 일격에서 그가 입은 타격은 엄청난 것이었다. 자신의 전 공력이 담긴 중검을 깨뜨리며 그 여세로 검까지도 단숨에 베고 지나간 소진의 검강은 그의 심맥을 크게 뒤흔들어 놓았을 뿐 아니라 오장의 위치마저 조금씩 바꿔놓았을 정도였다. 당장 쓰러져도 아무 이상이 없을 정도의 심각한 내상. 이에 비한다면 소진의 내상은 경미한 정도에 불과했다. 지금까지 버티고 있는 것은 단지 운귀자의 정신력 때문일 뿐. 하지만 이제 그마저도 거의 한계에 다다르고 있었다.

'지, 지금 손을 써야… 하건… 만……'

쿵!

정신이 가물가물한 중에도 소진을 향해 손을 뻗어보았던 운귀자는 그대로 앞으로 쓰러졌다.

다행히도, 정말 다행히도 운귀자가 쓰러지는 모습에 소진은 절로 안도의 한숨을 내쉬었다. 생사의 갈림길에 서본 첫 대결이었고, 검강을 실전에서 사용해 본 것 역시 처음이었다. 운귀자와 검을 맞대고 있을 때는 모르겠더니 막상 이기고 보니 정말 힘든 상대였다는 생각이 들었다. 만약 운귀자가 자신을 경시하지 않고 처음부터 신중히 상대했다면 분명 정반대의 결과가 나타났으리라.

'후우~ 아무튼… 이긴 건가.'

"운, 운귀 사숙!"

"뭣들 하느냐! 어서 운귀 사형을 들것으로 옮기지 않고!"

청성의 문인들은 이 예기치 못한 상황을 도저히 받아들이기가 힘들었다. 무극헌의 고수가 일개 젊은이에게 내상을 입고 혼절하다니…….
아무리 그 젊은이가 무당의 제자라고는 하나 여전히 믿을 수가 없는 사실이었다. 그런 그들의 귀로 군웅들의 함성 소리가 들렸다. 두 사람의 대결에 넋이 나가 있던 사람들이 어느덧 정신을 차리고 소진의 승리에 환호하는 것이었다.

"대단하오, 무진 도장!"

"와아! 무당의 무진 도장이 운귀자를 이겼다!"

운귀자가 들었으면 귓구멍에서 연기를 피워올릴 만한 환호성들이었지만 다행히 그는 정신을 잃은 채 들것에 실려 나가고 있었다. 그리고 그 뒤를 따라 청성의 문인들이 줄줄이 당가를 떠나갔다. 분명 애초의 목적을 이루고 돌아가는 길이지만 그들의 기세는 오히려 처음 당가를 찾을 때보다도 못해 보였다. 씁쓸한 기분으로 발걸음을 옮기는 장천자의 시선이 잠시 군웅들 너머의 당유에게 향했다. 때마침 당유 역시 그를 바라보고 있었다.

─당 대협, 약조대로 당가는 향후 십 년간 봉문을 해야 할 것입니다.
세세한 사항들은 당연히 잘 알아서 지키실 것이라 믿고 저희는 이만 돌아가겠습니다.

─내 오늘의 굴욕은 잊지 않으마. 십 년이란 짧진 않지만 그렇다고 그렇게 길지도 않은 시간이다. 당가의 복수는 무섭다는 것을 기억하고 돌아가거라.

장천자는 당유의 한 서린 전음성을 들으며 주저없이 몸을 날려 당가를 벗어났다. 그를 마지막으로 당가에 불어닥쳤던 청성이라는 이름의 폭풍은 모두 물러간 상태였다. 물론 막대한 피해를 남긴 채로……

한편 비무가 끝나기 무섭게 청진은 여전히 한 자루 검에 의지하여 바닥에 무릎 꿇고 있는 소진에게 달려갔다.

"무, 무진 사숙조!"

아마도 '어떻게 그렇게 고강한 무공을 숨기고 있을 수가 있었나요', 아니면 '무당에 퍼져 있는 소문은 어떻게 된 건가요'라고 묻고 싶었을 것이다. 하지만 그보다는 일단 소진의 몸 상태가 더 우선이었다. 운귀자가 혼절할 정도의 내상을 입었다면 소진 역시 만만치 않은 부상을 입었을 터.

"내상을 입으셨나요? 얼마나 심한 거죠? 저도 어서 들것을 준비……."

"청진 사손!"

"……."

"검은 정말 잘 썼어. 덕분에 이긴 것 같아. 그리고… 끄으응차!"

이겼다는 사실에 없던 기운이 생긴 것일까? 소진은 조금씩 비틀거리면서도 검에 의지해 결국은 혼자 힘으로 몸을 일으켜 세웠다. 그리곤 후들거리는 다리로 서서 이제껏 훌륭히 적의 칼을 막아주고 종국엔 승리를 쟁취해 냈으며 조금 전까지는 몸을 기댈 지팡이의 역할을 충실히 수행해 준 멋진 검의 검병(劍柄:손잡이)을 그 원주인에게 내밀었다.

"그리고 내 내상은 금방 죽을 정도는 아니니 그렇게 걱정하지 말고 우선은 빈방을 하나 구해서 그리로 나를 좀 데려다 주겠어? 가능하면 업어서 말야. 다리가 후들거려서 영 걷는 건 무리인 것 같아……."

시선이 저절로 아래로 향했다. 과연 가까스로 서 있긴 했지만 소진의 두 다리는 금방이라도 쓰러질 듯 후들거리고 있었다. 소진에게 검을 넘겨 받아 검집에 채워 넣은 청진은 문득 소진이 정말 커 보인다는 생각이 들었다. 그리고 이렇게 커 보이는 사람과 같은 문파에 소속되어 있다는 사실이, 그가 자신의 사숙조라는 사실이 무척이나 자랑스럽게 느껴졌다. 청진은 가슴 한 켠으로 뿌듯한 자긍심을 느끼며 등을 소진에게 내밀었다. 소진은 더 이상은 버티고 서 있기가 힘들었는지 바로 그에게 몸을 기대어왔다.

등에 소진을 업은 청진은 천천히 발걸음을 옮겼다. 소진을 보기 위해 주위를 빙 둘러싸고 있던 군웅들은 알아서 그들의 앞길을 내주었다. 그리고 그 사람들 중에는 소진을 안타까운 눈빛으로 바라보는 화연 역시 포함되어 있었다.

당유는 자신에게 다가오는 청진과 그의 등에 업힌 소진을 보며 무엇이 필요한 것인지를 바로 알아챘다. 아마도 내상을 치료할 장소와 내상약을 바라는 것이리라. 조금 전의 비무를 지켜보며 이미 당유는 소진에게 충분히 호감을 가진 상태였다. 게다가 소진은 명목상 당가의 대표로 나서 승리를 이끌어냈던 것. 아무리 지금의 상황이 안 좋고 심기가 불편하다고는 하나 정성을 다해야 할 상대였다. 당유는 즉시 뒤에 서 있던 구 총관을 불러 지시를 내렸다. 그리고 자신이 보낸 구 총관의 뒤를 따라 그들이 당가의 후원으로 사라지자 아직까지 남아 있는 군웅들을 주욱 둘러보았다.

"오늘 저의 회갑을 축하하기 위해 모여주셨던 여러분께는 정말 죄송한 마음을 금할 길이 없습니다. 모두 이 당 모가 못나서 벌어진 일이 아닌가 싶습니다. 이미 쭈욱 지켜보셨으니 알고 계시겠지만 당가는 오늘 부로 봉문에 들어갑니다. 그래서 애써 오신 분들께 어쩔 수 없이 축객령을 내려야겠군요. 이해해 주시리라 생각합니다."

"힘내시오, 당 대협!"

"저희는 신경 쓰지 마십시오. 그놈의 청성이!"

그의 앞에 모여든 군웅들 중 몇몇이 위로의 말을 던졌다. 하나 자신의 가문을 십 년간 봉문해야 할 사람에게 위로가 무슨 소용있겠는가. 당유는 그저 축객령을 내리고 사람들이 모두 빠져나갈 때까지 먼 하늘만을 바라보고 있었다. 어쩌면 봉문 기간 동안 자신이 해야 할 일을 계획하고 있는지도 몰랐다. 무너진 독왕각과 귀왕각의 재건, 기솔들의 통솔, 그리고 새로운 차기 가주의 결정까지……. 눈앞에 쌓인 과제로도 십 년은 금방 지나갈 것 같았다. 그 후엔… 청성을 찾아야 하리라.

당유의 배려 덕분에 청진은 사정을 설명할 필요도 없이 당가 후원에 위치한 조용한 방과 더불어 당가 비전의 내상약까지 얻을 수가 있었다. 그들을 안내했던 구 총관이 내상약을 전해주고 방을 나가자 청진은 침상에 소진을 조심스레 내려놓았다. 소진은 내상으로 창백해진 안색을 한 채 가부좌를 틀고 앉아 구 총관이 전해준 내상약을 입에 털어 넣었다.

"청진 사손, 운기요상을 하려고 하니 호법을 좀 서주겠어?"

"예, 사숙조. 제가 개미 한 마리 얼씬하지 못하도록 하겠습니다. 안심하고 내상의 치료에만 전념하십시오."

청진은 소진이 호법을 서달라는 소리에 굳은 결의를 다지며 바로 방을 나서 문 앞에 우뚝 섰다. 방 안에서 호법을 설 수도 있는 것을 굳이 방 밖으로 나가는 청진의 뒷모습을 보며 소진은 희미하게 미소 지어 보였다. 혹시라도 그의 운기에 방해가 될까 봐 내린 결정이리라.

침상 위에 앉은 소진은 눈을 감고 호흡을 가다듬으며 현재 자신의 몸 상태를 살폈다. 몇 줄기의 미약한 진기가 온몸을 휘돌며 그의 몸의 이상을 알렸다. 현재 그는 과도한 진기의 사용과 운귀자와의 격돌 시 입은 충격으로 주요 경맥에 손상을 입은 상태였다. 특히 가슴의 천지혈에서 손끝의 중충혈에 이르는 경락의 손상은 결코 가벼운 것이 아니었다. 하지만 이 내상을 치료하기 위해 오행신공 중의 요상편을 운용하는 소진의 모습은 상당히 능숙해 보였다. 얼굴에도 그다지 심각한 기색은 보이질 않았다.

'요상편이라면야 이미 줄줄이 꿰차고 있지. 내가 이걸 어떻게 익혔는데……. 지금 생각해 보면 정말 아찔했던 순간들도 많았는데 용케도 살아남았네.'

소진이 익힌 모든 무공의 근간이 되는 것은 바로 오행신공. 백 년 전의 천하제일인 천무 도장이 창안한 이 무공은 크게 운기편, 축기편, 요상편의 세 부분으로 나뉜다. 이 중 십 년간 소진을 가르치며 진류 도장이 가장 심혈을 기울인 부분은 진기운용의 기본이 되는 운기편도, 내공 연마의 기본이 되는 축기편도 아닌 진기요상을 위한 요상편이었다.

기껏 천하의 신공절학이라 자부하는 오행신공을 가르쳐 놓고 보니 당시 소진이 하는 짓이 허구한 날 자신의 몸을 대상으로 진기를 이리 저리 흘려보고는 그 반응을 살피는 것이었으니 어찌 보면 제자의 목숨을 보호하기 위해서 진류 도장이 취해야 했던 어쩔 수 없는 결정이었으리라. 물론 그 후에 의선원으로 보내 의술을 배우게 한 것 역시 이번에는 자신이 만든 음식의 실험체가 되려는 제자를 보호하기 위한 것이었다. 그렇게 무당에서 십 년을 보내며 중간중간에 몇 번의 죽을 고비를 자신이 배운 모든 지식들과 진류 도장의 도움으로 넘기고 보니 소진의 운기 요상법은 부족한 강호 경험과는 전혀 어울리지 않게 수십 년을 살아온 노강호보다도 뛰어난 경지에 이르게 되었다.

그 결과 지금 소진의 내상은 결코 가볍지 않은 수준의 것이었지만 소진 자신은 그다지 심각하게 여기지 않는, 청진의 호들갑스러운 반응이 오히려 이상하게 여겨질 정도였다. 반 시진가량 쉬지 않고 오행진기를 운용하자 처음 방에 들어올 때 백지장처럼 창백했던 얼굴에도 어느 정도 혈색이 돌아왔다. 진기가 어느 정도 원활히 움직이는 듯싶자 그 정도에서 소진은 운공을 멈췄다.

'이 정도의 부상이라면 족히 보름은 가겠지만 다행히 당문의 내상약이 있으니 열흘 정도면 충분히 회복되겠군. 일단 손상된 경락에서 날뛰는 진기들은 모두 진정시켜 놓은 상태이니 또다시 무리를 하지 않는 이상 큰 위험은 없는 것인가.'

어차피 더 이상 운기요상에 시간을 소비한다고 해도 몸 상태가 크게 나아질 것 같지 않았고, 급한 불은 이미 다 끈 상태였기 때문에 소진은 미련없이 가부좌를 풀고 자리에서 일어났다.

"청진 사손, 이제 호법은 그만 해도 괜찮아."

달칵.

문이 열리며 이제까지 눈을 부릅뜨고 문 앞을 지키던 청진이 다시 안으로 들어왔다.

"엇! 무진 사숙조, 벌써 치료가 끝난 건가요? 그렇게 가벼운 부상 같지가 않던데……."

"완전히 정상으로 돌아오려면 앞으로도 열흘 정도는 더 걸릴 거야. 그래도 일단 진기가 안정되기는 했으니까 무리를 하지 않는 이상 큰 위험은 없을 것 같아."

"그렇군요."

청진이 이해했다는 듯이 고개를 끄덕였다.

"그보다 이제 어디로 갈 계획이지? 아직 기간이 남은 걸로 아는데 연행을 계속할 건가?"

"아닙니다. 그보다는 곧바로 무당으로 돌아가 사천의 정황과 오늘의 일을 알리는 것이 좋을 것 같습니다."

청진의 얼굴이 사뭇 진지한 기색을 띠며 말했다. 소진이 예상했던 것과 같은 대답이었다.

"그렇다면 나와 같이 가도록 하자. 나도 지금 이 상태로는 유람이고 뭐고 더 이상은 힘들 것 같아. 당가 역시 봉문이 결정되었으니 오래 머물 수도 없는 일이고… 차라리 무당에 일찍 도착하는 게 나을 것 같아."

"저, 저와 같이 가신다고요?"

"응, 그러면 안 될까?"

안 되긴 왜 안 되겠는가. 이미 청진은 약선루를 지나면서 소진에게 가졌던 호감이 운귀자의 비무를 통해 존경과 비슷한 감정으로 바뀐 상태였다. 묻고 싶은 질문들도 산더미같이 쌓여 있었다. 게다가 깍듯이 존대를 하기는 하지만 다른 사숙조들과는 다르게 나이 차가 얼마 나지 않는 관계로 왠지 친숙하게 다가갈 수 있는 상대이니 그로선 동행을 마다할 이유가 없었다.

"안 되긴요! 사숙조님이 함께 가신다는데 제가 싫을 이유가 없지요."

"그럼……."

　동행이 결정되자 두 사람은 무당까지의 일정을 대충 상의한 후 곧장 길을 나섰다. 당유는 그들이 떠난다는 소리에 상당히 아쉬운 표정을 지어 보였다. 소진에게 묻고 싶은 말들도 많았고 감사의 표시도 하고 싶었지만 사정상 이렇게 보낼 수밖에 없는 것이 내심 안타까운 듯했다. 이미 봉문을 위해 모든 외부인들을 내보낸 상태. 그들은 봉문을 앞둔 당가에 마지막까지 남아 있던 두 명이었다.

　모두 무우 도장의 무당 장문인 취임을 오십여 일 앞둔 시점에서 벌어진 일들이었다.

산 자와 죽은 자

넓은 대청. 고아한 아취를 풍기는 대청 내부의 풍경이 어딘가 낯이 익다. 그 중앙에는 통통한 체격의 중년인이 앉아 있었다.

"단주, 아미와 당가를 동시에 노린 청성의 계획은 완벽하게 성공했습니다."

주위엔 아무도 없었지만 그의 말에 대한 반응이 정면을 가린 휘장 뒤편에서 들려왔다. 자세히 보니 불빛에 비춰 어림풋이 사람의 형체가 보이는 것 같았다. 상당히 나이 든 노인의 목소리였다.

"역시! 이미 예상했던 일이다. 아미파와 당가를 동시에 봉문시키다니……. 사천이라는 존재는 뭐가 달라도 다른 것인가? 청성의 피해는 어느 정도나 되지?"

"놀랍게도 거의 피해가 없습니다. 아미로 갔던 이들은 아무런 피해 없이 돌아왔고 당가로 갔던 이들은 운 자 항렬의 고수들 중 한 명이 죽고 두 명이 중상을 입은 채 청성으로 복귀했습니다.”

“응? 아미파로는 광무자가 직접 갔으니 그럴 만하고, 당가 쪽은 어째서 그렇게 애매한 피해가 생긴 거지? 운 자 항렬이라면 분명 무극헌의 장로 급 인물일 텐데…….”

일반 제자들의 피해는 하나도 없고 단지 운 자 항렬의 고수들 중 한 명이 죽고 두 명은 부상을 당했다는 사실이 뭔가 이상했다. 전면전이 벌어졌다면 피해가 이걸로 그쳤을 리가 없고, 당가에서 순순히 물러섰다면 또한 이런 피해가 났을 리가 없었다. 게다가 그들은 이미 당가의 기관진식도뿐만 아니라 벽력탄까지 준비해 가지 않았는가.

“당가에서는 청성이 그들에게 비무를 신청했다고 합니다. 두 명의 중상자는 그 비무 도중에 생긴 것이고, 죽은 한 명은 독왕각(毒王閣)에 벽력탄을 터뜨리던 중에 당가의 독에 당해 한 줌 핏물로 녹아버렸습니다.”

“역시 두 개의 벽력탄은 당가의 귀왕각과 독왕각에 사용했군. 그런데 비무라…… 아마 여타 제자들의 피해를 줄이기 위해 선택한 방법이었겠지. 비무 중 청성에 피해를 준 두 사람은 누구지? 당유와 당가의 사대호법 중 한 명인가?”

“그것이… 한 명은 당유가 맞고 다른 한 명은 당시 연회에 숙수로 초빙되었던 소진이라는 자입니다.”

“뭐이! 청성 운 자 항렬의 고수가 일개 요리사에게 엄중한 부상을 입고 패퇴했단 말이냐? 그걸 지금 나보고 믿으라는 건가!”

“알려진 바에 따르면 그는 일개 요리사가 아니라 무당 진류 도장의 속가제자로 무 자 항렬의 막내라고 합니다. 보다 놀라운 사실은 그가 바로 항주 약선루의 약선이라는 것입니다. 당가에서 우연히 정체를 드러낸 그가 불과 이십 대 후반의 나이에 청성의 절정고수인 운귀자를 격파한 사실이 지금 강호 호사가들의 입에 오르내리며 빠르게 퍼지고 있습니다. 심지어는 벌써부터 약선 소진이라는 이름을 사룡의 앞에 놓고 일수(一秀)라 칭하는 이들까지 생겨나고 있는 실정입니다."

갑자기 휘장 뒤에서 들려오던 목소리가 높아지자 대청에 앉아 있던 중년인이 즉시 부연 설명을 했다. 그리고 그의 설명이 충분했던 것인지는 몰라도 예의 그 목소리는 다시금 정상으로 되돌아왔다.

"후훗, 보통 신진고수의 외호에 '선(仙)'이라는 말은 잘 붙이질 않건만 약선이라는 별칭이 완전히 그의 외호로 굳어져 버렸나 보군. 이번 일이 벌어진 이후 천안(天眼)의 움직임은?"

"그들은 일단 대단위의 혈전 같은 것을 벌인 것이 아니었기 때문에 단지 청성을 주의 깊게 살피기만 하는 것 같습니다."

앞을 가로막은 휘장 안에서 단주라 불리운 인영이 곰곰이 생각에 잠겼다.

'청성이 잘해주고 있기는 하지만 그들을 전부 사천으로 움직이게 하기에는 아직 부족한 게로군. 그렇다면 더 큰 사단이 필요할 터… 분명 아까 그 녀석이 무당의 문인이라 했겠다?'

"그 소진이라는 녀석의 행적에 대해서는 파악하고 있나?"

"예, 단주. 그는 현재 사룡 중 하나인 무당의 청진과 함께 중경으로 향하고 있다 합니다. 정황으로 미루어 무당파로 돌아가려는 듯한데 중경으로 발걸음을 옮기는 것을 보면 분명 삼협을 지나 장강을 타고 의창(宜昌)으로 가서 육로로 무당까지 가려는 것 같습니다. 하나 운귀자와의 비무 중에 약선 소진 역시 내상을 입어 이동은 상당히 느린 편입니다."

“내상이라……”

그 이후로도 통통한 중년인은 몇몇 가지 하찮은 정보들을 더 주절거리다가 대청 밖으로 사라졌다. 조용히 적막이 흐르는 대청 안. 휘장 뒤의 인영 역시 잠시 그 적막에 동참하는 듯하더니 느닷없이 허공을 향해 입을 열었다.

“무영, 거기 있느냐?”

“…예.”

“이야기는 모두 들었느냐?”

“예.”

“그렇다면 지금 즉시 사천으로 가서 방금 말한 무당의 두 제자를 죽여라. 가능한 사천 땅을 벗어나지 않은 상태에서……”

“예, 그럼 잠시 사부님을 뵙고 곧바로 출발하겠습니다.”

사라지는 소리조차 들리지 않았다. 하긴, 있을 때도 알아채지 못하던 것을 없어진다고 알아챌 수 있을 리가 만무했다.

‘운귀자에게 중상을 입힌 자가 사천 내에서 죽는다면 당연히 의심의 눈초리는 청성에게로 돌아갈 것이다. 그 녀석이 무당 무 자 항렬의 막내라고 하였으니 무당과 청성의 충돌은 불 보듯 뻔한 것. 게다가 구파의 나머지들도 가만히 있지는 않을 테니 천안도 더 이상 좌시하지만은 못할 것이다. 그리고 그사이……’

휘장 뒤 인영의 청성에 대한 관심이 오직 호의적인 것만은 아닌 듯싶다. 그는 분명 청성과 무당의 충돌을 계획하고 있었다. 현재 무당으로 향하고 있는 소진과 청진의 죽음을 계기로……

사천성 성도에서 북서쪽으로 백 리 정도를 가면 민강(岷江)과 타강

(陀江)의 줄기가 갈라지는 곳에 도강언(都江堰)이라는 커다란 방죽이 세워져 있다. 사천뿐 아니라 천하에 널리 알려진 이 도강언은 촉나라 때에 만들어져 천 년의 세월 동안 사천의 풍부한 농작물 생산의 근간이 되어왔다. 도강언이 사천에 끼친 이익이라는 것은 헤아릴 수 없을 만한 것이어서 성도 인근에서는 이 도강언을 만든 촉나라 태수 이영과 그의 아들 이랑을 오랜 토지신으로 모시고 있을 정도였다.

하나 수백 년의 세월 동안 수많은 강호인들이 이 도강언을 지나 다닌 이유는 그들이 이곳의 토지신을 모시기 때문도, 도강언의 풍광에 흠뻑 매료되어서도 아니었다. 단지 도강언에서 서쪽으로 이십 리 떨어진 곳에 촉지사절(蜀地四絶) 중 천하유(天下幽)라 불리우는 도교의 성지 청성산이 위치하고 있었기 때문이다. 그리고 푸른 나무들이 성벽을 이룬다 하여 이름 붙여진 이 청성산(靑城山) 중턱에는 구대문파의 한자리를 굳건히 지켜온 정파의 오랜 명문 청성파가 자리 잡고 있었다.

방 안에 놓여진 두 개의 침상에는 각각 운귀자와 운무자가 누워 있었다. 당유에게 오른쪽 어깨에서 왼쪽 허리까지 이어지는 긴 검상을 입은 운무자는 목 아래로 온통 붕대를 친친 동여매고 있었다. 만약 반 치만 더 깊었더라면 배가 갈라져 절명했을 만큼 심각한 검상이었지만 다행히 당가에서 곧바로 적절한 대처를 한 덕분에 무사히 이곳 청성까지 옮겨서 치료를 받을 수가 있었다. 전대에 약당(藥堂)을 맡았던 운묘자(雲妙子)는 조금 전까지 운귀자의 검상을 치료하고 이제 운무자의 내상을 살피기 위해 맥을 살피고 있었다. 그 주위로는 운귀자와 운묘자의 사형제들, 즉 무극헌의 장로들이 근심 어린 얼굴로 창백한 안색의 운귀자를 바라보고 있었다.

맥을 살피던 운묘자의 얼굴이 살짝 찌푸려졌다.

“무언가 큰 충격에 심맥이 많이 상한 상태로군요. 이 정도의 내상이
라면 치료를 받으며 한 달을 정양한다 하더라도 기력을 회복할 수 있
을지가 의문입니다. 다행히 지금은 조금 안정이 된 상태이니 얼마 후
면 정신을 차릴 듯싶습니다. 대체 누구와 싸웠길래 이런 심각한 내상
을 입은 거죠? 당 가주가 동귀어진의 수법이라도 사용한 건가요?”

방 안의 인원들 중 몇몇의 시선이 다른 이들에게 향했다. 무극헌의
고수들은 두 패로 갈려 각기 당가와 아미파로 떠났었다. 무언가 대답
을 바라는 지금의 시선은 아미파로 갔던 이들이 당가로 갔던 이들에게
보내는 것이었다. 아미로 갔던 인원들은 아무 문제 없이 돌아왔지만
당가로 갔던 이들은 한 명이 죽고 두 명이 심각한 부상을 입고 돌아왔
다. 대체 무슨 일이 있었는지 궁금할 만도 했다.

“그것이……”

달칵!

막 당가로 갔던 이들 중 운몽자가 말을 꺼내려는데 갑자기 문이 열
리며 누군가 안으로 들어왔다. 이곳은 청성에서도 거의 최고의 배분에
있는 이들이 있는 자리. 이렇게 사전에 아무 기별도 없이 벌컥 문을 열
고 들어올 수 있는 자는 몇 되지 않았다. 방 안에 있던 모두의 시선이
그쪽으로 향했다. 그리고 상대방의 얼굴을 확인한 그들의 허리가 깊숙
이 숙여졌다.

“오셨습니까, 광무 사백.”

방 안에 들어선 이는 청성의 가장 웃어른인 광무자였다. 그는 들어
오자마자 인사는 받는 둥 마는 둥 침상에 누워 있는 두 사람의 상세부
터 살폈다.

“운묘, 두 사람의 상태가 심각한가?”

"운무 사제의 검상은 이미 치료를 마친 상태입니다. 다행히 검상이 깊지 않아 상처만 빨리 아문다면 활동에 무리는 없을 듯합니다. 그리고 운귀 사형의 내상은 상당히 심각한 것이어서 적어도 한 달 이상은 정양해야 어느 정도 기력을 찾을 것 같습니다."

"으음, 독왕각에 들어갔다가 운정(雲正)이 독에 당해 죽었다는 소식은 이미 들었다. 운정이… 그 녀석이……."

슬픈 여운이 남는 말이었다. 광무자는 청성의 문인 하나하나를 정말 소중히 생각하는 사람이었다. 광무자의 진정이 담긴 말에 몇몇의 눈시울이 뜨거워졌다. 운정자는 그들에게도 소중한 사형제였기 때문이다.

"이들의 부상은 어떻게 생긴 것이더냐."

광무자의 물음에 잠시 머뭇거리던 운몽자가 좀 전에 하려던 말을 다시 꺼냈다. 이번엔 운귀자뿐 아니라 운무자의 이야기까지 덧붙여서…….

"으흠……."

운몽자의 말을 끝까지 들은 광무자가 깊은 탄식음을 내뱉었다. 당가에 가지 않았던 운 자 항렬의 문인들 역시 그저 침중한 표정만을 짓고 있었다.

"세심원의 인물이라면 모를까 고작 그 아래 무 자 항렬의 것들이 우리 무극헌의 고수들을 이기기는 힘들다. 그런데 정녕 무 자 항렬의 막내라는, 겨우 이십 대의 젊은이가 운귀(雲歸)에게 저런 내상을 입혔단 말이냐?"

"예, 광무 사백. 당시 저희도 믿기지가 않았지만……."

"으, 으음……."

이때 침상에 죽은 듯이 누워 있던 운귀자의 입이 벌어지며 희미한 신음성이 새어 나왔다. 방 안의 모든 시선이 운귀자에게로 향했지만 아직 정신이 혼미한 그는 아무도 알아들을 수 없을 만큼 미약한 목소리로 몇 마디의 말을 웅얼거리다가 다시 정신을 잃었다. 운묘자의 말이 내상약과 침술을 쓰면 내일쯤엔 어느 정도 정신을 차릴 수 있을 것이라고 했다. 왠지 안색이 조금 굳어진 광무자는 방 안에 모여 있던 십여 명의 운 자 항렬 제자들에게 말했다.

"그럼 본 산에는 운묘만을 남기고 나머지는 모두 나와 함께 간다. 돌아오자마자 쉬지도 못하고 힘든 줄은 알지만 허허실실(虛虛實實)! 아무도 예상치 못할 지금이 최고의 기회이다. 일단은 서둘러 사천 내를 정리하는 것이 급선무, 잘 따라와 주리라 믿는다."

"예, 사백!"

미리 이야기가 되어 있던 것인 듯 광무자의 이야기에 놀라는 이는 한 명도 없었다. 다만 결의에 찬 대답만이 있을 뿐.

문을 열자 밖으로 열 맞춰 도열해 있는 일대 제자들이 보였다. 그들은 광무자와 무극헌의 고수들이 나오기만을 기다리고 있었다. 이들을 잠시 굽어보던 광무자가 힘있게 말했다.

"출발!"

광무자를 위시한 무극헌의 거의 전 고수들과 일대 제자 전원은 어둠 속으로 순식간에 사라져 버렸다.

선두에 선 광무자의 심정은 상당히 복잡한 것이었다. 월등한 청력 탓에 알아듣게 된 운귀자의 웅얼거림. 운귀자는 힘겹게 '검강… 지금 제거해야…' 라고 말하고 있었다. 이미 모든 상황을 전해 들은 광무자는 이 말을 금세 알아들을 수 있었다.

'운귀와 비무를 벌였던 그 무당 제자가 정녕 검강을 사용했다는 말인가! 하지만 그는 서른도 안 된 나이라고 들었건만… 그것이 과연 가능하단 말인가?

청성 사상 최고의 기재라고 평가받는 자신 역시 검강을 어줍잖게나마 시전할 수 있게 된 것은 나이 오십을 넘어서였다. 만약 상대가 정말 검강을 사용했다면 운귀자가 제거하기로 마음먹을 만도 했겠다는 생각이 들었다. 그런 이들을 무당에서 계속 배출한다면 자신들의 꿈은 요원하기만 한 것이었기에……

하지만 광무자는 충분히 강하다 자부하는 자신의 실력을 믿기로 했다. 지금은 그런 것보다는 일단 눈앞의 목표에 집중해야 할 때였다. 속전속결을 노리고 이동하고 있는 그들의 최종 목적지는 바로 사천성 최남단의 점창파. 이곳마저 봉문시킨다면 사천은 완전히 청성의 입김 아래 놓이게 될 것이다.

'하나하나씩, 차근차근 이루어가면 되는 것이다.'

당가와 아미파가 치욕의 봉문을 당한 그날 밤 청성은 또다시 움직이고 있었다.

"예? 그렇다면 저를 비롯한 대부분의 제자들이 알고 있던 사실이 진류 태사숙조께서 하신 거짓말이었단 말인가요? 단지 청죽원의 사람들을 속이기 위해?"

"그렇지. 나도 사부님이 그런 식으로 핑계를 대실 줄은 정말 몰랐어. 멀쩡한 제자를 주화입마에 빠져서 기혈이 엉겼다고 둘러대시다니……. 그건 그렇고, 정말 무청 사형이 그런 말을 했단 말이야? 그것도 이, 삼대 전 제자들을 모아놓은 자리에서?"

"정말이고말구요. 그때가 아마 추운 겨울이었을 거예요. 갑자기 무

청 사숙조님이 평제자 전원을 연무장으로 집합시키시더니 그 특유의
냉막한 목소리로 '앞으로 무진 사제를 귀찮게 하거나 조금이라도 무례
한 모습을 보이는 녀석은 내가 직접 관리하겠다. 알아서들 행동하도
록!' 이렇게 말씀하시는데 어떤 간 큰 녀석이 사숙조님께 말 한마디 붙
일 수가 있었겠어요. 저는 그때 갓 입문한 지 얼마 되지도 않는 상황이
었는데 무청 사숙조님의 그 무서운 한마디가 아직도 귓가에서 생생한
걸요."

"쩝, 알고 보니 나도 과잉 보호 속에서 자랐던 건가?"

이미 그들이 당가를 나선 지도 어언 나흘이 지났지만 두 사람은 아
직도 사천을 벗어나지 못하고 있었다. 소진의 내상 때문에 걸음이 상
당히 더뎠기 때문이다. 하지만 전혀 길을 재촉하거나 하는 기색은 보
이지 않았다. 처음부터 그랬던 것은 아니었지만 대략 사흘이 지나면서
두 사람이 급속히 가까워졌기 때문이다. 두 사람 사이의 변화는 소진
을 대하는 청진의 말투에서 바로 느낄 수가 있었다. 이전까지는 꼬박
꼬박 소진에게 극존대를 하던 청진의 말투가 지금은 단지 일반적인 공
손체 정도로 바뀌어 있었다. 서로 가까워져서 말동무를 하며 길을 가
다 보니 느린 걸음 중에 시간 가는 줄도 모르는 것이었다. 그 덕에 어
제야 겨우 중경에 도착한 이들은 오늘 삼협을 지나면 드디어 사천을
벗어나 배편으로 편한 여정을 보낼 수가 있었다. 또 한 가지 다행인 것
은 삼협의 첫 번째 관문인 구당협은 물살이 완만해 무협에 다다르기
전까지는 나룻배를 타고 내려갈 수가 있게 되었다는 점이다.
그간의 대화, 특히 두 사람이 급격히 가까워진 어제와 오늘의 대화
를 통해 소진에 대해 자세히 알게 되면서 그를 바라보는 청진의 눈빛

은 선망의 빛을 띠어가고 있었다. '무사모'를 능가하는 또 다른 열렬한 추종자의 탄생이었다.

"사숙조, 그런데 정말 지금 내공이 벌써 이 갑자에 이른다는 말인가요?"

"응, 이 갑자 하고도 조금 더 되는 것 같아. 이놈의 내공이 워낙 빨리 늘어야 말이지."

청진이 듣기에는 거의 배부른 자의 불평처럼 들리는 말이었다.

'칫, 그렇게 남아돌면 나나 좀 주지. 그래도 명색이 후기지수들의 으뜸이라는 나는 아직도 일 갑자를 채 못 넘어서고 있는데…….'

부러울 수밖에 없는 현실이었다. 더 더욱 청진의 가슴을 안타깝게 만드는 것은 그가 마악 무당에 입문했을 때 어떤 늙수그레한 할아버지가 그에게 한 가지 질문을 던졌었다는 것이다. 열두 살의 어린 나이에 콧물을 찔찔 흘리며 갓 입문한 그의 머리를 한번 쓰다듬어 준 그 할아버지는 이렇게 물었었다.

오묘함은 가히 천하제일의 신공이라 할 수 있으나 십성의 경지에 이르기 전까지는 그저 하급 무공 정도의 위력밖에는 보이질 못하는, 그리고 그 경지에 이르기 위해서는 수십 년의 세월이 걸릴지도 모르는 그런 무공을 너는 혹시 익혀볼 의향이 있느냐고……. 그리고 그 질문에 대해 자신은 단호히 고개를 저었었다. 자신의 꿈은 악을 무찌르는 청년 고수이기 때문이었다.

'까마득히 오래전의 일이라 까맣게 잊고 있었는데 설마 그 할아버지가 진류 태사숙조였고 그 당시 나에게 물었던 무공이 바로 무진 사숙조가 익혔다는 오행신공이었을 줄이야……. 만약에 그 당시에 내가 그걸 익혔더라면 나도 어쩌면 무진 사숙조처럼 될 수 있었을까?

청진이 소진을 선망 어린, 그리고 조금은 질투가 섞인 시선으로 바라보며 속으로 이런 상상을 해보는 동안 그들을 태운 나룻배는 쏜살같이 구당협의 물살을 타고 내려와 어느덧 저 멀리로 우뢰와도 같은 물소리를 토해내는 무협의 초입에 이르러 있었다.

배에서 내려 다시 발걸음을 옮기기를 한 시진여. 아침나절에 출발했건만 해는 이미 중천에 떠 있었다. 이대로라면 오늘 중에 삼협을 빠져나가기 힘들지도 몰랐다. 깎아지른 듯한 절벽가로 나 있는 험한 산로에 잠시 앉아 미리 준비해 온 만두로 허기를 채운 두 사람은 다리를 조금 쉬게 하려는 생각도 없는지 다시 자리에서 일어났다. 혹시라도 걸음이 늦어질 경우 밤을 협곡에서 보내야만 했기 때문에 걸음을 재촉하려는 것이었다. 하지만 그들은 미처 몇 걸음 옮기기도 전에 다시 걸음을 멈춰야만 했다. 정면에 누군가 그들을 기다리고 있었기 때문이다.

검은 경장에 검은 두건. 한밤중이라면 모르겠지만 해가 머리 위에 떠 있는 벌건 대낮에는 전혀 어울리지 않는 복장이었다. 만약 시전(市塵) 한가운데나 대로상에서 이런 사람을 만났다면 마음껏 웃음을 터뜨려 줄 수도 있었겠지만 두 사람은 웃음은커녕 오히려 얼굴이 딱딱하게 굳어져 가고 있었다. 상대방이 내뿜는 기세가 예사롭지 않다는 것을 단번에 알아봤기 때문이다. 마치 거미줄처럼 자신들의 전신을 옭아매는 기운, 기분 나쁜 이 기운의 정체는 분명… 살기였다.

"우리에게 볼일이 있어서 오신 게요?"

"……."

상대는 아무 대답 없이 먼저 말을 꺼낸 청진을 뚫어져라 응시했다.

"당신이 무당의 청진 도장인가?"

"그렇소."

"그렇다면 저쪽이 무진 도장이겠군."

이름마저도 정확히 알고 있는 것이나 내뿜는 살기로 봐서는 분명 자신들을 노리고 온 살수가 틀림없었다. 한 가지 특이한 점이라면 몸을 숨긴 채 암습을 즐겨하는 살수들의 보편적 특성과는 달리 그는 자신의 모습을 그대로 드러내 보이고 있다는 것이었다.

강호 출도 이후 소진과 청진 모두 원한을 살 만한 짓은 거의 한 적이 없었다. 맹렬히 머리를 회전시키던 두 사람은 거의 동시에 자신들에게 살수를 보낼 만한 곳을 딱 한 군데 생각해 낼 수 있었다.

"청성?"

'청성! 청성이 보낸 살수인가? 내가 운귀자를 이겨서? 아냐, 그런 이유로 살수를 보낼 리가 없어. 비무에서 이겼다고 살수를 보낸다면 강호에는 온통 시체들만 굴러다닐걸? 게다가 청성이라면 자파의 고수들도 많을 텐데 굳이 저런 살수를 보낼 이유가……. 혹시 청성의 고수가 정체를 감춘 것인가? 하지만 살인멸구할 생각이라면 굳이 저렇게 변복까지 할 필요가 없었을 텐데.'

청진과 마찬가지로 처음엔 청성파를 떠올렸던 소진은 골똘히 생각하면 생각할수록 혼란스러워지기만 할 뿐 도저히 확신을 가질 수가 없었다.

"청성이라… 어리석군. 무영이라 한다. 죽은 이유는 저승에서 생각해 보도록."

복면인은 별다른 감정이 느껴지지 않는 목소리로 이들의 주위를 환기시킨 후 허리춤에 매여진 도를 뽑아 들었다. 온통 검은 일색의 복장에 어울리게 역시 거무튀튀한 묵빛의 검신. 검면으로는 비상하는 듯한 용의 문양이 새겨져 있었다.

복면인의 도에서 서서히 칙칙한 도기가 일었다. 복면인의 움직임을 주시하던 소진은 일렁이는 도기 때문인지 마치 검면의 용이 살아 움직이는 듯한 느낌을 받았다. 그리고 시작되는 상대방의 공세.

"차앗! 묵룡섬(墨龍閃)!"

빛살과 같은 묵빛 도기(刀氣)가 청진과 소진의 목을 노리고 날아들었다. 무섭도록 빠른 쾌도(快刀)! 소진은 내상이 걱정될 뿐 아니라 도에 실린 내력이 범상치 않음을 알아채고 맞서기보다는 재빨리 뒤로 몸을 날렸다. 더구나 그의 수중에는 현재 무기가 될 만한 것이 아무것도 없었다. 하지만 청진은 그런 기세를 눈치 채지 못한 듯 검기를 일으켜 복면인의 쾌도에 정면으로 맞서고 있었다.

"안 돼! 물러서!"

하지만 다급히 외친 소진의 주의성이 채 끝나기도 전에 두 사람의 검과 도는 정면으로 격돌했다.

채챙!

검과 도가 만나고 검기와 도기가 부딪치며 날카로운 쇳소리가 협곡을 울렸다. 곧바로 가슴을 부여 잡고 비칠비칠 물러서는 청진. 반면 아무런 타격도 입지 않은 듯 연이은 복면인의 도기가 물러서는 청진의 허리를 노리고 날아들었다.

"헉!"

자신의 허리를 단번에 동강 낼 듯 무시무시한 기세로 밀려드는 도기에 청진이 다급한 외침을 토해냈다. 몸을 날리려고 했으나 방금 전 자신의 경술했던 일합으로 가슴에 충격을 받아 채 진기가 이어지질 않고 있었다. 절체절명의 위기.

한 걸음 물러서 있던 소진이 입술을 질끈 깨물며 진기를 급격히 끌어올렸다. 수십 개의 바늘로 쑤시는 듯한 극렬한 통증이 단전 부근에서 밀려들었지만 이를 악물고 참았다. 청진의 목숨이 경각에 달려 있었던 것이다.

"차앗!"

커다란 기합성과 함께 소진의 양손이 마치 보이지 않는 커다란 바윗덩이라도 밀고 있는 듯 느릿하고 힘겹게 움직였다.

한편, 청진의 허리를 기세 좋게 내려치던 복면인은 자신의 옆구리를 노리고 날아드는 봄바람처럼 부드러운 기운에 순간 멈칫했다. 그리곤 자신의 애병 묵룡도의 날카로운 도인이 청진의 허리까지 이제 겨우 주먹 하나 정도만을 남기고 있는 상황에서 그는 재빨리 도를 회수하며 뒤로 두 걸음 물러섰다. 부드러운 기운 뒤에 숨어 있는 막대한 잠력을 단숨에 알아본 것이다.

복면인이 물러서자 청진과 그의 사이로 만들어진 공간을 소진의 장력이 가르고 지나갔다.

'칫! 무당의 면장인가!'

그가 자칫 욕심을 부려 청진의 목숨을 취하려 했다면 내부를 전문적으로 파괴한다는 무당의 면장에 자신 역시 무사하지 못했을 것이다.

온 힘을 다해 장력을 날린 소진은 즉시 청진에게 달려가 그를 이끌고 일 장 뒤로 물러섰다. 소진의 온몸으로는 땀이 비 오듯이 흐르고 있었다.

청진은 단번에 방금 전 쏘아낸 장력으로 소진의 내상이 더욱 심해졌다는 사실을 눈치 챘다. 모두가 자신의 경솔한 대응이 부른 결과였다. 극심한 자괴감이 밀려들었다.

"사, 사숙조!"

“청진, 검을 다오.”

“하, 하지만…….”

잠시 망설이던 청진은 어쩔 수 없이 소진에게 검을 넘겼다. 방금 전 겨뤄본 결과 자신은 도저히 저 복면인의 적수가 되지 못했다. 비록 내상은 심하지만 오히려 소진에게 검을 넘기는 것이 더 나을 수도 있었다.

“마지막 발악이라도 하려는 건가?”

이 장 앞에 서 있던 복면인은 예의 그 무심한 음성으로 소진의 모습을 한번 바라보고는 천천히 앞으로 걸음을 옮겼다. 그의 움직임에 따라 슬금슬금 뒤로 물러서는 소진과 청진. 그들의 귓가로 들리는 물소리가 점점 커지고 있었다.

오른손에 청진의 검을 굳게 움켜쥔 소진은 내상으로 인한 고통 속에서도 이를 악물고 진기를 끌어모았다. 최선을 다하고 있었지만 상황은 그들에게 너무 절망적이었다. 고작해야 상대방의 일격을 가까스로 막을 수 있을 정도. 그 이후로는 자신도 아무런 대책이 없었다.

“사숙조, 더 이상 물러설 곳이…….”

한 발 한 발 다가오는 복면인을 피해 뒤로 움직이다 보니 어느덧 무협의 천길 낭떠러지 끝에 서게 된 것이다. 까마득한 높이의 절벽, 그리고 그 아래로는 돌도 가루로 만들듯 한 기세로 흐르는 격류. 이러지도 저러지도 못하는 상황에서 다시 복면인의 그 묵빛 도기가 정면에서 날아들었다. 피할 곳도 없는 상황. 소진은 마지막 남은 힘을 모두 끌어올려 검을 휘둘렀다.

퍼펑!

이번에는 복면인 역시 충격을 받은 듯 두 걸음 뒤로 밀려났다. 그리고 소진 역시⋯⋯. 하지만 소진의 두 걸음 뒤에는 딛고 설 땅이란 것이 없었다. 절벽 끝에서 허공으로 치솟았다가 실이 끊어진 연처럼 맥없이 아래로 떨어지는 소진의 모습이 청진의 눈에 천천히, 아주 천천히 잡혔다.

그리고 마치 무엇에라도 이끌리듯 청진은 주저없이 몸을 던진다. 최대한 몸을 날려 저 멀리로 떨어지는 소진의 몸을 붙잡는 데 성공한 청진은 그대로 그를 꽉 감싸 안았다. 그렇게 두 사람은 무협의 천길 낭떠러지 아래로 떨어져 갔다.

잠시 선 채로 기혈을 안정시킨 복면인은 절벽가로 걸어가 아래를 살폈다. 까마득한 그곳엔 무시무시한 기세로 흐르는 격류가 보였다. 새가 아닌 이상 이곳에서 떨어지면 도저히 살아남을 수 없으리라는 확신이 들자 복면인은 다시 걸음을 옮겼다. 가슴에 은은한 통증이 느껴졌다.

'마지막에 그의 일격이 정말 극심한 내상을 입은 자의 것이었단 말인가? 만약 그의 내공이 조금만 더 이어졌더라면 낭패를 봤을지도⋯⋯.'

마지막 혼신의 힘을 담은 자신의 검기와 복면인의 도기와 충돌하자 소진은 숨이 턱 막혀왔다. 그 충격을 감당할 여력이 없었음은 물론이고 그나마 유지되던 미약한 진기마저 끊겨 버렸기 때문이다. 몸이 허공으로 붕 떠오르는 것이 느껴졌다. 정신은 이미 혼미한 상태. 마지막 의식의 끈을 놓지 않으려 필사적으로 노력하던 중 누군가의 손이 자신의 어깨에 닿는 것이 느껴졌다. 불안한 마음에 그 손의 주인이 누구인지 확인하고 싶었지만 눈이 떠지질 않았다. 그리고 곧바로 그 누군가는 마치 알을 품는 어미새처럼 자신의 몸을 감싸 안았다. 소진은 그의 품속이 마치 돌아가신 할아버지의 품처럼 따스하다는 것을 느끼곤 한 결 마음을 놓았다. 귓가로는 마치 귀신들이 울부짖는 듯한 소리가 계속 들려왔지만 이 품 안에서는 왠지 안전할 것만 같은 기분이 들었다.

쾅쾅!

그리고 어느 순간, 전신이 바수어지는 것만 같은 극심한 통증을 끝으로 소진은 그나마 잡고 있던 한 가닥 의식의 끈마저도 놓쳐 버리고 말았다.

요 며칠 사이 천하인들은 청성파의 일거수일투족에 온갖 신경을 곤두세우고 있었다. 처음 구대문파 중 하나인 청성파가 당가와 아미파를 봉문시켰다는 소식이 전해지자 천하인들은 경악을 감추지 못했다. 게다가 그 선봉에 이미 수십 년 전부터 천하의 영웅으로 추앙받던 사천 중의 광무자가 서 있다는 사실엔 일말의 두려움조차 느끼는 이들도 있었다. 이들은 대부분이 사십 년 전 마교와의 정사대전에서 광무자의 엄청난 무위를 직접 견식했던 이들이었다.

하지만 청성의 행보는 여기에서 끝난 것이 아니었다. 당가와 아미의 봉문 소식이 알려진 지 불과 오 일이 지나지 않아 이번에는 점창파가 청성의 재물이 되어 십 년 봉문을 약속했다는 소식이 전해졌다. 점창을 마지막으로 사천성 내에는 더 이상 청성의 발호를 저지할 만한 세력이 존재하지 않게 된 것이다. 청성이 어째서 갑자기 이런 행동을 하게 되었는지에 대해서는 의견이 분분했지만 아직 아무도 정확한 결론을 내리지는 못하고 있었다.

하지만 천하인들의 이목을 집중시킨 것은 비단 청성파의 발호뿐만

이 아니었다. 청성이 당가로 밀려 들어왔을 때 무극헌의 고수인 운귀자와의 비무에서 아무도 예상치 못한 승리를 이끌어냄으로써 순식간에 천하의 주목을 받았던 약선 소진. 정확한 출처를 알 수는 없었지만 그가 절명했다는 소문이 퍼진 것이다. 당가에서 그의 활약을 지켜보았던 사천의 무림인들은 곧장 이 소문의 진상을 확인하기 위해 나섰고 소진과 청진 도장의 흔적이 장강삼협 중 무협에서 끊겼다는 것을 확인하였다.

이 소문을 접한 무당에서 역시 급히 제자들을 파견하여 무협 일대를 샅샅이 뒤졌지만 두 사람의 행방은 도저히 찾을 길이 없었다. 한편으로는 소문의 출처를 파악하기 위한 노력도 병행했지만 마찬가지로 소득은 전혀 없었다.

희미하게 의식이 돌아오면서 가장 먼저 느낀 것은 온몸이 부들부들 떨릴 정도의 추위였다. 그 다음으로 느껴진 것은 극심한 통증. 마치 몽둥이로 전신을 두들겨 맞은 듯 도대체 안 아픈 곳이 없을 정도였다. 정신을 차린 이후 계속되는 이 추위와 고통 속에서 그는 적어도 한 가지 사실만은 확신할 수가 있었다.

자신은 아직 살아 있다는 것을…….

'태상노군이여, 감사합니다.'

그는 바로 무협의 절애(絶崖)에서 떨어진 소진이었다.

눈을 떠도 보이는 것이라곤 온통 칠흑 같은 어둠 뿐. 하지만 음습하고 서늘한 공기와 일정한 간격으로 떨어지는 물방울 소리, 그리고 멀리서 들려오는 물소리를 통해 소진은 이곳이 어딘가의 물가에 연결된 동굴이라는 것을 확신할 수 있었다. 몸은 세 치 정도 깊이로 물에 잠겨 있었는데 계속 추위를 느끼는 것은 의외로 차가운 물과 젖은 옷가지가 계속해서 몸의 열을 빼앗아가고 있기 때문이었다.

어째서 갑자기 이런 곳에서 정신을 차리게 된 것일까! 소진은 냉정하게 지금의 상황을 분석하기 시작했다. 자신은 분명 복면인과의 일합(一合) 격돌에서 생긴 충격으로 뒤편의 절애로 떨어졌었다. 그 이후로는 거의 의식이 없던 상태. 그런 상태에서 무협의 격류에 떨어져 죽지 않고 어딘지 모를 이곳까지 떠내려 왔다? 말이 안 되는 결론이었다. 다시 한 번 당시의 상황을 곰곰이 생각하던 소진의 귀에 미약한 신음성이 들려왔다.

"어… 으……."

어둠 속에서 아직 다른 사람의 존재를 느끼지 못하고 있던 소진은 깜짝 놀라 즉시 소리가 난 곳을 향해 조심스럽게 몸을 움직였다. 정신을 잃고서도 놓치지 않았던 것인지 아직도 오른손에 쥐여져 있는 검은 잠시 놔둔 채 엎드린 자세로 앞을 더듬어가며 조금씩 조금씩 전진했다.

찰싹! 찰싹!

지금 소진이 있는 곳은 얕은 물가였기 때문에 손으로 앞을 더듬을 때마다 손바닥이 수면을 때리며 물소리가 났다. 그렇게 더디게 얼마간 앞으로 나가자 무언가 물컹한 것이 만져졌다. 순간 손을 움츠렸던 소진은 잠시 후 다시 조심스레 손을 뻗었다. 분명 사람이었다. 주위가 캄캄해서 얼굴을 확인할 수가 없었기 때문에 그는 손으로 그 인영의 옷가지와 손, 발, 그리고 얼굴 등을 더듬으며 상대가 누구인지를 확인하려 애썼다. 하지만 그런 노력에도 불구하고 단지 넝마처럼 찢겨진 옷가지와 전신에 난 수많은 상처들만을 확인할 수 있었을 뿐 그의 정체는 여전히 알 수가 없었다. 그의 손길을 느낀 것인지 누워 있는 인영이 다시 신음성을 흘렸다. 소진은 더듬던 것을 멈추고 즉시 자신의 얼굴을 그의 얼굴 가까이로 가져갔다.

"으… 윽……."

"이, 이봐요. 당신은 누구죠? 여기가 어딘 줄 아나요? 이봐요! 이봐요!"

조금씩 의식이 돌아오는지 신음성과 함께 웅얼거리는 소리가 들려왔다. 무언가 말을 하려는 것 같았다. 무슨 소리인지 듣기 위해 소진은 그의 입가로 귀를 바짝 가져갔다.

"으… 으윽! 무, 무진 사… 숙조."

"설마… 청진?"

그 인영의 정체는 다름 아닌 청진 사손이었다. 틀림없었다. 자신을 저렇게 부를 만한 인물은 청진밖에 없었으니까. 소진은 대경실색하여 그의 맥을 짚었다. 어둠 속이라 상처들을 눈으로 살필 수 없었기 때문에 취한 방법이었다. 불규칙한 청진의 맥이 느껴졌다. 마치 꺼져 가는 불꽃처럼 기력도 미약하기 그지없었다. 무언가… 청진에게 도움이 되는 무언가를 해주고 싶었지만 이곳에는 그의 꺼져 가는 기력에 불씨가 되어줄 만한 회생의 영약도, 조금 전 손끝에 만져졌던 상처들을 치료할 금창약도, 자신과 똑같이 느끼고 있을 이 추위를 몰아내 줄 만한 화톳불 하나도 없었다. 아무것도 해줄 수가 없었다. 아무것도…….

"무, 무진 사숙조, 사, 살아… 살았군… 요."

"그래. 나, 나야. 나 살아 있어. 어쩌다가 이 지경이 된 거야. 응?"

"다행… 이에요."

소진은 만신창이가 된 몸으로도 자신이 무사하다는 사실에 안도하는 청진의 마음을 느끼자 참고 있던 눈물이 주루르 흘러내렸다.

"처, 청진 사손, 조금만 힘을 내. 내가… 내가 나갈 만한 곳을 찾아
볼게. 빨리 손을 쓰면 그, 금방 나을 수 있을 거야."

금방이라도 어둠 속을 헤치며 다닐 듯한 기세였지만 소진은 일으켰
던 몸을 다시 숙여야만 했다. 청진이 무언가 계속 말을 하려고 했기 때
문이다.

"나… 나 무진 사숙조를 참 좋아해요. 나도 사숙조처럼 그, 그렇게
멋지게 될 수 있을까요? 어릴 적부터 악… 당을 물리치는 청년 고수가
되는… 게 꿈이었는데……."

"그럼! 다, 당연하지, 청진 사손. 너는 지금도… 지금도 충분히 멋진
걸."

"약… 선루에서 사숙조가 만들어줬던 음식… 들 정말 맛있었어요.
옛날에 돌아가신 우리 엄마가… 해줬던 것만큼이나……. 언젠가… 언
젠가 또 먹… 을 수 있… 겠죠? 언젠… 가……."

"그럼! 흑흑! 함께 나가기만 하면 언제라도 만들어줄게. 언제라도…
해달라는 것은 모두 배불러서 못 먹을 만큼 만들어줄게. 흐흐흑!"

"……."

청진의 대답이 들려오지 않았다. 갑자기 처음 청진의 맥을 짚었을
때, 그리고 조금 전 말하는 청진의 목소리에 갑자기 생기가 돈다고 느
꼈을 때 엄습해 왔던 불길한 예감이 더욱 강해졌다. 다시 그에게 말을
걸기가, 그의 몸에 손을 대는 것이 두려웠다. 제발 한마디만 더 해달라
고 간곡히 빌고 또 빌었지만 청진의 입은 그 후로도 한참이나 열리질
않았다.

"청진 사손."

소진은 조심히, 아주 조심스럽게 그를 불러보았다.

“…….”

“지금 자는 거지? 그렇지? 너무 피곤해서… 그래서 깊이 잠이 들어서 대답을 못하는 거지? 그렇지?”

떨리는 손길이 청진의 얼굴로 향했다. 그의 머리를 한번 길게 쓰다듬은 소진의 손이 반듯한 이마를 지나고 감겨진 눈을 지나 코끝에 이르렀다. 잠시 그렇게 있던 소진의 신형이 허물어지듯 누워 있는 청진의 몸 위로 쓰러졌다.

“으흡! 흡… 우흐흐흑, 청… 진……. 크흐흐흐흑!”

청진의 코끝에선 숨결이 느껴지지 않았다. 싸늘하게 식은 그의 얼굴, 그 차가움이 소진에게 그의 죽음을 실감시켜 주었다.

얼마나 시간이 지났을까? 청진의 시신 앞에 앉아 있는 소진은 얼마나 울었는지 이제 눈물도 나오질 않았다. 그냥 그렇게 우두커니 앉아 있는 소진의 눈에 미약하지만 빛이 보이기 시작했다. 처음엔 그의 느낄 수 없을 만큼 미약하던 그 빛은 지나면 지날수록 분명해지더니 한참 뒤에 주위의 사물을 어느 정도 분간할 수 있을 만큼이 되었다. 그제야 소진은 자신이 있는 곳이 어떤 곳인지를 정확히 알 수가 있었다. 일단 자신이 예측했던 대로 동굴은 맞았다. 하지만 입구의 구조가 꺾여 있는 동굴이었다. 해가 뜬 것이리라 생각되는 저 빛은 그 꺾여진 벽에 반사되어 안으로 들어오는 것이었다.

들어오는 빛줄기에 정신을 차린 소진은 청진의 시신을 얕은 물속에서 동굴가의 축축한 바닥으로 옮겼다. 그리고 어둠 속에서는 볼 수 없었던 상처들을 살피기 시작했다. 온통 찍히고 긁힌 상처들이다. 특이한 점은 가슴을 비롯한 몸 안쪽으로는 별 상처가 없다는 것이었다. 반면에 팔과 다리 특히 등쪽에 집중된 무수한 상처들. 문득 소진은 너무도 희미해서 자신이 꿈이라 생각했던 어떤 기억을 떠올릴 수 있었다. 허공에 떠 있던 자신의 몸을 누군가가 감싸 안는…….

"설마……."

하지만 설마가 아니었다. 황급히 자신을 몸을 살폈다. 간간이 보이는 상처들은 청진의 시신에 나 있는 것들과 거의 흡사한 모습이었다. 무언가에 찍히고 긁힌…….

그제야 소진은 사실을 알 수 있었다. 청진은 단애로 떨어지는 그를 살리기 위해 온몸을 내던졌던 것이다. 천길 아래의 급류로 떨어질 때의 충격으로 분명 청진의 내부는 만신창이가 되었으리라. 전신에 난 상처들은 떨어질 때의 충격 속에서도 그를 보호하기 위해 전신을 꼬옥 감싸 안은 상태에서 무협의 급류에 휩쓸리며 수많은 암초와 돌무더기에 찍히고 긁혀서 생긴 것이 틀림없었다. 그리고 그 상처들 덕에 청진은 지금 자신의 눈앞에 싸늘한 시신이 되어 있다. 이젠 다 말라 버렸다고 생각했던 눈가에 다시 이슬이 맺혔다.

청진의 시신을 동굴 깊숙이 가져간 소진은 그의 시신을 반듯이 눕히고 그 위로 자잘한 돌들을 쌓기 시작했다. 동굴의 바닥이 돌로 되어 있어 땅을 팔 수가 없었기 때문에 시신의 위로 돌을 쌓아 올리기로 한 것이다. 내상 때문에 일어서 움직이는 것조차 힘들었지만 소진은 악을 써서 돌을 하나하나 들어다 옮겼다. 그리곤 결국에 자신의 허리 높이까지 돌을 쌓아 올리고 나서야 그 옆으로 쓰러져 혼절하고 말았다.

다시 정신을 차렸을 때도 아직 동굴을 비추던 희미한 불빛은 사라지지 않고 있었다. 단지 몇 시간 만에 깨어난 것인지 하루 이상 혼절해 있다가 깨어난 것인지 알 수는 없었지만 소진은 힘겹게 몸을 일으켰다. 온몸에 기운이 하나도 없었지만 어떤 사명감 같은 것이 그를 자꾸 잡아끌었다. 청진은 자신을 살리기 위해 목숨을 잃었다. 이제 자신은 그의 몫까지 끈질기게 살아야 할 의무가 있는 것이다.

주척주척 걸어서 발목까지 오는 물가로 나간 소진은 물속을 유심히 살폈다. 무언가를 찾으려는 듯. 그리고 이내 소진은 물속에서 어떤 기다란 것을 하나 집어 올렸다.

검이었다. 자신이 혼절하면서도 놓치지 않았던 청진의 검. 소진은 검에 묻은 물기를 옷소매로 세심히 닦아냈다. 청진의 손때가 묻어 있는 유일한 물건이었다.

"청진아, 이제 이 검으로 네 꿈을 이뤄주마."

소진은 검을 소중히 갈무리하며 굳은 결의를 다졌다.

동굴가의 평평한 바위 위. 소진이 눈을 감은 채 가부좌를 틀고 앉아 있었다. 벌써 한 시진째 미동도 없던 그의 눈이 떠지며 깊은 장탄식이 동굴 안에 울려 퍼졌다.

"푸우… 벌써 오 일째인데 아직도 전혀 진전이 없다니……."

처음엔 이 무협의 줄기 어딘가의 것이라고 생각되는 동굴을 나가 무당으로 갈까 생각도 해보았다. 하지만 그 와중에 어떤 일을 겪고 누굴 마주칠지 전혀 모르는 일. 만약 자신을 무영이라 밝힌 그 흑의 복면인이라도 다시 만나게 된다면 이번에야말로 꼼짝없이 죽은 목숨이었다. 결국 동굴 안에서 내상을 치료하기로 마음을 굳힌 것이 벌써 오 일 전.

배가 고프면 물가로 나가 물고기를 잡았다. 하지만 아무런 도구도 없고 내공마저 쓸 수 없는 상태에서 가끔 눈 먼 물고기가 아닌 이상에야 소진에게 호락호락 잡혀줄 리가 없었다. 어쩔 수 없이 동굴의 이끼를 뜯어 먹으며 주린 배를 채우기가 일쑤였다.

만약 지금이라도 동굴을 나선다면 밖에서 그를 애타게 찾고 있는 이들을 만날 수 있을 테지만 아쉽게도 소진은 그런 사실을 전혀 모르고 있는 상황이었다.

지금 소진은 운귀자와의 대결에서 입었던 내상이 채 낫기도 전에 다시 무리하게 내공을 끌어올려 무영이라는 복면인과 검을 마주하던 중 절벽에서 떨어지는 큰 충격을 받아 내공이 산산이 흩어진 상태였다. 대부분의 내공은 전신의 세맥(細脈)으로 흩어져 미동도 안 하는 상태이고, 나머지 일부는 그의 주요 경락들을 마치 커다란 바위처럼 꽉꽉 막고 있었다. 그나마 다행으로 여길 만한 것은 선천기공인 오행신공의 특성상 내공이 온데간데없이 사라지는 것이라 곳곳에 숨은 채 움직이지 않는 상태라는 것 정도? 하지만 그 꼼짝도 안 하는 내공을 움직이는 것이 바로 지금의 가장 큰 문제였다.

"아무리 애를 써도 요지부동이니 원……."

자신이 통달하고 있다고 생각했던 오행신공 요상편 상의 법문들을 모두 시도해 봐도 전혀 효과가 없었다. 경락의 손상이나 엉킨 기혈을 치료하는 것도 큰 문제였지만 지금의 가장 큰 화두는 바로 내공을 끌어올리는 것, 그것이 가장 큰 문제였다. 왜냐하면 내공을 모을 수 있어야 내상을 치료하는 것도 가능했기 때문이다.

그리고 그렇게 다시 십 일이 흘렀다. 벌써 보름째 내공 운기에 매달리고 있었지만 아직 한 톨의 진기도 끌어올리지 못한 상태. 급한 마음에 안간힘을 써보아도 단전은 그저 텅텅 비어 있기만 했다. 이제는 앞으로 보름을 더 노력한다고 해도 어떤 성과를 낼 자신이 없었다. 소진은 내공의 회복에 대한 자신감을 잃어가고 있었다.

자포자기한 심정이 되자 왠지 옛일이 생각난다. 사부님의 손을 잡고 무당을 오르던 일, 자소궁에서 사형들과 처음 만났던 일, 그리고 오행신공을 익히고 처음 기단을 완성해서 사부님께 자랑했던 일까지…….

아련한 기억들이 밀려오자 소진의 입가로 오랜만에 그 특유의 편안한 미소가 지어졌다.

'그때가 정말 좋았는데… 어디 다시 한 번 해볼까?

소진은 다시 가부좌를 틀고 앉았다. 어차피 지금 단전은 텅 비어 있는 상태. 처음 내공을 익힐 때의 기억이 떠오른 소진은 오행신공의 기초 법문을 떠올렸다. 오행진기를 차례로 끌어올려 최초의 기단을 만드는…….

오랜만이어서 그런지 아니면 내공을 상실한 상태여서 그런지 한참이 지나도 별 반응이 없었지만 소진은 계속 오행신공의 기초 법문에 따라 오행기를 느끼기 위해 노력했다. 그러던 어느 순간.

'됐다! 역시 이번에도 수행기가 가장 먼저인가?

턱없이 미약하긴 했지만 자신이 이미 십여 년 전에 처음 느껴봤던 서늘하면서도 부드러운 기운이 느껴졌다. 오행기(五行氣) 중의 수행기(水行氣)였다. 일단 수행기가 느껴지자 목행기(木行氣)와 화행기(火行氣), 토행기(土行氣), 그리고 금행기(金行氣)가 마치 줄줄이 사탕처럼 연이어 느껴지더니 수행기의 뒤를 따랐다. 하나의 완전한 오행기가 이루어지자 이 기운은 곧 단단히 맞물리며 좁쌀만한 크기의 기단을 형성했다. 자신이 맨 처음 기단을 형성했을 때와 같은 결과. 하지만 그때와는 비교도 할 수 없을 만큼 커져 버린 단전에 들어찬 좁쌀만한 크기의 기단을 느끼며 소진은 절로 격세지감(隔世之感)을 느낄 수밖에 없었다.

사실 이미 주요 경락들이 굳어진 진기로 막히고 단전도 텅 빈 상태에서 이런 일을 한다는 것은 여타의 내공 심법에서는 절대 불가능한 일이었다. 왜냐하면 그것들은 거의가 외부의 진기를 받아들여 단전에 축척하는 형식의 것이었기 때문이다. 이른 바 후천기공. 하지만 오행신공은 인간이 선천적으로 가지고 있는 기운을 점점 키워 나가는 상승의 선천기공이었다. 게다가 오행신공이 시작되는 곳은 특이하게도 바로 단전이었다. 덕분에 소진은 이미 경락들이 막힌 상황에서도 초심으로 돌아가 단전에 기단을 만들어낼 수가 있었던 것이다. 하지만 이걸 가지고 무엇인가를 해본다는 생각은 정말 어불성설이었다. 소진 역시 그저 자포자기한 심정으로 옛 기억이 생각나 해본 것이지 결코 무슨 희망이나 기대를 가지고 있는 것은 절대 아니었다.

그러나 잠시 후 소진은 그런 생각을 전면적으로 수정하지 않을 수 없었다. 그 자리에 뿌리를 박은 듯 꿈쩍도 하지 않던 오행진기가 조금씩, 아주 조금씩 움직이고 있었기 때문이다. 그리고 그 중심에는 단전에 있는 좁쌀만한 기단이 있었다. 불현듯 소진의 머리 속에 떠오르는 생각! 그것은 바로 기단이 가진 절대적 특성인 가공할 만한 인력이었다.

'그런 것이었구나! 이런 천우신조가……. 태상노군이여, 감사합니다!'

역시나 마음속으로 태상노군을 부르짖은 소진은 서둘러 정신을 추스르고 모여드는 진기를 단전으로 갈무리하기 시작했다. 하지만 그의 친구 곡치현이 언젠가 말했던가? 큰 이문이 남는 장사엔 그만한 위험이 따른다고…….

느릿느릿하게 모여들던 진기의 속도가 점차 빨라지는 것이 느껴졌다. 웬만한 양의 진기는 자신이 충분히 제어할 수 있었기 때문에 소진은 이런 변화에 특별히 신경이 쓰이는 것은 아니었다. 하지만 잠시 후,

눈 깜짝할 사이에 진기의 양이 눈덩이처럼 불어나더니 결국엔 자신이 통제하지 못할 지경에까지 이르자 소진은 대경실색했다. 서둘러 거의 폭주하는 수준의 진기를 잡아보려 했지만 이미 시위를 떠난 화살이었다. 순식간에 마치 단전을 터뜨려 버릴 듯한 기세로 몰려든 진기들은 다시 나갈 곳을 찾던 중 내상으로 인해 꽉 막혀 있던 신궐과 수분혈을 연달아 꿰뚫으며 치솟아올랐다.

"크헉!"

신나게 달려나가는 진기를 조마조마한 심정으로 지켜볼 수밖에 없었던 소진은 막혀 있던 혈도가 뚫리는 순간 극심한 충격에 단말마의 비명을 터뜨리며 정신을 잃고 말았다. 하지만 소진의 상태는 아랑곳하지 않고 폭주하는 오행진기는 내상으로 인해 막혀 있던 혈들을 차례로 뚫고 나가며 자신의 기세를 뽐냈다. 자칫 기혈이 폭주하는 진기의 압력을 버티지 못할 경우 곧바로 목숨을 잃어야 하는 상황. 이런 상황에선 어쩌면 정신을 잃은 것이 다행인 줄도 몰랐다. 순식간에 십여 개의 막혀 있던 경락들을 시원하게 뚫어버리고 잠시 진정되는 듯하던 진기는 이번에는 다시 회음혈 어근을 향해 맹렬한 기세로 뻗어 나갔다.

콰쾅!

내부에서의 엄청난 충격에 순간 소진의 몸이 바닥에서 한 자나 위로 튀어 올랐다. 하지만 이걸로 끝이 아니었다. 폭주하는 진기는 그 뒤로도 두 번이나 성난 기세로 회음혈 부근을 향해 돌진한 이후에야 뜻을 이루지 못함을 알았는지 다시 단전으로 되돌아왔다. 물론 그 과정에서 소진 역시 한 자 높이로 튀어 올랐다가 돌 바닥으로 철퍼덕 떨어지는 과정을 두 번 더 반복해야 했다.

소진에게는 고통의 시간이었겠지만 만약 소진의 사부 진류 도장이 이 광경을 지켜보았다면 아마 땅을 치고 후회했으리라. 임독양맥을 타통할 수 있는 절호의 기회를 아쉽게 놓쳤다고……. 여하튼 소진은 그 과정에서 혼절할 정도의 고통을 겪었지만 결과적으로는 막혀 있던 경락의 대부분을 뚫게 되었으니 기가 막힌 전화위복이 된 셈이었다. 역시 큰 이문이 남는 장사엔 그만한 위험이 따른다던 곡치현의 말은 정확히 맞는 것이었나 보다.

한편 같은 시간 무당의 자소궁에서는 열띤 논쟁이 벌어지고 있었다. 상좌엔 아직까지는 장문인 위치에 있는 진허 도장을 중심으로 진무각주 진척 도장, 구류각주 진기 도장, 그리고 소진의 사부인 진류 도장의 모습이 눈에 띄었다. 맞은편으로는 무 자 항렬의 제자들이 십여 명 앉아 있다.

"아직 무진 사제와 청진의 시신조차도 발견되지 않은 상황에서 그렇게 성급히 결론을 내릴 수는 없습니다!"

"무강, 무슨 소릴 하는 거냐! 벌써 수십 명의 제자들이 무협을 뒤지고 다닌 지도 보름이 지났단 말이다. 그들이 변을 당하지 않은 이상 이토록 오랫 동안 아무런 소식이 없을 것 같으냐?"

"맞습니다. 무연 사형의 말처럼 이제 막연한 기대보다는 현실을 직시해야 할 때가 되었습니다. 전후의 상황들로 미루어볼 때 무진 사제와 청진은 무협에서 예기치 못한 변을 당한 것이 틀림없습니다. 그리고 그 흉수는… 이미 모두가 내심 짐작하고 있는 대로 청성파가 틀림없습니다!"

"무해 사제, 경솔하다!"

"대사형! 경솔하다니요? 저뿐 아니라 모두가 한 번쯤은 해본 생각

아닙니까? 지난날의 행적을 살펴볼 때 무진 사제와 청진 모두 누군가에게 원한을 살 만한 행동은 한 적이 없습니다. 오직 하나, 당가에서 있었던 무진 사제와 운귀자의 비무를 제외하곤 말입니다. 분명 청성에서 막내 사제가 운귀자를 이긴 것에 앙심을 품고 무협에서 그들을 습격한 것임에 틀림없습니다. 요즘 청성파의 행보를 모두들 듣고 있지 않습니까! 이런 상태의 청성이라면 충분히 그런 짓을 하고도 남습니다!”

“후우, 진정하거라.”

무우 도장이 깊은 한숨을 내쉬며 감정이 격앙된 무해 도장을 진정시켰다. 사실 무해 사제의 말은 자신 역시 어느 정도 공감하고 있는 바였다. 단지 입 밖으로 꺼내질 못하고 있을 뿐. 심중은 있지만 물증이 없는 상태였기 때문이다.

장문인 취임이 얼마 남지 않은 대사형 무우가 나선 사이 장내가 잠시 조용해지자 장문인 진허 도장이 입을 열었다.

“됐다. 이 정도로 무진과 청진 문제에 대한 너희들의 의견은 충분히 들어본 것 같구나. 어찌 보면 두 가지를 따로 논의하려 하는 것 자체가 문제일 수도 있겠다만 이번에는 청성의 문제에 대한 너희의 생각을 들어보고 싶구나.”

“청성이 사천을 장악하는 데는 걸린 시간은 불과 오 일이었습니다. 게다가 아미파와 당가, 그리고 점창파를 차례로 봉문시키는 동안 입은 피해라곤 고작 당가에서의 경미한 정도가 전부입니다. 저는 이것이 오랜 기간 동안 철저한 준비없이는 절대로 있을 수 없는 일이라고 생각합니다. 청성은 분명 정파로서는 가당치도 않게 천하의 패권을 노리고 있는 것이 분명합니다.”

"맞습니다, 장문인. 그들의 의도가 무엇이든 간에 더 이상 이런 행동들을 좌시할 수는 없습니다. 우리 무당이 당장에 제자들을 이끌고 나아가 그들의 행보를 막아서고 동시에 무진 사제와 청진에 그들이 개입되어 있는지에 대한 것도 명확히 밝혀내야 합니다."

"제 생각도 사형과 같습니다! 당장 사천으로 가야 합니다!"

"청성을 쳐야 합니다!"

이미 소진과 청진의 일을 계기로 대부분의 무당 제자들 사이에는 청성에 대한 반감이 짙게 싹튼 상태였다. 게다가 자신들에게는 확실한 명분이 있는 상황. 때문에 상당수가 청성과의 일전을 주장하고 나섰다. 대제자 무우를 비롯한 몇몇이 이런 이들의 주장을 우려 섞인 눈빛으로 지켜보는 가운데 누군가의 음성이 대전에 울렸다.

"지금 우리 무당이……."

저절로 모두의 시선이 집중하게 만드는 목소리. 오늘 처음으로 입을 여는 무청 도장의 것이었다.

"지금 우리 무당이 단독으로 움직일 경우 많은 제자들이 목숨을 잃을 수도 있습니다. 지금까지의 사건들을 볼 때 저들이 어떤 계책을 마련해 놓았을지 모르는 일, 제 생각엔 독자적인 움직임보다는 다른 문파와 힘을 모아 저들의 움직임를 저지하는 것이 바람직하다고 생각합니다."

한결 일리있는 의견이라는 생각에 장문인이 무청을 거들고 나섰다.

"다른 문파라 함은 구대문파를 말하는 것인가?"

"예, 장문인. 이미 아미와 점창이 어이없게 봉문을 당했지만 청성을 제외한 나머지 육대문파가 힘을 모은다면 보다 작은 피해로 그들을 막아설 수 있을 것입니다."

"진기 사제, 어떻게 생각하는가?"

"무청의 말이 옳습니다, 장문인. 일단 저들이 더 이상 섣불리 움직이지 못하도록 우리의 힘을 모으는 것도 좋은 방법이겠지요. 마침 한 달 후에 무우의 장문인 취임이 있을 예정이니 그 기회를 빌어 무림의 공론을 얻어내는 것이 좋을 듯합니다."

"음……."

많은 토의가 있었고 여러 가지 의견이 나왔지만 결국 결정을 내리는 것은 장문인인 진허 도장의 몫이었다. 대청 안이 일순 조용해졌다.

"무진과 청진에 대한 건은… 앞으로 열흘간 무협 일대를 더 뒤져 보고 그때까지도 성과가 없으면 아쉽지만 그들의 죽음을 인정하는 것으로 하겠습니다."

진허 도장은 착잡한 심정으로 잠시 진류 도장에게로 눈길을 주었다. 안타깝지만 어쩔 수 없는 일이었다.

"그리고 청성에 대한 건은 한 달 후 무우의 장문인 취임식 날 구대문파 중 나머지의 동의를 얻은 후 힘을 모아 대처하기로 하겠다. 무산은 그들 문파에 미리 이 사실을 알려주도록 하거라."

"예, 장문진인."

그리고 무당의 이러한 결정은 금세 강호로 퍼져 나갔다. 특히나 그 중 청성, 아미, 점창을 제외한 육대문파가 힘을 합쳐 청성에 대응하겠다는 결정을 접한 몇몇 이들의 반응은 상당히 다른 것이었으니… 청성 광무자의 입가로는 절로 만족스런 웃음이 지어졌고, 음모를 꾸몄던 누군가는 절로 이맛살을 찌푸리고 있었다.

산을 온통 뒤덮은 짙은 청록의 수목들이 염서(炎暑)의 태양 아래 폭발적인 생명력을 뿜내고 있다. 보고 있는 이의 숨이 막힐 정도의.

　누구라도 문밖에 나서길 꺼려할 만한 날씨임에도 불구하고 청정한 도가의 요람, 무당산은 모처럼의 많은 손님들로 북적이고 있는 중이다. 무당산, 그 안에서도 천하의 도량임을 자랑하는 무당파의 넓게 펼쳐진 대연무장에 모여든 사람들. 이미 그 넓은 연무장이 꽉 들어차 있었지만 아직도 해검지를 통해 문 내로 올라오는 무림인들은 적잖게 눈에 띄었다.

　연무장의 정면 끝으로는 대략 오십여 명은 넉넉히 올라설 듯한 큼지막한 단상이 마련되어 있었다. 높이는 지상에서 반 장 정도로 멀리서도 충분히 잘 보일 수 있는 정도. 그리고 그 위로는 대략 삼십 명가량의 사람들이 주욱 늘어서 앉아 있다.

　안전을 위해 단상에서 대략 일 장 정도 떨어진 곳에서부터 연무장을 가득 매운 사람들의 시선은 대개가 단상 위에 올라서 있는 이들에게 집중되어 있었다. 옆사람들과 조금씩 수군거리는 그들의 얼굴에는 언뜻언뜻 놀람의 기색이 스쳐 지나가기도 했다.

　"히야! 저기 왼쪽으로 앉아 있는 사람들이 그 구대문파의 장문인들이란 말야?"

　"청성과 아미, 점창이 없으니 정확히는 육대문파라 불러야겠지. 그리고 그쪽보다는 오른쪽을 보라고. 정말 천하의 영웅들이 모두 모인 것 같군. 웃! 저 사람은 청해(靑海)의 용(龍)이라는 청해신검(靑海神劍) 두현(杜賢) 대협 아냐! 이미 십 년 전부터 청해 부근에 자신이 세운 건곤장(乾坤莊)에서 두문불출하고 있다던데… 설마 이곳에 모습을 드러낼 줄이야. 역시 무당이라는 건가?"

　"어허! 저쪽에 앉아 계신 분은 과거 극악한 명성의 동정삼흉(洞庭三

凶)을 한낱 낚싯대로 제압했다던 동정어옹(洞庭漁翁) 현숙기(玄淑技) 대협 같은걸?"

"맞군, 맞아! 제대로 보았네. 내 저 어르신을 몇 년 전에 악양루에서 뵌 적이 있지. 정말 오늘 이 사람의 눈이 호강하는군. 이토록 많은 영웅들이 한자리에 모이기가 결코 쉽지가 않은 일이건만……."

정면에 마련된 단상 위에 앉아 있는 인물들은 모두 천하에 위명이 널리 퍼진 절정의 고수들과 각대문파의 장문인들이었다. 녹녹찮은 강호경력을 자랑하는 이들이라도 실상 이런 거물들을 접할 기회는 극히 적었기 때문에 오늘 연무장에 운집한 군웅들의 시선이 모두 단상 위로 집중되는 것은 당연한 결과였다.

대앵. 대앵.

오시(午時:12시)를 알리는 범종 소리가 저 멀리 이름 모를 봉우리에서 시작해 온 산에 메아리쳐 울리자 단상 한구석에서 누군가 앞으로 걸어나왔다. 황색의 도사복에 머리에 역시 같은 색의 도관(道冠)을 쓴 것이 분명 무당의 도인이었다. 도관 아래로 살짝 드러나는 머리카락이 희끗희끗한 것을 보면 나이는 벌써 중년을 훌쩍 넘긴 것으로 보인다.

"사해가 모두 동도라 했으니, 오늘 저희 무당을 찾아주신 무림동도 여러분들께 심심한 감사를 표합니다. 빈도(貧道)는 본 문의 의선원을 맡고 있는 무해라 합니다."

단상 앞쪽으로 나선 인물은 의선원주 무해 도장이다. 그는 연무장을 가득 메운 강호인들에게 감사의 말을 전하며 허리를 가볍게 숙여 보였다.

그 모습을 지켜보던 사람들의 얼굴이 절로 끄덕여졌다. 목에 핏대를 세우며 외친 것도 아니었지만 무해 도장의 목소리는 드넓은 연무장 구석구석에까지 또렷이 전달되었기 때문이다. 범상치 않은 내공을 보여주면서도 겸손히 고개를 숙이는 모습. 군웅들의 고갯짓은 아마 '역시 무당이로군' 이라는 의미의 끄덕임이었을 것이다.

"이제 오시가 되었으니 예정된 대로 무당 제십육대 장문인 취임식을 거행하도록 하겠습니다."

이어지는 무해 도장의 말에 수많은 군웅들이 저마다 박수를 치며 환호성을 내질렀다. 그리고 그들의 환호 속에서 현 무당 장문인 진허 도장과 이제 곧 그 자리를 이어받을 무우 도장이 천천히 단상에 올랐다.

두 사람이 올라서자 아래에서 대기하고 있던 무당의 제자들이 재빨리 도교의 의식에 사용되는 몇몇 예기(禮器)들을 옮겼다. 단상의 중앙에 선 진허 도장의 앞으로 순식간에 작은 제단이 만들어졌다.

벌써 이십 년간이나 무당을 이끌어온 진허 도장의 기도는 순식간에 중인들의 시선을 사로잡았다. 삽시간에 조용해진 연무장. 이후로 장문인의 위(位)를 무우 도장에게 넘기는 의식은 진허 도장의 주관으로 이루어졌다. 무당은 예로부터 화려한 의식이나 허례를 그다지 즐겨 하지 않았기 때문에 대략 한 식경간의 도교 의식이 끝나고 제단에 마련된 원시천존(元始天尊)과 현천상제(玄天上帝)의 위패(位牌)에 진허 도장과 무우 도장이 동시에 삼배(三拜)씩을 하는 것으로 마무리 지어졌다.

"이것으로 무당 제십육대 장문인의 중임(重任)을 무 자 항렬의 대제자 무우가 맡게 되었음을 천하에 공표합니다."

마지막으로 마치 커다란 짐을 내려놓는 진허 도장의 심정을 대변하는 듯한 커다란 외침이 울려퍼지자 장내는 다시 떠나갈 듯한 환호성에 휩싸였다.

이후로는 진무각과 구류각를 비롯한 무당을 구성하는 여러 조직들의 수장을 새로 임명하는 절차가 진행되었다. 진무각주는 대대로의 전통에 따라 사형제들 중 무공과 자질 면에서 가장 뛰어난 무강 도장이 임명되었고, 구류각주는 재명원을 맡고 있던 무산 도장이 임명되었다. 그 아래의 여러 원(院)들은 이제 무 자 항렬에 이어 무당의 일대 제자가 된 정 자 항렬의 제자들이 맡았다.

전대 장문인으로 불리울 진허 도장과 역시 전대의 진무각주와 구류각주가 된 진척, 진기 도장은 앞으로는 세심원에서의 유유자적한 생활을 하게 된다. 그 외에 직책을 맡지 못한 무 자 항렬의 사형제들은 전통대로 수년간 진무각에 머무르며 수련에 전념한 후 그 실력을 인정받으면 역시 세심원에 머무르게 될 것이다.

오히려 장문인 위임의 의식보다도 이런 발표들이 더 오랜 시간이 걸렸지만 연무장의 누구 하나 자리를 벗어나지는 않았다. '어느 문파의 어떤 자리에 누가 있다' 는 식의 정보들은 무림인들에게는 주요 관심사의 하나였기 때문이다. 하물며 그것이 무림의 양대산맥 중 하나인 무당의 것임에야 이들이 귀를 쫑긋 세우고 신임 장문인이 된 무우 도장의 발표에 주의를 기울이지 않을 수가 없는 일이었다.

모든 의식이 끝나자 각 파의 장문인들과 무림의 명숙들이 차례로 무우 도장의 장문인 취임을 축하해 주었다. 축하를 받으니 기뻐해야 하는 것이 당연하지만 왠지 무우는 가슴 한 켠이 허전한게 별다른 그런 심정들이 일어나질 않았다. 단지 혹여나 강호의 선배들에게 무례하게 비춰질까 하는 마음에 애써 얼굴에 억지 웃음을 띠고 있을 따름이었다.

'무진아, 네가 정녕 변을 당했단 말이냐! 내 그토록 이날에 너의 축하를 받기를 원했건만… 하늘이 참으로 무심할 따름이로구나. 내 반드시 이 일의 진상을 밝혀 혹여라도 관계된 자들이 있으면 결코 용서치 않으리라.'

무 자 항렬의 사형제들이, 특히나 무우 도장이 소진에 대해 가진 감정은 '사랑하는 막내 사제'의 수준을 뛰어넘어 마치 자식에게 느끼는 정과도 같은 것이기 때문에 그 슬픔이 더욱 각별했다.

무당의 자소궁. 오늘 아침까지만 해도 진허 도장이 앉아 있던 자리에 지금은 무우가 자리하고 있다. 그의 양 옆으로는 역시 새로이 진무각주과 구류각주의 직책을 맡게 된 무강과 무산 도장이 앉아 있다. 무우 도장의 맞은편에 앉아 있던 다섯 사람들 중 승복을 입은 노승이 입을 열었다.

"허허, 이런 기회를 빌어 청성의 문제를 논의하고자 하는 장문인의 의도가 참으로 좋구려."

소림 장문인 공공 대사(空空大師)였다. 그의 인자한 미소와 편안한 말투를 대하자 조금 긴장하고 있던 무우는 떨리던 가슴이 진정되는 것을 느꼈다. 모두들 일면식이 있는 분들이었지만 가장 낮은 연배의 사람으로서 모임을 주관하자니 사뭇 긴장되었던 것이다.

무우의 반대 편에 앉은 다섯 명의 노강호들은 무당을 제외한 육대문파의 장문인들이었다. 회색 승복의 공공 대사와 화산파의 화영검(花影劍) 상호유(尙豪留) 대협, 공동파의 영천 상인(靈天上人), 종남파의 태을진인(太乙眞人), 곤륜파의 운룡 선인(雲龍仙人)이 나란히 앉아 있었다.

"과찬이십니다. 이제 막 막중한 위치에 오른 제가 어찌 이런 생각을 했겠습니까. 단지 제 이전의 분들이 해놓으신 일을 이어갈 뿐이지요."

그를 마주한 장문인들은 자신을 겸양하는 무우의 모습에 절로 고개를 끄덕이며 속으로 칭찬을 아끼지 않았다. '장문인이 스스로 자신을 저토록 낮출 줄 아니 무당의 미래가 밝겠구나' 라고.

하지만 이를 지켜보는 두 사제, 무강과 무산은 실로 당장에 이 자리를 뛰쳐나가고 싶은 욕구를 가까스로 참아 누르고 있었다. 앞에 앉아 있는 각 파의 장문인들 덕택에 내색은 못하고 있었지만 그들의 눈에 비치는 무우 사형은 정말이지 가증스러울 정도였다.

'우엑! 역시나 또다시 변신이로군. 사형! 정말 더 이상 못 봐주겠어요. 사형한테 그런 모습은 정말 안 어울린다고요!'

사실 무우 도장의 진정한 모습은 그와 직접 부대끼는 사형제들만이 알고 있다.

그들의 눈에 비친 평상시의 무우 대사형은 조금 푼수기가 있는 '동네 아는 형' 이었다. 사형제들이 가장 무우 대사형다운 모습이라고 생각하는 것이 바로 이 모습이었다. 그리고 가끔 보게 되는 '친한 동네 형' 의 모습. 이런 모습은 주로 같이 몰래 술 마시러 가자고 꼬실 때 나타난다. 그 친근한 미소에 끌려 대부분은 꾐에 넘어가 함께 늦은 저녁 산을 내려가게 된다는 소문이…….

역시 간혹 보게 되는 '동네 건달 형' 의 모습은 애주가인 무강이 몰래 숨겨놓은 술과 안주를 뺏어 먹을 때 쉽게 볼 수 있다. 이때 외에도 가끔 접할 수 있지만 이런 상태의 무우 대사형은 가벼운 구타나 사제들의 약점을 빌미로 공갈협박하기 등의 행동도 서슴지 않았다.

하지만 문파의 어르신들이나 제자들이 있는 상황에서는 언제 그랬냐는 듯이 '무당의 장문 제자 무우' 로 변신한다. 듬직한 모습에 사려 깊은 도가 제자의 전형적인 모습을 보여주는 말투와 행동. 이미 정체를 알고 있는 사형제들은 이런 때면 애써 시선을 외면하거나 서둘러 자리를 피했다.

그리고 오늘, 각대문파의 장문인들을 만나는 자리에 오자 대사형의 이런 모습은 극에 다다르고 있었다. 지켜보는 두 사제의 속이 울렁거릴 정도로… 특히나 가끔은 몇 대 맞기도 하고 별별 이유로 협박도 당해가며 자신의 피 같은 술을 몇 병이나 빼앗겨야 했던 무강은 이런 대사형의 가공할 만한 변신에 절로 몸서리를 쳤다.

'이건 철면피(鐵面皮) 정도가 아니라 완전 만년한철면피(萬年寒鐵面皮)로군. 대사형! 당신은 그 놀라운 변신 능력과 연기력만으로도 무당을 이끌 자격이 충분합니다.'

언제나 티격태격하던 무강조차 완전 무우에게 무릎을 꿇는 순간이었다.

"청성에서 갑자기 저런 일을 벌이는 정확한 이유라도 알면 좋으련만……."

"그러게 말입니다. 지난 이십여 년간 청성의 성세는 우리 구대문파 중에서도 소림과 무당을 제외한다면 첫손에 꼽힐 만한 것이었건만 어찌하여 저런 행동을 서슴지 않는 것인지 도무지 이유를 모르겠습니다."

"더욱 큰일은 그 선봉을 무림사천(武林四天)의 한 분이신 광무자 노선배께서 맡고 있다는 사실입니다."

"으음……."

종남 장문인 태을 진인의 입에서 광무자라는 이름이 나오자 다른 이들의 입에서 침음성이 터져 나왔다.

각 파의 장문인들인 이들보다도 오히려 한 배분에서 많게는 두 배분 윗줄의 노기인. 과거 광무자와 그를 따르는 청성의 문인들 덕에 마교와의 격전에서 얼마나 많은 사람들이 목숨을 건졌던가! 그토록 강호의 안녕을 위해 헌신했던 이들이, 그토록 모든 이들의 앞에 서서 협(俠)을 행하고 악을 물리쳤던 광무자가 어째서 이렇게 돌아섰는지에 대해서는 도저히 알 길이 없었다.

"흠흠."

광무자에 대한 생각들 때문인지 갑자기 대화가 멈추고 좌중이 조용해지자 무우가 의도적인 헛기침을 몇 번 터뜨렸다.

"장문인들께서 지금 생각하시는 바가 무엇인지는 저도 잘 알고 있습니다. 지금으로썬 저 역시 청성의 행보가 무얼 목적으로 하는 것인지에 대해서는 전혀 알지 못합니다. 하지만 한 가지 확실한 것은 더 이상 그들을 좌시해서는 안 된다는 것입니다. 이미 사천의 아미, 당가, 점창이 그들에게 봉문을 당했습니다. 지금은 청성의 숨은 의중을 헤아리기보다는 일단 적극적으로 저들의 행보를 막아서야 할 때라고 생각합니다. 게다가……."

각 파의 장문인들이 모두 무우의 다음 말을 기다렸다. 이 새로운 무당의 장문인은 지금 힘을 모아 청성을 상대하자는 이야기를 하고 있었다.

"게다가 소문을 들은 분들이 계실지 모르겠지만 이번에 저의 막내 사제와 무당제일의 후기지수라는 청진이 사천에서 실종되었습니다. 앞뒤 정황과 그 처사의 은밀함을 볼 때 저희는 이것 역시 청성의 소행이 아닌가 생각하고 있습니다."

"무우 도장, 그 소문은 나 역시 접한 바가 있소. 무당의 새로운 영웅과 어린 용(幼龍)이 채 빛을 보지도 못하고 사라졌다는 생각이 드는구려. 참으로 깊은 애도를 표하는 바이오."

사천의 여러 무림인들과 무당의 제자들이 지난 한 달여의 기간 동안 장강삼협 일대를 샅샅이 뒤졌지만 여전히 소진과 청진, 두 사람의 행방이 오리무중이자 강호에서는 그들의 죽음을 기정사실로 받아들이고 있었다. 아울러 이 사건의 흉수로는 청성이 유력하게 지목되고 있는 상황이었다.

"아직 저희 무당은 실낱같은 희망을 버리지 않고 두 사람에 대한 수색을 계속하고 있답니다. 영천 상인의 뜻은 능히 제가 짐작할 수 있으니 그 마음만은 감사히 받겠습니다."

무우의 말에 앞서 애도를 표했던 공동의 영천 상인이 조금 머쓱한 표정이 되었다. 듣고 보니 저들이 아직 간절히 살아 있기를 바라는 사람을 자신이 졸지에 확실히 죽은 사람인 양 말했던 것이다.

영천 상인의 표정을 읽은 무우가 다시 입을 열었다.

"이미 저 역시 강호상의 소문을 알고 있으니 상인은 방금의 말을 그리 마음에 두지 않으셔도 됩니다. 그보다는 어떻게 청성을 상대해야 할지를 이야기해 보는 것이 좋을 것 같습니다."

"허허, 장문인의 속이 이토록 깊으니 앞으로 무당의 미래가 참으로 밝을 듯싶소. 우리를 이렇게 청한 것을 보면 분명 도장께서 미리 생각해 놓은 바가 있을 듯싶은데 일단 그것을 들어보고 싶구려."

공공 대사가 멍석을 깔아주자 무우는 주저하지 않고 미리 생각해 둔 답을 말했다.

"제 생각에는 임시로 우리 육대문파의 연합, 그러니까 임시적인 무림맹(武林盟)을 만드는 것이 좋을 듯합니다."

“음… 사십 년 전 마교의 발호를 막기 위해 힘을 모았던 무림맹을 이제는 같은 정파의 일맥인 청성을 상대하기 위해 결성해야 한단 말이오?”

“하지만 아직 건재한 육대문파의 피해를 최소화하면서 청성의 행동을 제재하기 위해서는 이 방법이 최선이 아닌가 합니다.”

“무림맹이라…….”

뚜렷이 다른 의견들이 없었을 뿐 아니라 자파(自派)의 피해를 최소화하기 위한 방법이라는 무우의 말은 상당히 설득력이 있는 것이어서 잠시 더 논의를 하던 각 파의 장문인들은 결국 무림맹의 결성을 찬성하는 쪽으로 결론을 내렸다.

하지만 ‘무림맹을 결성하자!’ 라는 의견을 모았다고 무림맹이란 이름을 내건 조직이 하루아침에 등장하는 것은 아니다. 그 인원, 조직, 결성 방식 등에 대한 충분한 토의가 필요한 것이다. 삼 일의 일정으로 무당을 찾은 각 파의 장문인들은 앞으로 남은 이틀 동안 이에 대한 자세한 논의를 하게 될 것이다.

오랜 토의 끝에 오대문파의 장문인들과 두 사제가 자소궁을 나서고, 어느덧 대청 안엔 무우 도장만이 홀로 남아 있었다.

“후우… 일단 한 고비는 넘긴 것인가.”

온몸에 기운이 쭈욱 빠져나갔다. 의식적으로 신경을 쓰지 않으려 했으나 역시 무당 장문인이라는 지위에서 오는 중압감은 그로서도 어찌할 수가 없는 것이었나 보다.

“후훗.”

물에 빠진 생쥐마냥 축 늘어져 있던 무우 도장이 실소를 터뜨렸다. 갑자기 이곳에서 소진을 처음 만났을 때가 떠올랐던 것이다. 그리고

그 이후의 일들도… 자신이 도가에 입문한 이후로 가장 즐거웠던 시간
이 아니었나 하는 생각이 들었다.
　'소진아…….'

〈제2권 끝〉

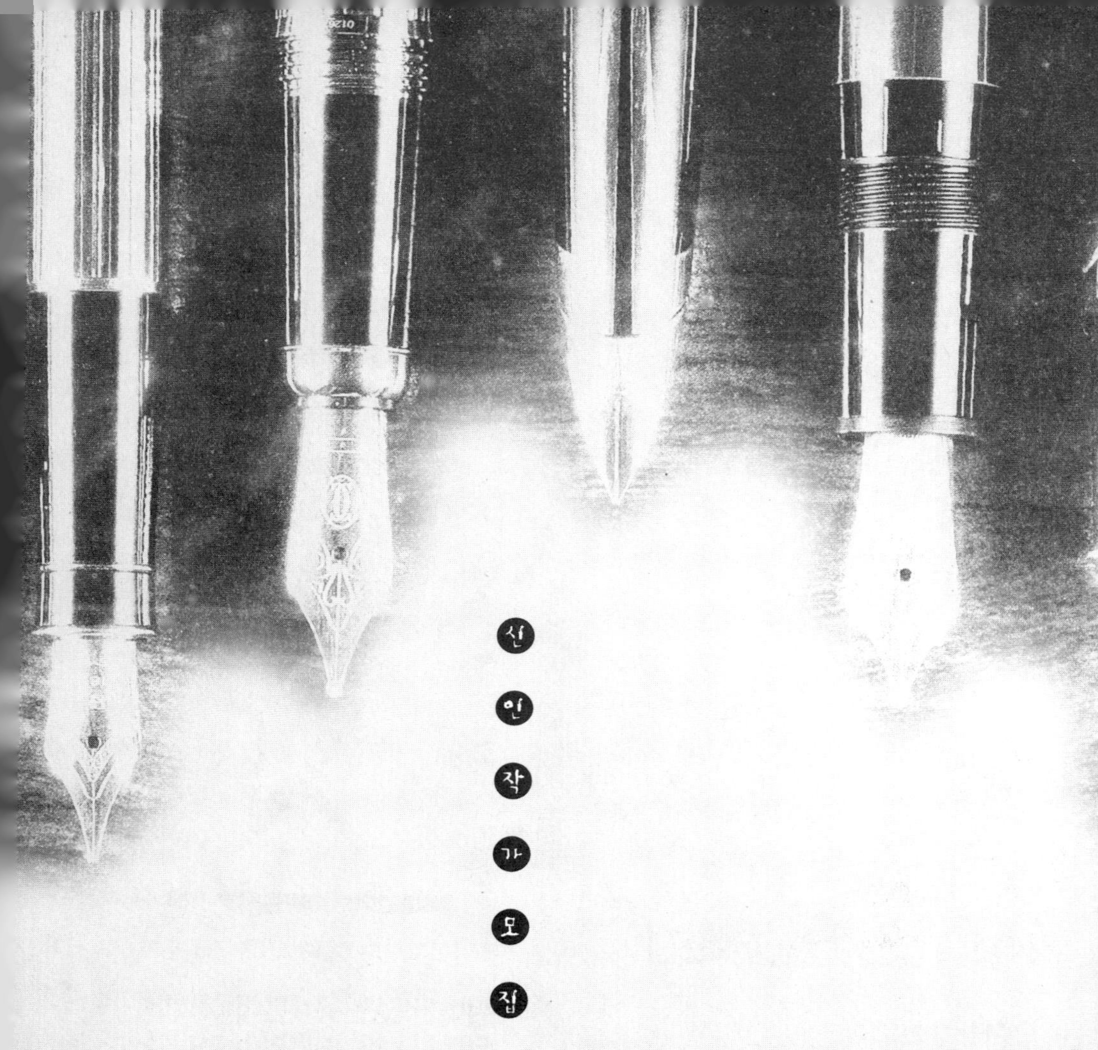
신
인
작
가
모
집

시작이 반이라고 했습니다.
작가의 길에 대한 보이지 않는 벽을 과감히 깨뜨리십시오!
청어람은 작가 지망생 여러분들의
멋진 방향타가 되어드리겠습니다.

저희 도서출판 청어람에서는
소설 신인 작가분들을 모집합니다.
판타지와 무협을 사랑하시는 분들의 많은 참여를 바랍니다.
소정의 원고(A4용지 150매)를 메일이나 우편으로 보내주시면
검토 후 출판 여부를 알려드리겠습니다.

주소:경기도 부천시 원미구 심곡1동 350-1 남성B/D 3F 우편번호420-011
TEL:032-656-4452 · FAX:032-656-4453
http://www.chungeoram.com
e-mail:chungeoram@chungeoram.com